COCHONS
VOYAGE AUX PAYS DU VIVANT

Erik Orsenna est économiste de formation. Après des années d'enseignement, il devient conseiller culturel du président François Mitterrand avant d'entrer au Conseil d'État. Aujourd'hui, c'est un entrepreneur très investi dans le développement durable. Il est par ailleurs ambassadeur de l'Institut Pasteur. Écrivain, membre de l'Académie française, il a reçu le prix Goncourt pour *L'Exposition coloniale*. Vont suivre des contes pour enfants (*La grammaire est une chanson douce*), des reportages sur la mondialisation (*Voyage aux pays du coton*, *L'Avenir de l'eau*), des biographies (*Portrait d'un homme heureux : André Le Nôtre, 1613-1700* et *La Vie, la Mort, la Vie : Louis Pasteur, 1822-1895*) et d'autres romans dont *Longtemps*, *Madame Bâ*, *Mali, ô Mali* et *L'Origine de nos amours*.

Paru au Livre de Poche :

L'AMITIÉ DES MOTS (coll. « Majuscules »)
BEAUMARCHAIS, UN AVENTURIER DE LA LIBERTÉ
LA CHANSON DE CHARLES QUINT
LES CHEVALIERS DU SUBJONCTIF
DERNIÈRES NOUVELLES DES OISEAUX
DEUX ÉTÉS
L'ENTREPRISE DES INDES
ET SI ON DANSAIT ?
LA FABRIQUE DES MOTS
LA FONTAINE, UNE ÉCOLE BUISSONNIÈRE
LA GRAMMAIRE EST UNE CHANSON DOUCE
HISTOIRE DU MONDE EN NEUF GUITARES
INTÉGRALE AFRICAINE (coll. « Majuscules »)
LONGTEMPS
MADAME BÂ
MALI, Ô MALI
L'ORIGINE DE NOS AMOURS
PETIT PRÉCIS DE MONDIALISATION
1. Voyage au pays du coton
2. L'Avenir de l'eau
3. Sur la route du papier
4. Géopolitique du moustique
5. Désir de villes
LA RÉVOLTE DES ACCENTS
LA VIE, LA MORT, LA VIE
VIVE L'OCÉAN ! (coll. « Majuscules »)

Avec Isabelle Autissier :

SALUT AU GRAND SUD

ERIK ORSENNA

de l'Académie française

Cochons

Voyage aux pays du Vivant

Petit précis de mondialisation VI

AVEC LA PARTICIPATION DU Dr ISABELLE DE SAINT AUBIN

FAYARD/STOCK

Illustrations : Hélène Crochemore.

ISBN : 978-2-253-10645-6 – 1re publication LGF

Pour Élisabeth de Fontenay.

Pour Gilles Bœuf.

Avant-propos

Sans l'appui d'un personnage un écrivain reste aveugle et sourd : il ne sait ni regarder ni écouter le monde.

Voilà pourquoi, depuis longtemps, je cherchais celui ou celle qui m'aiderait à raconter cette réalité aussi diverse que capitale (car sans elle nous ne serions pas), cette réalité aussi fragile qu'obstinée : « le Vivant ».

Le Vivant sous toutes ses formes, et pas seulement du point de vue de ceux qui, comme nous, les humains, s'en croient les maîtres.

Savez-vous que la nation iroquoise avait l'habitude de demander, avant chaque palabre, qui, dans l'assemblée, allait parler au nom du loup[1] ?

Ce personnage, je l'ai trouvé.

Vous le connaissez. Il était là, tout près.

Au plus proche de nous, et pourtant nous le mangeons, sans vergogne.

Un jour, je l'ai entendu grogner. C'était sa manière à lui de me donner son accord.

---

1. Présentation de la belle collection « Mondes sauvages, pour une nouvelle alliance » (Actes Sud).

Et c'est ainsi qu'ensemble, le cochon et moi, sommes partis en reportage.

De la Bretagne à la Chine, et des temps les plus anciens, entre le Tigre et l'Euphrate, jusqu'aux rivages les plus vertigineux de la modernité, entre manipulations génétiques et déraisonnables élevages.

Chemin faisant, mais ne craignez rien, toujours respectant gestes barrières et distances sanitaires, nous avons croisé nombre d'autres animaux, dont quelques virus à l'inventivité redoutable, et cette chauve-souris devenue mon amie après son prix Nobel d'immunologie.

Ne comptez pas sur moi pour nier mes maîtres.

J'avais découvert par hasard que chaque jeudi, juste avant notre séance de l'Académie, Claude Lévi-Strauss s'offrait une petite sieste, bien caché au fond de la bibliothèque. Il avait la gentillesse de ne pas s'étonner de ma présence régulière. Ma profession le stupéfiait : « Comment peut-on être *seulement* économiste ? » Dès lors, et durant dix ans, par des cures qui ne duraient chaque fois que quelques minutes, il entreprit de me guérir.

Merci à Élisabeth de Fontenay, son *Silence des bêtes* (Fayard, 1998) a réveillé mes oreilles.

Égale gratitude pour Gilles Bœuf et Bruno David, nos Buffon d'aujourd'hui, à ma jeune grande sœur, Isabelle Autissier ; à François Rodhain, Anna Bella Failloux et Didier Fontenille, mes initiateurs à l'inépuisable univers des insectes ; et à tous mes professeurs de vivant dans ma nouvelle famille, l'Institut Pasteur.

Et comment oublier Philippe Descola et Dominique Bourg ? Les titres de leurs livres valent programme : *Par-delà nature et culture*, pour le premier, *Une Nouvelle Terre*, pour le second. Ils ont changé ma vie, mieux vaut tard que jamais !

Mais croyez-moi ! Riche aussi est l'enseignement des cochons.

Voici, retranscrites le plus fidèlement possible, les leçons que j'en ai tirées.

Bon voyage en leur compagnie rose, fidèle et narquoise !

PREMIÈRE PARTIE

Une histoire commune

L'histoire des cochons, c'est la nôtre.

Elle commence il y a longtemps, très longtemps, voilà soixante-cinq millions d'années, par la plus heureuse des catastrophes.

Jusqu'alors les dinosaures avaient régné en maîtres sur la Terre. Si grands et si goinfres qu'ils ne laissaient rien à manger aux autres animaux.

Soudain, ils disparurent. Tous.

Frappés de maladies ou par de terribles explosions volcaniques ou par le heurt d'une météorite géante emplissant l'air de cendres brûlantes ? Qu'importe ! Bon débarras, les trop grosses bêtes. Place à nous, les mammifères !

D'autant que, sous la longue domination de ces géants (cent millions d'années), nous avions eu le temps de vérifier la supériorité de notre système d'engendrement. Qui pond sa descendance dans des œufs, même énormes, prend le risque de se les faire dévorer. Mieux vaut les garder jusqu'à la naissance dans son ventre ou dans une poche (bravo, les kangourous). Ainsi, on protège mieux la chair de sa chair, et, en cas de péril, on les emporte dans sa fuite.

Bref, à notre tour de dominer la planète.

Naît une ère nouvelle, qui se poursuit aujourd'hui. Elle rassemble le Tertiaire et le Quaternaire. On l'appelle Cénozoïque, du grec *kaïnos*, « nouveau », et *zoo*, l'« animal ».

Bienvenue dans le Temps des nouveaux animaux !

Passent les saisons. Je veux dire des millions d'années.

Pour répondre à toutes les contraintes, climatiques ou nutritionnelles, ces nouveaux animaux ne cessent de se diversifier.

Et voici que quelque part, entre Europe et Asie, à une date impossible à préciser, entre 100 000 et 60 000 ans avant Jésus-Christ, paraissent au fond des forêts d'étranges créatures appelées au plus formidable des destins.

Cette famille s'est à son tour divisée en quatre tribus.

Trois d'entre elles ont décidé de rejoindre l'Afrique : les Babiroussa, les Phacochères et les Potamochères. Le récit de leurs aventures, passionnantes, nous entraînerait trop loin. Hélas ! Concentrons-nous sur la quatrième de ces tribus, celle qui est demeurée en Europe et en Asie.

Ce sont les Sus.

Ces Sus vont à leur tour se diversifier. On n'en compte pas moins de DIX espèces, dont le sanglier du Vietnam, le sanglier des Célèbes, le sanglier de Java, le sanglier nain… celui qui nous intéresse : *Sus scorfa*.

C'est lui, L'ANCÊTRE, LE SANGLIER TUTÉLAIRE.

Car c'est de lui que vont descendre :
- le *scrofa Linnaeus*, le sanglier de nos futaies
- le *scrofa domesticus*, comme son nom l'indique le sauvage domestiqué, le cochon de nos fermes appelé à devenir le porc de nos assiettes.

Vive la phylogenèse, cette science qui enseigne la communauté des origines puis raconte par le menu la singularité des parcours ! Qui croirait, en regardant ce petit animal tout rose, qu'il soit riche d'un passé si complexe ?

Il était une fois le cochon.

Nous voilà partis dans l'histoire et la géographie.

1

Les chemins de la domestication

Beaucoup plus près de nous, à peine dix mille ans, s'ouvre un nouvel âge qui fut appelé celui « de la pierre nouvelle » (le néolithique). C'est à ce moment-là de notre histoire que nos relations avec la Terre se bouleversent.

Auparavant, nous marchions. Qui peut cueillir, qui peut chasser sans marcher ? Pour *prélever,* qui peut cesser de marcher ?

Un beau jour, nos ancêtres s'arrêtent. Entre deux fleuves (*meso,* « milieu », et *potamos*, « fleuve », en grec). Ils viennent de découvrir une sorte de paradis. La Mésopotamie. Un Croissant fertile. Plus besoin de courir pour se nourrir. Mieux vaut planter, puisque tout pousse. Mieux vaut élever des animaux plutôt que s'épuiser à les traquer.

Au lieu de *prélever,* nous allons désormais *produire*.

Une *production* dont nous comprendrons bien plus tard qu'elle est aussi *prélèvement.* Mais ne brûlons pas les étapes.

Les nomades deviennent sédentaires et, bientôt, s'assemblent. Naissent des villages, qui deviennent les premières villes.

Il était une fois des bêtes.

Entre 9 000 et 7 000 ans avant notre ère, les habitants du Croissant vont les domestiquer.

Métamorphoser les égagres en chèvres.

Les mouflons en moutons.

Les aurochs en bœufs.

Et les sangliers en cochons.

Le chien avait déjà quitté toute sauvagerie.

L'âne viendrait plus tard, suivi par le cheval. Et, bon dernier, le chat, le plus rétif à se faire embrigader, d'ailleurs toujours félin sous ses ronronnements trompeurs.

Nul n'a mieux raconté cette histoire que Rudyard Kipling.

> « Cela fut et advint, oui ma Très-Aimée, cela survint et se passa du temps que nos amies les bêtes étaient encore sauvages… »

Mais le mouvement continue. Les migrations ne datent pas d'aujourd'hui. Dès qu'ils ont pu se redresser sur leurs deux pieds, les êtres humains n'ont pas tenu en place, tantôt fuyant de nouveaux venus cruels, tantôt tenaillés par la faim (survient un moment où les croissants, même les plus fertiles, ne parviennent plus à nourrir tout le monde), tantôt torturés par le double démon de la curiosité et de l'ailleurs, c'est (forcément) mieux.

Au revoir, le Tigre ! Merci pour tout, l'Euphrate !

Des groupes de plus en plus nombreux gagnent l'Ouest, c'est-à-dire l'Europe centrale. Ils emportent avec eux leurs nouvelles pratiques d'agriculture et d'élevage, ainsi que cette ménagerie apprivoisée qui fait désormais partie de la famille. Les populations les voient arriver avec intérêt, notamment pour ces cochons qui ressemblent à leurs sangliers, en beaucoup plus doux, presque affectueux et bien plus dodus. On peut penser qu'un commerce se développe. Et pas question de laisser vaguer dans la forêt ces bêtes nouvellement acquises : elles ont coûté bien trop cher. Dans les Balkans, de nouvelles races se développent, de plus en plus éloignées de leurs cousins sauvages.

Grâce à la génétique, nous pouvons suivre le parcours des animaux.

D'après les renseignements rassemblés par mes amis lyonnais archéozoologues, il semblerait que la domestication des porcs ait suivi deux voies.

La première, plein ouest, ne quitte pas le cours du Danube, avant de remonter vers le nord jusqu'aux régions habitées par les Celtes.

La seconde voie longe lentement les rives de la Méditerranée.

En conséquence, les espèces se différencient, et, peu à peu, s'améliorent. Car la conquête romaine a fait bénéficier l'Europe de techniques d'élevage sans cesse plus efficaces. Les animaux, à force de sélections, gagnent en taille et en chair. La Gaule, par exemple, est peuplée d'innombrables troupeaux de cochons dont tout un chacun loue la voracité : elle seule permet de rendre vivables les villes en les débarrassant de leurs ordures.

Les grandes invasions barbares des IVe et Ve siècles

brisent pour longtemps ce bel élan. Les barrières s'ouvrent, qui protégeaient les fermes des forêts. Les gentils cochons s'ensauvagent. Lorsque la paix finit par revenir, il faut reprendre l'œuvre commencée près de dix mille ans plus tôt, entre l'Irak et la Syrie.

Pour ceux qui, s'intéressant aux sources des choses et des êtres, veulent savoir à quoi ressemblaient ces premiers porcs domestiques, un autre voyage s'impose, plus près de nous, dans la plus belle île du monde : la Corse.

2

Vive la Mésopotamie corse !

De Porto-Vecchio, la départementale D368 s'élève rapidement.

À L'Ospedale commencent la forêt et ses paysages de contes de fées, rochers énormes, arbres tordus.

Après Levie, grimpez encore un bon kilomètre, prenez à main droite la route du site archéologique Cucuruzzu, puis tournez à gauche. Nous y sommes. Devant la grille de l'auberge A Pignata, « La Marmite » (04 95 78 41 90), nous attend l'une des branches de la vieille et puissante famille Rocca Serra. Voici Antoine, le patriarche. Sa femme Lili, un peu souffrante, vous prie de l'excuser. Mais les fils sont là. Un autre Antoine et un Jean-Baptiste.

Sans plus tarder, nous grimpons dans un pick-up et partons sur un chemin de forêt. Petit arrêt pour remplir six grands seaux de bâtonnets d'orge et de maïs. La montée continue, maintenant accompagnée de longs coups de klaxon. De tous les sous-bois surgissent les cochons, petits comme grands, le verrat géant pas moins affamé que sa progéniture. Formidable spectacle : ils courent et se bousculent. Bientôt, ils se battent pour leur nourriture. Émotion, si l'on y pense. Se pressent devant nous les seuls vestiges encore vivants du Croissant fertile. Ceux qu'on appelle *porcu nustrale*. Ou *nustrales*.

Venus du Proche-Orient, les premiers cochons domestiqués s'étaient peu à peu mélangés à d'autres races au fur et à mesure qu'ils s'implantaient dans toute l'Europe. Leurs ancêtres débarqués un beau jour, sans doute d'un bateau phénicien, étaient demeurés eux-mêmes protégés par leur insularité. Et oui, croyez-moi si vous voulez, mais j'ai tous les documents qui l'attestent : d'un point de vue porcin, la Corse est un morceau de la Mésopotamie.

Le soir venu, durant le dîner (farandole de charcuteries – salami, coppa, lonzu, vuletta, prizuttu, fromage de tête, suivies de figatellu grillé au feu de bois –, l'ensemble accompagné d'un excellent rouge, Tarra di Sognu, « Terre de rêve », la bien-nommée), lorsque je leur raconte cette histoire, les Rocca Serra paraissent sidérés.

— Vous ne connaissiez pas cette histoire ?

— Tu nous l'apprends.

Rien de tel qu'un non-Corse pour donner à des Corses une nouvelle raison d'aimer la Corse.

3

Une hantise venue du fond des âges

Circé est une personne singulière, présente chez Homère (dans son *Odyssée*) comme chez Ovide (au chant XIV de ses *Métamorphoses*).

Son nom vient de *kirké,* « oiseau de proie ».

Cette magicienne, fille d'Hélios (le Soleil) et de Perséis (l'une des trois mille nymphes aquatiques, les Océanides), est redoutée, car dotée de pouvoirs puissants. Pour cette raison, on la qualifie, en tremblant, de *polypharmakos,* c'est-à-dire : « particulièrement experte en de multiples drogues et poisons ».

Elle a élu domicile au bord de la mer Méditerranée, au sud de Rome et des marais Pontins, une colline élevée, visible de très loin par les navigateurs.

Comme tant d'autres avant eux, Ulysse et ses compagnons tombent dans le piège.

Avant d'être emporté par le récit d'Ovide, sachez que la terreur d'être changés en animaux, aujourd'hui quelque peu calmée, hanta les humains de l'Antiquité, et que cette terreur dura jusqu'à la fin du Moyen Âge.

Écoutons le récit d'Ovide par la voix de Macareus :

« Un navire, cependant, qui nous portait moi-même et Ulysse, échappa au naufrage. Ayant perdu une partie de nos compagnons, accablés de douleur, après bien des lamentations, nous abordons sur ces terres que tu vois d'ici, dans le lointain. [...] Circé est assise au fond d'une salle magnifique, sur un trône élevé, vêtue d'une robe éblouissante par-dessus laquelle elle est enveloppée d'un manteau tissé d'or. Des Néréides et des Nymphes l'entourent, mais qui n'étirent nulle laine de leurs doigts agiles ni ne filent le lin docile : elles disposent des plantes, et dans des corbeilles, rangent séparément des fleurs disséminées sans ordre et des herbes de couleurs différentes. Circé suit elle-même attentivement la besogne qu'elles font ; c'est elle qui sait à quoi peut servir chaque feuille, quelle combinaison efficace forme leur mélange ; et elle surveille avec soin la pesée des herbes.

Dès qu'elle nous vit, une fois les saluts échangés entre nous, son visage s'épanouit, et elle répondit à nos souhaits par les siens. Sans plus attendre, elle donne l'ordre de faire un mélange d'orge en grains grillés, de miel, de vin fort, avec du lait caillé, et y ajoute des sucs qui puissent se dissimuler furtivement sous la douceur du breuvage. Nous prenons de sa main divine la coupe qu'elle nous tend. Dès que, dévorés par la soif, nous les eûmes vidées d'une bouche altérée et que la cruelle déesse eut touché l'extrémité de nos cheveux avec sa baguette, j'en suis honteux, mais je l'avouerai, je sens mon corps se hérisser de soies. Je ne puis plus parler ; en guise de mots, je profère de rauques grognements ; je tombe en avant, tout le visage tourné vers la terre ;

je sentis alors ma bouche se durcir en un groin bombé, mon cou se gonfler de muscles épais, et les membres qui m'avaient servi à prendre la coupe imprimaient des pas sur le sol. Avec mes compagnons victimes d'une semblable métamorphose – si grande est la vertu des philtres –, je suis enfermé dans une étable. Nous vîmes Euryloque seul ne pas prendre l'apparence d'un pourceau : il avait refusé la coupe offerte. »

Notons l'étrange manie de Circé.

Pourquoi user de ses pouvoirs exceptionnels pour

1. métamorphoser en bêtes sauvages tous les hommes qui viennent lui rendre visite ?
2. et, sitôt devenus bêtes et sauvages, pourquoi les apprivoiser ?

Circé n'aurait-elle pas économisé des forces et de l'énergie en se contentant d'adoucir ses marins de passage ? Ou faut-il considérer que c'est justement le fait de dompter la sauvagerie qui excitait la *polypharmakos* ? Allez vous y retrouver dans les fantasmes d'une magicienne.

Revenons au récit.

« Ulysse prévenu de ce terrible malheur ne serait pas venu chez Circé pour tirer d'elle une vengeance. Le dieu pacificateur du Cyllène lui avait donné une fleur blanche, à racine noire, que les habitants du ciel appellent *moly*. À l'abri de tout danger, grâce à elle et aux conseils célestes, il pénètre dans la demeure de Circé ; invité à accepter le perfide breuvage, comme la déesse tentait de lui caresser les cheveux avec sa baguette, il la repoussa et, la menaçant de son épée qu'il avait tirée, l'obligea, terrifiée, à y renoncer. Alors, ils échangent des serments de loyauté et joignent leurs mains. Accueilli dans la couche de Circé, Ulysse lui demande, en retour pour cette union, de lui rendre ses compagnons. Elle nous frappe la tête d'un coup de sa baguette, elle prononce des mots [...]. À mesure qu'elle récite son incantation, nous relevant de terre, nous nous redressons, nos soies tombent, la fente qui nous faisait des pieds fourchus disparaît, nos épaules reprennent leur carrure, à la partie antérieure de nos bras s'articule un avant-bras. Ulysse pleurait ; pleurant nous-mêmes, les bras passés autour de son cou, nous embrassons étroitement notre chef. Nous nous attardâmes un an en ces lieux, et, pendant ce long séjour, j'assistai à bien des spectacles, et j'entendis raconter bien des choses. »

Pas besoin d'être féru de psychanalyse pour saisir la symbolique fort virile de l'épée salvatrice d'Ulysse. Et avouez que, dans le climat présent, cette histoire prend une saveur particulière. Un goût délicieux de politiquement très incorrect : balance ton homme ou apprivoise ton porc ?

Il était une fois la plus puissante des magiciennes n'ayant rien de plus urgent à faire que de changer en porcs d'innocents navigateurs venus relâcher au pied de son promontoire.

4

Une ressemblance vertigineuse

Désolé de vous l'apprendre ainsi, sans précaution particulière, mais vous, moi, votre maman bien-aimée, l'oncle James d'Amérique, avant nous Mozart ou Einstein et, après nous, les enfants de nos enfants, la chair de notre chair, NOUS SOMMES, EN MAJEURE PARTIE, DES COCHONS.

La découverte de ce cousinage, réjouissant pour les uns, repoussant pour les autres, est une longue histoire.

Dès que l'homme fut homme, c'est-à-dire chasseur, mais aussi guerrier, quotidiennes furent pour lui les occasions de découvrir l'intérieur des corps. Il dépeçait les gibiers pour mieux s'en nourrir. Il observait les plaies de ses ennemis pour mieux se réjouir de leur mort. Et, quand lui-même était atteint, l'un de ses proches ne manquait pas de l'observer pour se demander comment réparer.

Il faut attendre la Grèce du Ve siècle (av. J.-C.), et Hippocrate, celui que l'Histoire, nourrie de légendes, présente toujours comme le « père de la médecine », pour que ces observations se systématisent avec des motifs véritablement scientifiques.

Mais la connaissance avance difficilement, car le corps humain reste sacré : sa dissection est généralement frappée d'interdit. Alors, on cherche des analogies avec les animaux. Et un certain Dioclès de Carystos écrit un premier traité d'*Anatomie animale*, dont Aristote (384-322 av. J.-C.) se serait inspiré :

> « Les parties internes de l'homme sont tout particulièrement ignorées, au point qu'il fallut les étudier par référence aux parties des autres animaux dont la nature est proche de celle de l'homme. »

Avec la dynastie des Ptolémées, successeurs d'Alexandre le Grand, qui prennent le pouvoir à la fin du IIIe siècle av. J.-C., les règles changent. Non seulement les recherches sur les cadavres deviennent autorisées, mais la bonne ville d'Alexandrie permet soudain de prendre comme sujets d'étude… des *êtres humains vivants*. Les prisons sont pleines. Pourquoi ne pas utiliser ces condamnés ?

D'après les chroniques du temps, plus de six cents malheureux furent ainsi attachés tout vifs sur une table de pierre et soumis à la curiosité des chercheurs du cru. On les scie, on les ouvre, on les découpe, on les charcute, on les explore, bref, on dissèque. Sans souci de la douleur, ni des hurlements des torturés. Cette période de terrible liberté va durer cinquante ans, jusqu'à ce que les autorités, accablées de reproches, reviennent sur leur décision. Deux noms sont parvenus jusqu'à nous : Érasistrate, Hérophile, les « maîtres » de cette école alexandrine. Nous devons à la vérité de constater que ce demi-siècle a permis de beaucoup progresser dans la connaissance de notre anatomie profonde. Cette parenthèse refermée, les médecins devront revenir aux méthodes anciennes : trouver des cadavres en cachette et recourir aux animaux, ces derniers tout aussi vivants, d'ailleurs, que les condamnés d'Alexandrie.

La grande figure suivante, et plus noble, est celle de Galien.

Né à Pergame, en Asie Mineure (v. 129 ap. J.-C.), il va exercer la médecine à Rome et soigner plusieurs empereurs. L'observation est au cœur de sa méthode. C'est le premier à s'intéresser à des singes macaques qu'on lui rapporte d'Afrique du Nord. Ils viennent rejoindre la véritable ménagerie, au milieu de laquelle il vit, et dans laquelle se croisent animaux sauvages et domestiques. De cette observation forcenée, il tirera des principes médicaux qui auront, à la lettre, force de lois (qui devront être respectés sous peine de condamnation).

Beaucoup plus tard, les lieux de recherche et d'enseignement vont se multiplier : Montpellier (première faculté de médecine du monde, ouverte au début du XIIe siècle), Bologne, Paris… L'Église va y tolérer l'utilisation de cadavres pour des raisons pédagogiques. Le Flamand André Vésale effectuera en 1563 la première dissection humaine devant un public.

Pendant que l'exploration des animaux se poursuit. Depuis longtemps déjà, les auteurs chrétiens reconnaissent aux hommes *trois cousins* :

1. Le singe, même si, de lui, il faut se méfier particulièrement. Animal diabolique s'il en est : en fait très différent de nous, il fait semblant de nous ressembler.
2. L'ours, car, de l'extérieur, on dirait nous. Aussi pataud, aussi cruel quand l'appétit lui vient, aussi gourmand de sucre.
3. Mais le plus proche de tous ces *cousins* est le *cochon*. Car « tout est identique à l'intérieur ».

Similitude, d'abord dans la disposition des organes. Ouvrez deux corps, celui d'un cochon, celui d'un homme : vous pourriez vous tromper tant les géographies se ressemblent. Les machineries de la vie sont organisées de la même manière.

Similitude ensuite de la plupart de ces organes.

Regardez son cœur ! On dirait le nôtre. Même poids, même forme. Et, si on l'ouvre, les mêmes cavités : les mêmes deux oreillettes, les mêmes deux ventricules. On comprend pourquoi les apprentis chirurgiens cardiaques s'entraînent sur cette maquette parfaite.

Appareil digestif très ressemblant, puisque, comme nous, et à la différence des vaches, par exemple, le cochon ne possède qu'un seul estomac dont la capacité limitée lui interdit de stocker les aliments et l'oblige donc à se nourrir chaque jour. Et, comme chez nous, la bile (venue du foie) et un suc (venu du pancréas) aident à la digestion des aliments.

Poumons : peu différents.

Pour l'appareil reproducteur, mêmes testicules

(deux), enveloppés pareillement dans des bourses qui lui descendent bas entre les cuisses. Même prostate et, pour les femelles, deux ovaires, mêmes trompes de Fallope.

Notons cependant trois originalités porcines : sa verge en érection peut atteindre soixante centimètres. Le gland de son pénis est… en forme de vrille. La croyance populaire se trouve vérifiée : il a bien « la queue en tire-bouchon ». Et il peut éjaculer jusqu'à un demi-litre de sperme.

Son système endocrinien semble la copie du nôtre (ou réciproquement).

La peau d'aucun être vivant ne ressemble plus à la nôtre que celle du porc : sa couleur dépend de sa race, et varie du rose très clair, presque blanc, au noir d'ébène. N'étant protégée par aucune fourrure ni par ses poils, épars, elle est pareillement agressée par les rayons ultraviolets. Comme nous, les cochons sont sujets aux « coups de soleil » et aux cancers cutanés.

Le porc, semblable à nous, élimine principalement ses déchets par voie urinaire (quatre litres par jour). On dirait que le Créateur a conçu ses reins sur le modèle exact des nôtres (ou l'inverse).

Quant à son système nerveux central, aucune vraie différence avec celui des hommes.

Bref, ce voisinage miraculeux a permis d'avancer beaucoup dans la connaissance de notre physiologie.

La génétique explique ce cousinage. Si nous partageons avec les chimpanzés et les bonobos 98 % de gènes, cette proportion dépasse 95 % avec les cochons. Une longue étude internationale, à laquelle avait participé l'INRA et publiée par la revue *Nature* en 2012, évalue nos capacités respectives, et la comparaison ne vire pas toujours à notre avantage.

Par exemple, le porc possède un plus grand nombre de gènes olfactifs que nous (son odorat est bien plus précis : raison pour laquelle on l'utilise pour chercher les truffes). Néanmoins, il dispose de moins de gènes associés à la perception du goût amer : cette insuffisance lui permet de manger n'importe quoi, notamment nos ordures, considérées par nous comme répugnantes.

Une dernière approche, l'étude des comportements, confirme ce cousinage. Le porc aime la société de ses semblables. Et, comme l'homme, il dégrade son environnement sans qu'il paraisse en être affecté.

À peine venons-nous de commencer notre enquête que déjà se fissure la frontière entre l'homme et l'animal.

5

Pourquoi cette couleur bleue de notre drapeau ?

La Confrérie secrète des amis véritables du cochon célèbre Michel Pastoureau. Cet homme, s'il n'était pas si modeste, pourrait présenter le plus merveilleux curriculum de l'Université française. D'abord conservateur au cabinet des Médailles de la Bibliothèque nationale, puis, dans cette maison qu'on appelle avec révérence « les Hautes Études », titulaire de la chaire d'histoire et spécialiste de la symbolique médiévale. Sachez aussi qu'il s'est choisi, depuis l'enfance, deux principaux sujets d'étude : les animaux et les couleurs. Un beau jour, il décida de réunir ses deux passions.

Lisez *Le Roi tué par un cochon*[1] !

Vous vous y enrichirez d'innombrables connaissances et apprendrez, notamment, la raison accidentelle pour laquelle le bleu est devenu la couleur de la France.

Vous comprendrez par la même occasion quelle place – centrale – occupait le cochon dans les sociétés anciennes.

---

1. Seuil, 2015.

En cette soirée du 13 octobre 1131, Philippe, fils aîné du roi Louis VI, chevauche dans une rue de l'Est parisien. Il a 15 ans. Une troupe de joyeux camarades l'accompagne. Ils reviennent d'une partie de chasse dans le bois, voisin, de Vincennes.

Soudain, un cochon, poursuivi par de jeunes enfants, surgit de la gauche. Les cochons sont nombreux dans les villes médiévales, ils ne seront que beaucoup plus tard élevés en enclos. Les cochons errent où bon leur semble, éboueurs naturels, ils se nourrissent d'ordures qui, sans eux, envahiraient l'espace et empuantiraient plus encore l'atmosphère.

Le cochon heurte le cheval, celui-ci se cabre. Le cavalier chute. Sa tête heurte une pierre. Le cheval tombe à son tour, sur le fils du roi, qu'il écrase.

Louis VI est prévenu. Il accourt avec la reine. Philippe meurt peu après. Tous les témoins décrivent la terrible douleur des parents. Une douleur partagée par l'ensemble du royaume dès que la nouvelle est connue, une nouvelle bientôt chargée d'effroi.

Le Moyen Âge est hanté par les signes et la culture religieuse.

Toute chute de cheval est un avertissement divin. N'est-ce pas Dieu lui-même qui, sur le chemin de Damas, a précipité Paul à terre ? Chacun se souvient de la phrase prononcée alors par le Très-Haut : « Pourquoi, mais pourquoi me persécutes-tu ? » Cette mort du fils ne serait-elle pas la punition de son père, Louis VI, décidé, depuis quelque temps, à émanciper l'État du pouvoir de l'Église ?

Autre rumeur, de plus en plus persistante : et si ce cochon avait été envoyé par le diable ? On ne parle plus que de *porcus diabolicus.* La France serait-elle maudite ?

D'autant que ce Philippe n'est pas seulement le fils aîné de Louis. Deux ans plus tôt, le jour de Pâques, l'archevêque de Reims lui a solennellement remis le titre de « jeune roi », *rex junior.* C'est l'*autre* roi, le roi *désigné.*

Ironie supplémentaire : en grec, Philippe signifie « l'ami des chevaux ».

Dans les chroniques retrouvées par Michel Pastoureau, le mot qui revient le plus souvent pour qualifier la mort du prince est celui d'infâme. Du latin *infama,* « qui nuit à la *fama* », la renommée, l'honneur. Cet accident par la bête impure est une souillure. Une souillure qui n'affecte pas seulement la dynastie, mais le royaume tout entier. Chacun se regarde et s'interroge : serions-nous *maudits* ?

Les événements dramatiques qui suivent ne sont pas de nature à rassurer. L'angoisse saisit le pays, malgré la bataille symbolique que s'empresse de mener l'équipe de communicants auprès du pauvre père dévoré par le chagrin. À la manœuvre, le grand Suger, le tout-puissant abbé de Saint-Denis.

C'est au cœur de son église, cimetière royal, que Philippe est enterré. Afin que nul n'ignore qu'il était roi, aussi. Deux jours plus tard, son tout jeune frère Louis (10 ans) est sacré à Reims, par le pape Innocent II, rien de moins. Sa Sainteté se trouvait là par un heureux hasard, sa participation à un petit concile.

Louis VI meurt six ans plus tard (1137) dans un royaume qui, peu à peu, reprend confiance, d'autant qu'il vient de s'agrandir d'un bon tiers. Le mariage du jeune Louis avec Aliénor, fille du duc d'Aquitaine, apporte à la couronne l'immensité des territoires entre Loire et Pyrénées.

Hélas, le nouveau règne commence par une suite de décisions désastreuses. L'élection au suffrage universel ne nous a pas toujours garanti de bons présidents, mais les aléas des successions peuvent entraîner des catastrophes.

Louis VII n'est devenu roi que par l'accident de son frère. Rien, ni personne, et moins encore lui-même, ne l'ont préparé à cette responsabilité. Entre autres stupidités, il choisit d'intervenir *militairement* dans une querelle familiale entre Raoul de Vermandois et Thibaud de Champagne. Ses soldats assiègent Vitry-le-François, pénètrent dans la ville, la pillent allègrement avant de mettre le feu à l'église où se sont réfugiés un millier d'habitants.

Indignation immédiate et générale.

Le *porcus diabolicus* ne dormait que d'un œil. Après quelque temps d'accalmie, sa malédiction frappe à nouveau la France.

L'avantage des catholiques, c'est leur possibilité de se faire absoudre de leurs fautes, même les plus lourdes, en allant se confesser. L'inconvénient, c'est que le pardon peut être conditionné à des pénitences, parfois coûteuses. C'est ainsi que Bernard, abbé de Clairvaux, ordonne au pécheur de… lever une armée pour libérer des infidèles les Lieux saints de Palestine.

Cette croisade, deuxième du nom, sera particulièrement désastreuse. Elle n'aboutira qu'à conforter les musulmans dans leurs conquêtes, conduire au trépas la fine fleur de la chevalerie française et vider le Trésor public.

Est-ce aussi le mauvais esprit du même cochon, décidément aussi malveillant qu'obstiné, qui pousse la reine Aliénor à divorcer ? Pis, elle va faire cadeau de son Aquitaine à son nouveau et très jeune mari, Henri Plantagenêt, appelé à devenir, deux ans plus tard, roi d'Angleterre.

Suger, toujours en charge de la communication, n'est pas loin de se désespérer. En ultime recours, il appelle la mère de Dieu, autrement dit Marie.

Ce personnage présente la caractéristique d'être trois fois vierge. Avant la naissance de Jésus, pendant l'accouchement et tout le reste de sa vie.

Quelle plus pertinente incarnation de la pureté ?

Quelle alliée plus efficace pour se guérir à jamais des souillures passées ?

Pour se protéger des agissements *post mortem* d'un vulgaire cochon des rues, la France se place sous la protection de la trois fois Vierge.

Promenons-nous, grâce à Michel Pastoureau, dans la symbolique du Moyen Âge. C'est le plus merveilleux des jardins.

La mère de Dieu est incarnée dans une fleur, le lis, dont les trois pétales disent la virginité, la fécondité et la souveraineté.

Elle a sa couleur, le bleu, celui du ciel.

À son imitation sont choisies les armoiries royales : *d'azur semé de fleurs de lys d'or.*

Jusque-là dédaigné, le bleu se répand. Regardez la place qu'il occupe dans les vitraux des cathédrales.

La Révolution l'adoptera comme couleur nationale. Ses soldats, vêtus de bleu, iront en Vendée affronter les *Blancs* (les royalistes). Et, de nos jours, n'appelle-t-on pas nos glorieux footballeurs *les Bleus* ?

Bientôt, le drapeau tricolore de la nation commencera par le bleu.

Qui, aujourd'hui, penserait à en remercier le *porcus diabolicus* du 13 octobre 1131 ?

La chronique raconte que deux siècles plus tard, un autre Philippe, le Bel, celui-là, mourut des suites de blessures à lui causées dans la sombre forêt d'Halatte par un sanglier d'une taille *gigantesque*.

6

Les procès d'animaux

Le *porcus diabolicus,* meurtrier du jeune roi désigné Philippe, a eu de la chance. Quelques dizaines d'années plus tard, il aurait été arrêté, jugé, puis condamné à mort.

Les procès d'animaux ne commencent vraiment que vers le milieu du XIIIe siècle, à un moment où la chrétienté se sent attaquée de toutes parts et se défend en multipliant les procès contre les hérétiques, les incroyants, les marginaux, les fous et... les animaux.

Dans un livre aussi passionnant que terrifiant[1], Claudine Fabre-Vassas raconte l'histoire d'un certain Jehan Martin, âgé de 5 ans, dévoré par une truie dans la région de Compiègne en l'an de grâce 1386. La bête est illico « confisquée pour être mise au dernier supplice et pendue par les pieds de derrière ». À Falaise, une autre truie se rend coupable d'un semblable infanticide. Elle aussi finira mal : le groin sectionné, puis pendue. Mais, auparavant, on

1. *La Bête singulière, les juifs, les chrétiens et le cochon*, Paris, Gallimard, 1994.

l'aura gantée, habillée d'une veste et d'un haut-de-chausses.

Ces procès d'animaux dureront jusqu'à la moitié du XVIIIe siècle.

En bonne logique, ces procès supposent la *responsabilité* des animaux, et donc l'existence d'une *conscience,* notamment celle du bien et du mal. Dès le XIIIe siècle, les théologiens s'interrogent : si le corps du cochon ressemble tellement au corps des humains, si cet animal familier prouve chaque jour sa capacité de débrouillardise, de reconnaissance, d'attachement, faut-il franchir une nouvelle étape et déduire de cette similitude avec nous qu'il possède aussi une *âme* ? Et si âme il y a, quelle sorte d'âme ?

Questions sans réponses, toujours débattues aujourd'hui. Mais lors d'autres procès, ceux-là intentés aux hommes pour les souffrances qu'ils font endurer à leurs frères animaux. Nous y reviendrons.

7

Porcelaine

Savez-vous d'où vient le nom de cette matière, la délicatesse même ?

Le crédit doit en être attribué au plus célèbre des marchands vénitiens.

Lors d'un des voyages dont il jure qu'ils l'ont *vraiment* conduit jusqu'en Chine (1271-1295), Marco Polo dit y avoir découvert une céramique fine et translucide, inconnue en Europe. Il la baptise *porcelana*, car son brillant et son nacré lui font penser à ces coquillages très prisés des Romains et par eux appelés ainsi à cause de leur ressemblance avec... la vulve d'une truie (*porcella*).

Les Chinois vendront chez nous beaucoup de porcelaines, mais réussiront à garder près de cinq siècles leurs secrets de fabrication. C'est un jésuite au nom merveilleux et quasi prédestiné, le père d'Entrecolles, qui, espion industriel avant l'heure, révélera la matière première employée : le kaolin, une argile blanche, friable et réfractaire. Rien à voir avec ces coquillages à la forme évocatrice.

Une fois de plus, Marco Polo s'était laissé emporter par son imagination.

Notons que les scientifiques ont aussi cédé au fantasme. Le nom de la famille des *cypréidés,* à laquelle appartiennent les coquillages *porcelaine,* vient du grec *kuprys,* qui est une autre appellation d'Aphrodite, déesse de l'Amour.

8

La taxe du pied fourchu

Tout Juif voulant pénétrer dans la bonne ville de Strasbourg devait s'acquitter d'une taxe. Une taxe qui ne frappait que les Juifs. Une taxe vite appelée « du pied fourchu » puisque, comme chacun le sait, la vraie nature du Juif est d'être un cochon. Cette jolie redevance ne fut abolie, non sans batailles, que vers la fin du siècle des Lumières, pour être précis durant l'année divine 1784.

Chère lectrice, cher lecteur, si, un beau jour, le besoin vous prend de savoir jusqu'où peut aller la folie meurtrière de nos congénères du temps passé (et pourquoi pas futur), lisez la formidable enquête de Claudine Fabre-Vassas[1].

Je résume, mais le diable se niche dans les détails, et notamment le diable antisémite.

Tout commence par l'obsession des chrétiens : se différencier de cette race honnie, les Juifs.

Cette différence n'étant pas finalement très évidente, un humain ressemblant globalement plus à un autre humain qu'à un zèbre ou à un scarabée, on aura recours aux traditions alimentaires. Le chré-

1. *La Bête singulière*, *op. cit.*

tien mange du cochon, le Juif non. C'est sur cette base que se déploie le délire. Savez-vous pourquoi le Juif s'interdit la viande de porc ? Tout simplement, parce qu'il EST un porc. Et, riche de toutes les tares, mais pas de celle de l'anthropophagie, le Juif/cochon refuse de se manger lui-même.

À partir de ce présupposé aussi magistral qu'imparable, on n'aura plus qu'à dérouler les preuves de l'identité porcine du Juif :

1. De même que le porc mâle est castré, de même le garçon juif est circoncis.

2. La peau et la chair du porc sont rouges, semblable à celle du Juif, même s'il s'en cache : le traître Judas n'était-il pas roux ?

3. Comme tous les êtres rouges, le porc et le Juif *sentent*.

4. Le cochon se nourrit d'ordures, comme le Juif, qui ne laisse rien perdre.

5. Lorsque, pour punir leurs forfaits, on condamne à mort un porc ou un Juif, on les pend à l'envers, tête en bas. Imaginez-vous le seul hasard dictant cette pratique à la justice de notre pays ?

6. Plus tirée par les cheveux, mais colportée des siècles durant dans toute l'Europe, cette lecture, un rien biaisée, de l'élevage familial. Dans un foyer, accueillir un cochon est la bonne manière d'épargner. On investit dans un pour-

ceau ; une fois convenablement engraissé, on le tuera ou on le vendra. DONC le cochon est l'incarnation du prêt à intérêt. CONCLUSION : le cochon est un usurier, DONC un Juif.

7. Pour finir en beauté, on se fera frissonner, la nuit venue, en se racontant d'effrayantes histoires de meurtres rituels et d'hosties qui saignent. De même qu'il arrive à certains cochons de dévorer leurs petits, de même on dit que le Juif, quand vient le temps de la Pâque, se sent une obscure et pressante envie de sacrifier des enfants. Les siens étant sacrés, il s'attaque aux bambins chrétiens. Les modalités ne sont pas très claires. Le sang, tabou pour les Juifs, DONC objet chez eux d'une attirance irrépressible, joue le rôle principal. Occasion de faire entrer dans la ronde les femmes en période de menstruations.

Des siècles durant, ce genre de rumeurs, nées de récits déments, dérangèrent les esprits. S'y mêlaient, s'y mêlent encore, sans limites ni raison, l'incestueux et l'étranger, le même et l'autre, la femelle et le mâle, l'ordure et la nourriture, les humeurs et le sang, le porc et l'humain, le chrétien et le Juif.

Comment ne pas penser aux lignes implacables de Sartre, placées par Delphine Horvilleur en ouverture de ses *Réflexions sur la question antisémite* ?

> « L'antisémite est un homme qui a peur. Non des Juifs, certes : de lui-même, de sa conscience, de sa

liberté, de ses instincts, de ses responsabilités, de sa solitude, du changement, de la société et du monde ; de tout, sauf des Juifs… C'est l'homme qui veut être roc impitoyable, torrent furieux, foudre dévastatrice : tout, sauf un homme. »

9

Une visite au Muséum

L'ancien Jardin royal des plantes devenu Muséum national d'histoire naturelle est le plus beau des cadeaux offerts aux Parisiens. Sitôt franchi la porte du 57, rue Cuvier, vous quittez l'agitation de la ville pour pénétrer dans une suite de royaumes enchantés, les pays du Vivant. Les grands arbres vous enseignent l'ombre et le temps, les animaux et les plantes vous apprennent le divers, une galerie vous entraîne dans l'évolution, et tendez l'oreille : ici, même les pierres parlent.

J'y viens et reviens depuis maintenant soixante ans pour prendre leçons. Imaginez que c'est là, dans l'ancien bureau de Buffon (directeur du lieu de 1739 à 1788), que Gilles Bœuf m'a fait découvrir un jour la nette supériorité aéronautique des libellules (par rapport aux Airbus). C'est là que Pascale Joannot m'a raconté, non sans rougir, les folles partouzes des coraux. C'est là que Bruno David m'a donné les dernières et profondes nouvelles de mes chères Terres australes.

Vous avez compris : mon amour de l'endroit tient de l'addiction. Et lorsqu'une mauvaise raison me prive de ma visite hebdomadaire, je me console en lisant Georges-Louis Leclerc, comte de Buffon, par ailleurs l'un des plus beaux styles de la langue française.

Jugez-en.

Le cheval

« La plus noble conquête que l'homme ait jamais faite est celle de ce fier et fougueux animal qui partage avec lui les fatigues de la guerre et la gloire des combats ; aussi intrépide que son maître, le cheval voit le péril et l'affronte, il se fait au bruit des armes, il l'aime, il le cherche et s'anime de la même ardeur ; il partage aussi ses plaisirs, à la chasse, aux tournois, à la course, il brille, il étincelle ; mais docile autant que courageux, il ne se laisse point emporter à son feu, il sait réprimer ses mouvements, non seulement il fléchit sous la main de celui qui le guide, mais il semble consulter ses désirs, et obéissant toujours aux impressions qu'il en reçoit, il se précipite, se modère ou s'arrête, et n'agit que pour y satisfaire ; c'est une créature qui renonce à son être pour n'exister que par la volonté d'un autre, qui sait même la prévenir, qui par la promptitude et la précision de ses mouvements l'exprime et l'exécute, qui sent autant qu'on le désire, et ne rend qu'autant qu'on veut, qui se livrant sans réserve, ne se refuse à rien, sert de toutes ses forces, s'excède et même meurt pour mieux obéir. »

La brebis

« L'amour qui, dans les animaux, est le sentiment le plus vif et le plus général est aussi le seul qui semble donner quelque vivacité, quelque mouvement au bélier, il devient pétulant, il se bat, il s'élance contre les autres béliers, quelquefois même il attaque son berger ; mais la brebis, quoique en chaleur, n'en paraît pas plus animée, pas plus émue, elle n'a qu'autant d'instinct qu'il en faut pour ne pas refuser les approches du mâle, pour choisir sa nourriture et pour reconnaître son agneau. L'instinct est d'autant plus sûr qu'il est plus machinal, et, pour ainsi dire, plus inné ; le jeune agneau cherche lui-même dans un nombreux troupeau, trouve et saisit la mamelle de sa mère sans jamais se méprendre. L'on dit aussi que les moutons sont sensibles aux douceurs du chant, qu'ils paissent avec plus d'assiduité, qu'ils se portent mieux, qu'ils engraissent au son du chalumeau, que la musique a pour eux des attraits ; mais l'on dit encore plus souvent, et avec plus de fondement, qu'elle sert au moins à charmer l'ennui du berger, et que c'est à ce genre de vie oisive et solitaire que l'on doit rapporter l'origine de cet art. »

Et même le chat, qu'il déteste

« Le chat est un domestique infidèle, qu'on ne garde que par nécessité, pour l'opposer à un autre ennemi domestique encore plus incommode, et qu'on ne peut chasser : car nous ne comptons pas les gens qui, ayant du goût pour toutes les bêtes, n'élèvent des chats que pour s'en amuser : l'un a l'usage, l'autre l'abus ; et quoique ces animaux, surtout quand ils sont jeunes, aient de la gentillesse, ils ont en même temps une malice innée, un caractère faux, un naturel pervers, que l'âge augmente encore, et que l'éducation ne fait que masquer. De voleurs déterminés, ils deviennent seulement, lorsqu'ils sont bien élevés, souples et flatteurs, comme les fripons ; ils ont la même adresse, la même subtilité, le même goût pour faire le mal, le même penchant à la petite rapine ; comme eux ils savent couvrir leur marche, dissimuler leur dessein, épier les occasions, attendre, choisir, saisir l'instant de faire leur coup, se dérober ensuite au châtiment, fuir et demeurer éloignés jusqu'à ce qu'on les rappelle. Ils prennent aisément des habitudes de société, mais jamais les mœurs : ils n'ont que l'apparence de l'attachement ; on le voit à leurs mouvement obliques, à leurs yeux équivoques, ils ne regardent jamais en face la personne aimée... »

Calmez-vous, cochons jaloux ! Vous aussi êtes portraiturés? Même si, soyons franc, Buffon ne s'est intéressé à vous que pour appuyer sa conception de la causalité :

« Car ce n'est point de la quantité plus abondante des liqueurs séminales que dépend le grand nombre dans la production (de descendants), puisque le cheval, le cerf, le bélier, le bouc et d'autres animaux, qui ont une très grande abondance de liqueur séminale, ne produisent qu'en petit nombre ; tandis que le chien, le chat et d'autres animaux, qui n'ont qu'une moindre quantité de liqueur séminale, relativement à leur volume, produisent en grand nombre. Ce n'est pas non plus de la fréquence des accouplements que ce nombre dépend ; car l'on est assuré que le cochon et le chien n'ont besoin que d'un seul accouplement pour produire, et produire en grand nombre. La longue durée de l'accouplement, ou, pour mieux dire, du temps de l'émission de la liqueur séminale, ne paraît pas non plus être la cause à laquelle on doive rapporter cet effet ; car le chien ne demeure accouplé longtemps que parce qu'il est retenu par un obstacle qui naît de la conformation même des parties ; et quoique le cochon n'ait point cet obstacle, et qu'il demeure accouplé plus longtemps que la plupart des autres animaux, on ne peut en rien conclure pour la nombreuse production, puisqu'on voit qu'il ne faut au coq qu'un instant pour féconder tous les œufs qu'une poule peut produire en un mois. »

Seule l'intéresse une singularité, capitale :

« [...] la graisse du cochon est différente de celle de presque tous les autres animaux quadrupèdes, non seulement par sa consistance et sa qualité, mais aussi par sa position dans le corps de l'animal. [...] Le lard du cochon n'est ni mêlé avec la chair, ni ramassé aux extrémités de la chair ; il la recouvre partout, et forme une couche épaisse, distincte et continue entre la chair et la peau. Le cochon a cela de commun avec la baleine et les autres animaux cétacés, dont la graisse n'est qu'une espèce de lard à peu près de la même consistance, mais plus huileux que celui du cochon ; ce lard, dans les animaux cétacés, forme aussi sous la peau une couche de plusieurs pouces d'épaisseur, qui enveloppe la chair. »

10

Une petite visite à l'« Encyclopédie »

Diderot, dont l'ambition était de « recueillir l'ensemble des connaissances », ne pouvait oublier le cochon. Il confie la rédaction de l'article à un expert, Louis Jean-Marie Daubenton (1716-1799), premier directeur du Muséum d'histoire naturelle.

Après avoir décrit la bête, il s'attarde longuement sur les manières d'en prendre bien soin.

> « On donne le nom de toit ou de soue à l'endroit où l'on enferme les cochons. Il faut avoir deux toits, l'un pour les mâles, et l'autre pour les femelles et leurs petits ; sans quoi les verrats pourront blesser les truies quand elles seront pleines, et même dévorer les petits. L'aire du toit doit être bien pavée, les murs solidement construits, à moellon et mortier, et revêtus en dedans de douves de futailles. Comme ils font beaucoup de petits, le profit de ce bétail est considérable. Le porc châtré s'appelle cochon : celui qui ne l'est pas s'appelle verrat. Le verrat doit être choisi carré et vigoureux : il peut suffire à dix truies ; il n'est bon que depuis un an jusqu'à quatre ou cinq. La truie sera longue, et elle produira depuis un an jusqu'à six ou sept : elle porte quatre mois, et cochonne dans le cinquième ; ainsi elle

peut cochonner deux fois par an. Elle recherche l'approche du mâle quoique pleine.

Il faut donner aux cochons une petite litière, et nettoyer soigneusement leurs étables. Ces animaux aiment les bois, les glands, la faine, la châtaigne, et les fruits sauvages qu'on y trouve en automne, les terres fangeuses, les vers, les racines dont elles sont remplies, etc.

On les fait paître depuis le mois de Mars jusqu'en Octobre, deux fois par jour ; le matin après la rosée jusqu'à dix heures ; le soir depuis deux heures jusqu'au soleil couchant ; en Octobre, une fois, en hiver, une fois, pourvu qu'il n'y ait ni neige, ni pluie, ni vent, etc.

Il ne faut pas laisser souffrir la soif aux cochons. On soue, c'est-à-dire on lâche la femelle au mâle, en Février, Mars et Avril ; on prend pour cela le temps de manière que les petits n'aient pas à souffrir les rigueurs de l'hiver.

On nourrit amplement la truie quand elle a cochonné ; on lui donne un mélange de son, d'eau tiède, et d'herbes fraîches : on ne lui laissera que sept à huit petits ; on vendra les autres à trois semaines. On gardera les mâles de préférence aux femelles ; on ne laissera qu'une femelle sur quatre à cinq mâles : on sèvrera ceux-ci à deux mois ; on les laissera aller aux champs trois semaines après qu'ils seront venus ; on les nourrira d'eau blanchie avec le son soir et matin, jusqu'à ce qu'ils aient deux mois ; on les châtrera au printemps ou en automne, à six ou à quatre mois.

Quand les cochons seront forts, et qu'on se proposera de les engraisser, on leur donnera de l'orge pendant cinq ou six semaines, avec de l'eau mêlée de son ; on les mènera dans les forêts à la glandée, ou on leur donnera dans la maison le gland qu'on aura ramassé. Il faudra donc ramasser le gland dans la saison ; on le conservera en le faisant sécher au four. On joindra à cette nourriture les buvées d'eau chaude, avec les navets, les carottes, les choux, et tous les rebuts des herbes potagères. »

Permettons-nous de conseiller à Louis Jean-Marie Daubenton de ne pas ressusciter : une visite dans les élevages industriels d'aujourd'hui ne pourrait que le saisir d'effroi et le pousser à revenir sans tarder s'allonger dans sa tombe.

11

Le progrès animal

Éric Baratay raconte comme personne cette longue histoire, des premières invasions barbares, vers la fin du IVe siècle, jusqu'aux Lumières. Croyez-moi, lisez cette épopée : *Et l'homme créa l'animal*[1].

Tout se passe comme si les déferlantes successives des Huns, puis des Lombards, puis des Slaves avaient balayé tous les savoirs accumulés depuis la conquête romaine. On aurait dit que les fermiers avaient tout oublié. Les cochons si patiemment domestiqués, si soigneusement « améliorés », reperdent en taille et en chair et retrouvent leur état antérieur de sangliers.

Parallèlement, les consommateurs changent de préférence.

La viande de porc représentera, tout au long d'un Moyen Âge régulièrement tenaillé par la faim, la réserve première. Mais les seigneurs et les bourgeois urbains, qui en raffolaient jusqu'au XIIIe siècle, se mettent à la dédaigner, lui préférant le bœuf et le mouton. Ce sont donc ces derniers qui vont bénéficier de l'attention des éleveurs.

Les forêts rétrécissent, rongées par un défrichage

1. Odile Jacob, 2003.

général. Et celles qui demeurent sont jalousement protégées par leurs propriétaires, peu désireux de les voir dévastées chaque automne par des hordes d'animaux. N'ayant plus d'endroits où se nourrir, les porcs se font rares.

La révolution agricole, qui s'accélère vers 1750, va relancer leur élevage au prix de leur liberté. Ils ne doivent plus aller chercher au loin leur nourriture, puisque maïs et pommes de terre sont disponibles. Le plus simple est de les enfermer au plus près de la ferme.

Au revoir, nos promenades dans les futaies ! Bonjour les *soues,* ces enclos boueux où l'on va désormais nous entasser par dizaines, bientôt par centaines… Avec, pour nos propriétaires, cet avantage supplémentaire de l'exiguïté : moins nous bougerons, plus et plus vite nous engraisserons. Bientôt, nous passerons notre (brève) vie sans avoir jamais eu la possibilité de nous dérouiller *une seule fois* les jambes. Lesquelles ne sont-elles pas, d'abord, des jambons ?

Dans le même temps, les éleveurs, principalement anglais (Yorkshire), travaillent à sélectionner de nouvelles races correspondant aux nouveaux besoins (engraisser les porcs).

Avec le XIXe siècle s'installe une véritable « civilisation du porc » (Éric Baratay). Industrialisation et profusion vont de pair. De même que de plus en plus d'ouvriers, venus des campagnes, font tourner de plus en plus d'usines, de même de plus en plus de cochons, gavés aux portes des villes, nourrissent de plus en plus de producteurs, bouchers et charcutiers, mais aussi de transformateurs de poils en brosses et pinceaux, d'os en colles, de peaux en cuirs...

Comme toujours, nous devons à Émile Zola les pages les plus fortes sur ce siècle qui découvre l'ivresse du duo qui nous gouverne toujours, l'infernal alliage production/consommation. Replongez-vous dans *Le Ventre de Paris* (1873), bonne visite des Halles centrales, tout juste construites par Balard.

Lisa Macquart, sœur de Gervaise (l'héroïne de *L'Assommoir*), y est charcutière, mariée à Quenu, demi-frère de Florent, qui la découvre.

> « Il la contemplait, étonné de la trouver si belle. Il l'avait mal vue jusque-là, il ne savait pas regarder les femmes. Elle lui apparaissait au-dessus des viandes du comptoir. Devant elle s'étalaient, dans des plats de porcelaine blanche, les saucissons d'Arles et de Lyon entamés, les langues et les morceaux de petit salé cuits à l'eau, la tête de cochon noyée de gelée, un pot de rillettes ouvert... ; puis, à droite et à gauche, sur des planches, des pains de fromage d'Italie et de fromage de cochon, un jambon ordinaire d'un rose pâle, un jambon d'York à la chair saignante, sous une large bande de graisse. Et il y avait encore des plats ronds et ovales, les plats de la langue fourrée, de la galantine truffée, de la hure aux pistaches ; tandis que, tout près d'elle, sous sa main, étaient le veau piqué, le pâté de foie, le pâté de lièvre, dans des terrines jaunes... Elle rangea le lard de poitrine sur la petite étagère de marbre, elle aligna le pot de saindoux et le pot de graisse de rôti [...]. »

Une guerre s'ensuit, où s'opposeront les Gras et les Maigres. Préfiguration visionnaire des débats d'aujourd'hui sur l'hygiène alimentaire et l'efficacité des régimes.

Et salut aux animaux ! Sans leurs dépouilles, découpées et apprêtées de toutes les manières, qui remplirait le ventre de Paris ?

Pour nourrir cet ogre, il faut toujours plus de viande.

Au revoir, le porc, bête sinon sauvage du moins encore capable de trottiner.

Bonjour, le cochon-usine-à-viande ! A-t-on déjà vu des usines s'en aller par les chemins et fouiner sous les chênes ?

Au revoir, la minceur du sportif par nécessité !

Bonjour, l'obésité du prisonnier par facilité !

Au revoir, la peau trop sombre, signe infamant d'une proximité suspecte avec le très honteux ancêtre sanglier.

Bonjour, la couleur rose. Rose comme l'enfance, rose comme la bonne odeur, rose comme la bonne santé !

Vous avez dit Progrès ?

12

Une femme, un cochon

Les élevages ont beau s'industrialiser, nos relations avec les cochons conservent de l'intimité, réelle et/ou fantasmée.

Né à Namur en 1833, Félicien Rops, malgré son évident talent de graveur et d'illustrateur, n'aurait guère laissé de trace sans le piment de l'érotisme. Heureusement pour la pérennité de son œuvre, cet ancien élève des jésuites, époux de la fille d'un juge, n'aimait rien tant que dessiner des images lestes, le plus souvent iconoclastes et riches d'un symbolisme un peu lourd mais efficace. Sa *Tentation de saint Antoine,* par exemple, montre, en lieu et place du Christ, une femme nue sur la croix. Cette imagination, cette insolence et la précision de son trait lui valurent d'innombrables commandes, dont celles d'Auguste Poulet-Malassis, l'éditeur le plus célèbre de Paris, réfugié à Bruxelles pour production récidiviste de livres contraires aux bonnes mœurs. On se souvient qu'en 1857 il avait été condamné pour avoir osé présenter au public *Les Fleurs du mal* de Baudelaire.

La peinture la plus connue de Félicien s'appelle *Pornocratès, la Dame au cochon* (1878).

DR

Une femme bien en chair, altière et déterminée, seulement vêtue de bas mi-cuisse, marche derrière un cochon. Ses mains (gantées de noir) s'agrippent à la laisse.

Et pour que nul n'en ignore, la belle foule aux pieds les Arts anciens, des images de sculptures antiques. Depuis le ciel, en haut à gauche, trois angelots, allégories de l'amour, regardent la scène, plutôt catastrophés.

Nul besoin de réfléchir longtemps pour comprendre le message.

Cochon, incarnation de toutes les turpitudes. Pauvre cochon, il en a l'habitude !

Femme, esclave de son corps, c'est-à-dire de l'animalité.

Rengaine bien connue, que ce XIXe finissant, volontiers décadent, reprend *ad nauseam.*

Mais le sel de l'œuvre vient de son ambiguïté. Et les autorités de Namur, dans leur malice, ne s'y sont pas trompées. Elles ont récemment consacré toute une exposition à ce joyau de leur musée provincial : *Pornocratès dans tous ses états.*

Est-ce l'homme, animal stupide, qui est tenu en laisse par la femme, dominatrice ?

Ou est-ce la femme qui se laisse entraîner par ses instincts les plus vils ?

Et pourquoi porte-t-elle un bandeau ?

Doit-on y voir la preuve de la passivité bien connue du sexe faible ? Privée du moindre discernement, la créature serait du genre à dire oui à tout.

Hypothèse méprisante, donc vite rejetée.

À l'évidence, cet aveuglement est le signe de son hypocrisie, c'est-à-dire de son intelligence. La dame, la rouée, s'excuse par avance : ah bon, c'est là que vous m'emmeniez ? Pour ma part, je n'ai rien vu.

13

Une gênante incertitude

Sommes-nous bien sûrs d'appartenir à l'espèce humaine ?

Au cours de nos baignades, n'avons-nous pas ressenti, certain jour, qu'un poisson en nous n'attendait qu'un signe pour prendre le pouvoir et nous débarrasser de nos lourdeurs de Terriens ? Et quand la colère nous envahit, mieux vaut nous écarter des miroirs : ils nous révéleraient peut-être que nous sommes devenus hyène ou chien enragé.

Kafka conte la tragédie d'un certain Gregor Samsa qui se réveille un beau matin changé en énorme cancrelat[1].

> « Il était couché sur son dos, dur comme une carapace et, lorsqu'il levait un peu la tête, il découvrait un ventre brun, bombé [...]. Ses nombreuses pattes pitoyablement minces [...] papillotaient maladroitement devant ses yeux. »

Mais il est d'autres histoires, tout aussi vertigineuses.

1. Franz Kafka, *La Métamorphose*.

Par exemple, parue à Londres en 1922 : *La Femme changée en renard*, de David Garnett. Deux jeunes mariés se promènent dans une forêt. Soudain…

> « À l'endroit où sa femme avait été un instant plus tôt, il vit un petit renard d'un rouge très vif. Ce petit animal le regarda d'un air suppliant… »

Figurez-vous que leur amour perdura, en dépit de cette légère différence.

14

Un bébé est-il un cochon qui s'ignore ?

L'Antiquité d'Ovide n'est pas la seule à conter des métamorphoses. Les autres époques s'y aventurent aussi, en frissonnant de trouble et de crainte.

Au pays des merveilles, Alice[1] découvre des comportements étranges. Ainsi, dans la cuisine, elle tombe sur une duchesse qui s'amuse à lancer et relancer en l'air un bébé tandis qu'une folle lui jette à la tête tout ce qu'elle peut trouver : casseroles, assiettes et plats.

> « Alice saisit le bébé avec beaucoup de mal, car c'était un être bizarrement constitué avec des bras et des jambes qui partaient dans tous les sens ("exactement comme une étoile de mer", pensa Alice). Le pauvre petit, quand elle le reçut, ronflait comme un moteur à vapeur et n'arrêtait pas de se replier sur lui-même et de se déplier si bien que, pendant les deux premières minutes, tout ce qu'elle put faire fut de le tenir.
>
> Dès qu'elle eut trouvé le bon moyen de le porter (qui consistait à le tordre pour en faire une sorte de nœud et ensuite à le tenir solidement par l'oreille droite et le pied gauche pour l'empêcher de se dénouer), elle

1. Lewis Carroll (1865), *Alice au pays des merveilles*, traduction Michel Laporte.

l'emmena au grand air. “Si je ne prends pas ce bébé avec moi, pensa-t-elle, elles l'auront tué dans un jour ou deux. Ne serait-ce pas un crime de l'abandonner ?” Elle prononça ces derniers mots à voix haute, et la petite créature (qui avait cessé d'éternuer à ce moment-là) grogna en guise de réponse

— Ne grogne pas ! dit Alice. Ce n'est pas une façon convenable de t'exprimer !

Le bébé grogna de nouveau. Alice lui examina le visage avec anxiété pour voir ce qui n'allait pas. Il était indéniable qu'il avait un nez très aplati qui ressemblait beaucoup plus à un groin qu'à un nez normal. Et aussi, ses yeux devenaient extrêmement petits pour être ceux d'un bébé. Alice n'aima pas du tout la tournure que prenaient les choses.

“Mais peut-être était-ce simplement un sanglot”, pensa-t-elle, et elle regarda les yeux à nouveau pour voir s'il y avait des larmes. Non, il n'y en avait pas !

— Si tu te transformes en cochon, mon cher, dit Alice très sérieusement, je n'aurai plus rien à faire avec toi. Fais attention !

La malheureuse chose sanglota de nouveau (ou grogna, il était impossible de dire lequel des deux), puis ils restèrent l'un et l'autre silencieux un moment.

Alice commençait juste à se demander : “Voyons, que ferai-je de cette créature quand je serai revenue à la maison ?”, quand il grogna encore, si fort qu'elle l'examina de nouveau, assez alarmée. Cette fois, on ne pouvait pas se tromper sur son compte : c'était ni plus ni moins qu'un cochon. Et elle pensa qu'il serait absurde de sa part de le porter dans ses bras plus longtemps.

Aussi posa-t-elle la petite bête à terre et se sentit soulagée de la voir tranquillement entrer dans le bois en trottant. “En grandissant, se dit-elle, il serait devenu un enfant épouvantablement laid tandis qu'il fait un très joli cochon, je trouve."

Et elle se mit à penser à d'autres enfants qu'elle connaissait qui pourraient très bien faire des cochons et se disait juste : "Si seulement on savait comment s'y prendre pour les transformer !" »

15

L'histoire des cochons nageurs des Bahamas

Big Major Cay est l'une des trois cent soixante-cinq îles de l'archipel enchanté des Exumas (Bahamas).

Dans les années 1950, des marins non identifiés y débarquèrent une petite bande de cochons. Voulaient-ils s'y constituer une réserve alimentaire pour le cas où la guerre froide tournerait mal ? Mystère. Toujours est-il que les animaux commencèrent par prospérer, même si la nourriture de la petite forêt était maigre (vers de terre, racines et coquillages). Et même si le soleil trop fort frappant leur peau trop claire ne cessait de les brûler, jusqu'au cancer. Mais ils pouvaient toujours s'endormir à couvert et une source d'eau douce les abreuvait généreusement.

Quand ils s'ennuyaient trop sur ce territoire restreint, les prisonniers quadrupèdes s'offraient de longues baignades dans la mer turquoise.

Cette habitude ne pouvait échapper aux tour-opérateurs, toujours soucieux d'offrir à leur clientèle du neuf, de l'authentique, du 100 % « naturel ». Nager au milieu des dauphins n'étant plus original, pourquoi ne pas proposer la compagnie nautique des cochons ? Immédiat fut le succès ! Bientôt les touristes affluèrent, personne ne voulant manquer son selfie demi-nu, demi-nue, enlacé, enlacée avec le gros animal. Manifestations affectueuses dérangeantes, à la longue, mais sans de trop graves conséquences si ces visiteurs ne s'étaient pas mis à gaver de nourritures diverses leurs nouveaux amis. Pis, la mauvaise idée leur vint de les faire boire, et de l'alcool, bière ou rhum. Quelles photos plus désopilantes qu'un cochon tétant sa bouteille, avant de roter bruyamment et de se laisser aller à des comportements désordonnés ? Et qu'importe si, de temps à autre, dans la rigolade générale, on se fait mordre le cul ou taquiner les couilles…

Le résultat de ces bacchanales ne se fit pas attendre : deux, puis cinq, puis sept cochons moururent.

Une autopsie fut ordonnée. On trouva dans leur estomac, outre les saloperies diverses qu'on leur avait données, du sable, beaucoup trop de sable : les restes des pique-niques apportés par les touristes et abandonnés sur la plage.

D'après certaines informations, les autorités locales ont décidé de réglementer ces excursions zoophiles. Mieux, Alfred Gray, le ministre de l'Agriculture, sur rapport de ses services vétérinaires, a promulgué une loi interdisant formellement de donner à manger aux cochons nageurs. Lesquels vont devoir reprendre leurs rondes incessantes en quête d'une pitance toujours plus rare. Il n'est pas sûr que leur avenir s'annonce très rose.

16

Histoires pacifiques

Depuis des années, l'anthropologue Julien Clément s'étonne de mon ignorance du Pacifique. « Toi qui dis t'intéresser aux îles et à l'espèce humaine… » Il faut dire qu'il a écrit une thèse de doctorat célébrée à la fois par Claude Lévi-Strauss et les milieux sportifs. « Cultures physiques : le rugby de Samoa ».

Et voici que cette partie du monde se rappelait à mon souvenir. Non pour tenter de m'apprendre les racines de l'ovalité, mais pour me donner de nouveaux exemples du génie de mes chers cochons. Tous les spécialistes ne cessaient de m'allécher : vous ne pouvez manquer leurs aventures là-bas.

Je me suis renseigné sans tarder.

Introduits sur ces archipels plutôt tardivement, il n'y a que cinq ou six mille ans, ces animaux exceptionnels y ont vite occupé une place déterminante.

Non contents de jouer leur double rôle habituel d'éboueurs et de pourvoyeurs de nourriture carnée, abondante et facile à produire, ils se sont immiscés au cœur des relations sociales, en même temps qu'ils devenaient, aussitôt, des personnages importants de la cosmogonie locale.

Ne sachant résister à l'urgence de la curiosité, je me suis rabattu, faute de Micronésie, sur cette capitale du savoir, Montpellier. Manuel Boissière, un chercheur du CIRAD, ethnobotaniste (connaissez-vous plus riche spécialité, l'étude des liens entre les peuples et les plantes ?), raconte la vie quotidienne dans le village de Oksapmin, sur les Hautes Terres, juste à la frontière de la Papouasie occidentale[1].

Bien sûr, même dans les Hautes Terres, la modernité finit par gagner du terrain et, de génération en génération, l'emploi de la monnaie progresse. Mais l'argent, l'argent banal, l'argent abstrait, ce sinistre « équivalent général », est encore loin d'assurer tous les paiements. D'autant que le mot *paiement* est sec et maigrelet pour décrire la diversité des échanges au sein de la communauté. Pour rendre compte de ces réseaux inextricables de dons et de contre-dons, le terme *compensation* correspond mieux. Et c'est alors qu'intervient le cochon. Par exemple, pour une dot, le règlement du « prix » d'une fiancée ne sera jamais versé en numéraire, mais en livrant plusieurs cochons. Au dernier barème connu, une fiancée sans caractéristique particulière vaut 5,4 cochons.

La possession d'un troupeau de cochons est la preuve et le signe de la richesse. On n'*achète* pas une jeune fille, on *compense* la richesse qu'elle représente par l'abandon d'une autre richesse. De même, les transactions de biens matériels n'ont de sens qu'ac-

1. « Le donneur, le receveur et la sage-femme. Échanges de cochons à Oksapmin », *Journal de la Société des Océanistes*, n° 114-115, 2002.

compagnées par un transfert d'une richesse reconnue comme telle par tous. S'il vous arrive d'être accusé de sorcellerie, aucune somme en dollars ne vous en délivrera, il faudra vous séparer d'un cochon. Et après un conflit armé, pour qu'une paix durable ait quelque chance de s'installer entre les belligérants, mieux vaut se mettre d'accord sur de justes *compensations*. On peut aussi parler de *réparations*. Il faut réparer le monde cassé. Au sommet de Versailles, les *réparations* exigées de l'Allemagne auraient-elles été mieux déterminées, une Seconde Guerre mondiale aurait sans doute été évitée.

Le cochon s'est aussi imposé dans nombre de rituels faisant appel à la magie. Par exemple, après la castration, les testicules sont donnés à manger aux femmes pour doper leur fertilité. En revanche, ils sont interdits aux hommes : à la chasse, ils risqueraient d'être attaqués par un sanglier qui leur rendrait la pareille en leur dévorant ces parties qu'on a baptisées « nobles ».

De même, les lieux seront clairement définis selon les villages et les îles. Parfois, les bêtes vivent au milieu des maisons et ce sont les jardins qui se protègent. Et parfois, c'est l'inverse : cochons enfermés, jardins ouverts sur des forêts qui se réduisent d'année en année. Entre le sauvage et le domestiqué, où tracer la frontière ?

Si le cochon a pris une telle importance dans ces sociétés, il le doit à sa capacité de s'être vite imposé dans les mythes indigènes. Les divinités l'ont chaleureusement accueilli. Bienvenue, cochon ! On n'attendait que toi pour commencer la fête !

Prenez les cérémonies du décès.

Quand une personne meurt, son âme doit gagner le royaume des morts. Royaume agréable, riche en sources, musiques et jardins. Encore faut-il le rejoindre ! Le parcours est long, pénible et sa porte est gardée par Deundo, le chien très cruel du maître de la Terre, Dahaphrän.

La seule solution pour être admis, c'est d'offrir en guise de repas un cochon au molosse. Ainsi, l'âme de l'humain sera libérée et pourra rentrer.

Le cochon est l'animal transitionnel.

Son sacrifice ne rappelle-t-il pas celui du Christ ? À chaque messe, au moment de l'Offertoire, l'enfant de chœur que j'étais entendait la même antienne : « Ceci est mon corps. Ceci est mon sang. Prenez et mangez-en tous, en mémoire de moi. »

Le Sauveur est Celui qui offre de la nourriture.

Ou, mieux, Celui qui s'offre Lui-même en nourriture.

17

Un massacre pour prétexte

Soudain, en ce début du joli mois de mai 2009, la Chambre basse du parlement égyptien ordonne d'abattre les 250 000 porcs du pays. Cette mesure est présentée comme sanitaire : la grippe H1N1 rôde. Pourtant, l'Organisation mondiale de la santé s'acharne à répéter que cette grippe n'a rien de « porcine » : son virus n'est pas transmis par les cochons, mais par les humains.

En fait, les autorités veulent, une fois de plus, affaiblir les chrétiens. Une communauté, pour la plupart des Coptes, qui représente (encore, malgré les attentats, divers pogromes et les brimades diverses qu'ils subissent) 15 % de la population.

Et c'est parmi eux, les chrétiens, que l'on trouve les éleveurs de porcs, l'animal étant jugé « impur » par les musulmans.

C'est parmi eux, les chrétiens, que l'on trouve la plupart des éboueurs.

Et ce sont eux, les porcs, qui aident deux fois ces éboueurs : en dévorant tout ce qu'ils trouvent et en nourrissant ceux qui partagent leur tâche.

On comprend donc les violences lorsque des centaines de soldats accompagnés de vétérinaires montent à l'assaut de la colline du Mokattam où vivent 35 000 *zabbalin,* les éboueurs. C'est là, et dans quelques autres bidonvilles, qu'ils reviennent entasser les ordures rapportées de leurs tournées dans les divers quartiers de la ville immense (20 millions d'habitants). C'est là que les cochons viennent plonger leurs groins pour trouver de la pitance. Cet enfer est désormais connu du monde entier parce que sœur Emmanuelle a choisi de s'y installer et d'y œuvrer, jour et nuit.

Barrages, jets de pierres.

La troupe rebrousse chemin. Pour revenir le lendemain.

Nouveaux affrontements. Les blessés se multiplient. Seule l'intervention d'un prêtre permet d'éviter le pire.

Le gouvernement promet des indemnités, mais leur montant diminue de semaine en semaine. Que représentent 14 euros en échange de cet allié quotidien, de ce revenu futur garanti ? Pour financer les dépenses exceptionnelles, par exemple un mariage, connaissez-vous de solution plus simple que la vente d'un porc ?

Malgré la résistance des *zabbalin,* ils seront bien obligés de livrer leurs animaux.

Comment expliquer cette décision ?

Hosni Moubarak, président tout-puissant depuis 1981, ne pouvait que l'avoir soutenue, voire suggérée. Ce quasi-dictateur à l'intérieur de son pays se montrait libéral à l'extérieur. Ne soutenait-il pas le « processus de paix » avec Israël ? Cette attitude lui valait de nombreux reproches dans le monde arabe. En janvier 2009, soit quatre mois avant l'éradication, une centaine d'oulémas, des théologiens sunnites, comme Moubarak, l'avaient déclaré « hérétique ». Il lui fallait au plus vite se refaire une légitimité musulmane. Les cochons du Caire en ont fait les frais.

Je suis revenu en Égypte deux ans plus tard. Asmae, l'association créée par sœur Emmanuelle en 1980, continuait son œuvre admirable. Un exemple parmi cent autres : au cœur du bidonville d'Esbet el-Nakhl, l'école Mahaba accueillait trois mille élèves entre 4 et 15 ans.

Au pied de la colline du Mokattam, Manshiyat Naser mérite son surnom de *Garbage City*, « la cité des ordures ». Les *zabbalin* continuent de fouiller dans les amas de déchets produits par la ville pour recycler tout ce qui peut l'être. La puanteur de l'air est pire que dans mon souvenir. Riant de mes grimaces et de mes pauvres tentatives pour me protéger les narines sous un mouchoir, des jeunes m'entourent :

— Vous êtes comme nous, hein, vous regrettez les cochons ! Au moins, ils mangeaient tout ce qui pourrit. C'est ça qui sent ! Les Cairotes sont des enfants gâtés : ils jettent la moitié de leur nourriture ! Vous voulez en voir ?

— Quoi donc ?

— Eh bien, des cochons ! On en a gardé !

Je me retrouve dans une arrière-cour, un enclos boueux où une dizaine de mes animaux favoris n'ont pas tardé à m'entourer, grognant à qui mieux mieux.

Les jeunes sont ravis :

— On voit bien qu'ils vous aiment !

En bon ex-magistrat que je suis, je demande si la permission de l'élevage est rétablie.

Ils me regardent comme un naïf.

— Bien sûr que non ! Mais la police ne connaît pas nos cachettes. Et puis la viande de porc est très appréciée dans les quartiers chics !

— Oui, comme l'alcool !

— Nous, on sait vivre sous les lois.

— Revenez ! On vous apprendra !

J'ai juré. À ce jour, je n'ai pas tenu ma promesse. Si je veux encore trouver des Coptes en Égypte, je sais que je ne devrai pas trop tarder. Cochons ou pas, leur vie devient de plus en plus difficile. Il était une fois des « chrétiens d'Orient ». Combien seront-ils encore dans six mois, dans cinq ans ?

18

L'histoire du cochon survivant

Le 12 mai 2008, à 14 h 28, un séisme d'une magnitude de 7,9 frappa la province du Sichuan (Chine), en bordure est du plateau tibétain, à 90 kilomètres de la ville de Chengdu.

Les tremblements de terre sont fréquents dans cette région où la plaque indienne pousse vers le nord la plaque asiatique à une vitesse moyenne de cinq centimètres par an. C'est cette même pression qui, dans les temps anciens, fit surgir l'Himalaya.

Il se trouve que, six mois plus tôt, je me trouvais là, dans la petite ville de Dujiangyan, pour y retrouver les traces d'un système légendaire de barrages mobiles. Trois siècles avant notre ère, des « ingénieurs » avaient réussi à maîtriser les terribles crues de la rivière Min, affluent du Yangtsé.

Et chaque fin d'après-midi, les enfants de l'école venaient se moquer de cet étranger au long nez qui ne cessait de griffonner sur son carnet.

Ce 12 mai, plus de 80 000 personnes furent écrasées par les 800 000 bâtiments qui s'effondrèrent dans toute la région, 354 000 dans le seul Sichuan et 7 500 salles de classe. Dont celles de Dujiangyan.

Les autorités durent affronter la colère des parents :

leurs enfants uniques (du fait de la réglementation) avaient été enfouis dans les décombres de ces écoles qu'on surnomma vite « tofu » (fromage de soja), en raison de leurs constructions bien trop légères : corruption aidant, on avait oublié les normes, économisé sur les matériaux… Nombre de protestataires furent emprisonnés des années durant.

C'est dans ce contexte qu'un cochon atteignit la célébrité. Il vivait à Luobozhai, autrement dit le « village des navets », non loin de l'épicentre.

Enseveli sous les ruines du bâtiment qui l'abritait, il y resta trente-quatre jours avant d'être secouru, réussissant à s'abreuver aux ruissellements des eaux de pluie et se nourrissant de petits morceaux de charbon de bois.

Un surnom lui fut vite donné : Zhu Jianqiang, le « porc à la volonté de fer » ou « porc-le-costaud ». Un propriétaire de musée s'est empressé de l'acheter, sentant l'aubaine. Le glorieux animal poursuit désormais une existence tranquille dans un enclos confortable, où d'innombrables visiteurs viennent chaque jour lui rendre visite. Pour qu'un tel trésor de courage et de ténacité ne risque plus jamais de disparaître, un certain docteur Du Yutao a dirigé une opération de clonage qui s'est conclue par un plein succès : les six porcelets, en pleine santé, sont la réplique exacte de leur père, y compris la tache noire entre les deux yeux.

Tous les journalistes voulant saluer Zhu Jianqiang doivent rédiger une demande officielle. Et il ne fait pas bon émettre la moindre ironie sur ce héros national, ou, pis, vous aviser de remarquer que le « village des navets » est loin d'être reconstruit, malgré les monceaux d'argent reçus de Pékin. Vous seriez vite expulsé *manu militari*.

19

L'histoire de cochons survivants (2)

Le 17 avril 2019, la revue *Nature* s'est intéressée à l'irrémédiable.

Qu'est-ce que la mort ?

On s'accordait généralement sur une définition sans appel : l'arrêt de toute activité cérébrale.

Des chercheurs de l'université de Yale n'ont pas voulu en rester là. Ils racontent leur expérience : prélever les cerveaux de trente-deux cochons morts depuis quatre heures. Par un système de pompes spéciales opportunément appelé Brainex, ils irriguèrent ces cerveaux avec une solution spéciale permettant d'oxygéner et de nourrir les tissus et donc de lutter contre leur dégradation liée à l'arrêt du flux sanguin.

Au bout de six heures, ils pouvaient noter une certaine reprise de l'activité synaptique. Autrement dit, certains signaux électriques et chimiques étaient de nouveau perceptibles dans la zone de contacts entre les neurones. Quelques fonctions cruciales se restauraient, dont la capacité pour les cellules de produire de l'énergie et d'évacuer des déchets. Même si tous les cerveaux ne retrouvaient pas une dynamique coordonnée de nature à permettre des actions sophistiquées, et moins encore à relancer la conscience.

Les résultats de cette nouvelle collaboration entre les porcs et les chercheurs humains ne sont pas minces :

– meilleure connaissance de l'apport des différents composants chimiques dans l'activité cérébrale ;

– possibilité d'en déduire une possibilité de récupération, par exemple après un arrêt cardiaque ayant privé le cerveau d'oxygène durant de trop longues minutes ;

– rêve, encore lointain, d'une résurrection.

Christof Koch, le président de l'Allen Institute for Brain Science (Seattle), a commenté l'expérience : « Dans toute notre histoire, nous avons cru que rien n'était plus simple que la mort. Maintenant, il va falloir nous demander ce qui est irréversible. »

20

Pourquoi l'Extrême-Orient fleure si bon le cochon grillé

Il était une fois, au cœur de la Chine, un jeune garçon prénommé Bo-Bo. Son père et sa mère ne lui ayant donné ni frère, ni sœur, il avait pour unique compagnon de jeux un tout petit cochon aussi tendre que fidèle. Dans ces temps lointains, quoi qu'on en pense, pas plus bêtes que les nôtres, personne n'avait encore été traversé par l'idée folle de manger ces merveilles de la nature, les plus gentils, et les plus intelligents des animaux dont le regard, toujours aussi bienveillant que lucide, apportait la preuve qu'ils comprenaient tout, la vie et le reste.

Hélas, un jour que, pour aller travailler, ses parents les avaient laissés seuls, Bo-Bo et son ami rose, un feu soudain et violent éclata dans la minuscule maison de bois où ils vivaient. Sans doute le foyer sous la marmite avait été mal éteint. Ou peut-être faut-il accuser le destin, dont chacun sait la cruauté fondamentale, et les ruses.

En un instant, la pièce unique s'embrasa. Bo-Bo parvint à s'échapper et courut avec un grand seau vers la mare voisine. Quand il revint, le drame était joué. De la cabane ne restaient que des cendres fumantes. Et dans un coin reposait son ami, immobile et tout doré. Il se pencha vers lui, et, réfrénant ses larmes, eut beau l'appeler dix fois, tenter de le faire rire avec les histoires qu'il préférait, lui proposer d'aller courser les poules (leur amusement favori), rien, aucune réponse. Bo-Bo n'avait jamais rencontré aucun mort. Mais il se douta que tel était son ami. Alors, pour lui dire une dernière fois son affection, il posa la main sur le haut de sa patte avant droite. Quand, toujours pleurant, il finit par la retirer, une odeur délicieuse s'en dégageait. Il approcha ses doigts de sa bouche, et, l'un après l'autre, les suça. Jamais il n'avait goûté saveur si douce et en même temps si puissante.

Lorsque ses parents revinrent, ils trouvèrent leur fils accroupi devant les restes de son ami. Avec son petit canif, il le découpait et se régalait.

Les parents, plus effarés encore par ce spectacle de leur fils changé en ogre que par celui de leur maison détruite, se précipitèrent et voulurent lui arracher son couteau. Il se contenta de sourire et leur tendit à chacun un morceau de son ami.

Après plusieurs refus horrifiés, ils finirent par céder. Dès leur première bouchée, ils hochèrent la tête, leurs visages s'éclairèrent, et, j'ai honte de le dire, en redemandèrent. Le père alla même chercher de la bière (toujours fraîche, car conservée dans le ruisseau voisin).

C'est ainsi, dans la bonne humeur, malgré cette catastrophe immobilière, que fut dévoré sans vergogne le meilleur ami de Bo-Bo.

L'histoire de cet exceptionnel repas fut vite connue et, de proche en proche, elle s'étendit jusqu'aux plus extrêmes frontières de l'empire du Milieu. La gent porcine, dont j'ai dit l'intelligence, comprit tout de suite que le regard de ces inconstants humains avait changé. D'un coup, l'affection ancienne avait été balayée par une très vulgaire envie carnassière. Ceux parmi les animaux qui le purent s'enfuirent dans les forêts et devinrent sangliers. Les autres, hélas l'immense majorité des autres, furent, pour les mâles, engraissés puis rôtis et, pour les femelles, engrossées et immobilisées pour fabriquer à la chaîne des porcelets.

C'est depuis cet incendie que flotte sur l'entièreté de la Chine une odeur persistante de cochon grillé[1].

---

1. Je dois cette histoire à l'incomparable collectionneur de réalités porcines (légendes et figurines) Franco Bonera.

21

Éloge du groin

Témoignant de leur importance, les cochons ont alimenté la géographie en inspirant d'innombrables noms de lieux.

Enfants parisiens sevrés d'horizons, c'est là que chaque année, vers la fin juin, nous retrouvions la mer. Bondissant hors de la voiture, Aronde ou Frégate, après cinq ou six heures de route, nous cavalions vers les courants, jusqu'à l'extrême limite des rochers. Granville à tribord, Fréhel à bâbord et le Mont (Saint-Michel) droit devant.

Pour quelle raison avoir baptisé « du Groin », cette pointe de granit ?

J'avais beau chaque année demander. Chaque année, mes parents levaient au ciel les yeux et les bras. Arrête donc un peu de questionner ! Tu es heureux, non ? Alors prends donc les choses comme elles sont !

Une réponse possible me vint plus tard, en apprenant la devise des marins corsaires de la ville voisine toute proche, Saint-Malo : *Qui qu'en grogne.*

Qui qu'en grogne, pour rabattre le caquet de ceux qui protestent.

Qui qu'en grogne, inscrit sur une des tours de la

cité malouine. Vous avez eu beau protester et grogner, j'ai bâti ici cette fortification.

Qui qu'en grogne, ces mots insolents, gravés à l'entrée d'innombrables châteaux du Moyen Âge : à Honfleur, à Bourbon-l'Archambault, à Moyen (Meurthe-et-Moselle).

Au commencement était le groin, qui permet de grogner. Lequel vient du verbe latin *grunnire.*

« Il se dit du cri du cochon », et Littré, roi des exemples, illustre : « Le petit monstre (fils de la fée Dentue) se mit à grogner comme un cochon de ce que Fleur d'Épine avait la hardiesse de refuser ses avances » (Hamilton, *Histoire de Fleur d'Épine*). Avant d'ajouter, pour la version figurée : « Et la muse en grognant lui défend sa fontaine » (Régnier).

Groin, grogne et gronde sont de la même famille.

Avant de fuir vers Paris, où il anima sur France Inter cette formidable émission, « L'Afrique enchantée », Soro Solo était connu en Côte d'Ivoire comme… « Monsieur Grognon ». Il accueillait sur son antenne les protestations des citoyens contre les exactions du pouvoir. Des menaces de mort s'ensuivirent. D'où son exil chez nous. Gloire au Grognon !

Et salut au groin !

Christian Etchebest (élève notamment de Christian Constant et d'Yves Camdeborde) nous en propose au moins deux recettes :

1. En cocotte, accompagné de lentilles (oignons,

clous de girofle, 2 tomates, 1 poireau, 2 carottes, 3 gousses d'ail, thym et laurier).

2. Sauté avec des pommes de terre rattes à l'échalote (n'oubliez ni les piments, ni le persil plat).

22

L'horloge de la vie, le théâtre de la mort

Quel est le jour le plus important de l'année ?

Jusque vers le milieu du siècle précédent, tous les enfants de la campagne auraient répondu sans hésitation : le jour du cochon !

Non seulement parce qu'on y préparait des cadeaux, bien mieux qu'à Noël. Mais surtout parce que ce jour-là, c'était Grand Théâtre à la ferme.

Et moi, fils du bitume, gamin de Paris, j'ai par deux fois assisté à ces rituels d'un autre âge. Une fois en Alsace, au cœur du Sundgau, dans ce merveilleux village de Moernach. Une autre, plein Ouest, en pays bigouden, emmené par ma famille qui vendait et réparait du matériel agricole.

Avouons que je n'en menais pas large !

Et ma mémoire avait occulté la scène : trop de violence, trop de hurlements, trop de sang, trop de remugles divers pour un petit citadin du XVe arrondissement.

Jusqu'à ce que le hasard, maître de nos rendez-vous, me fasse ouvrir le livre de Patrick Hervé, très précieux reporter des traditions culinaires bretonnes. Dans son récit, je retrouve mes souvenirs horrifiés et fascinés.

La veille de la fête, le condamné recevait son *friko bilan*, une bouillie d'orge complète, autrement dit un repas amélioré.

Le lendemain, on le traînait de bon matin au milieu de la cour.

Une foule l'attendait, les gamins au premier rang. La scène à laquelle ils allaient assister resterait à jamais gravée dans leur mémoire. Les plus délicats se bouchaient les oreilles car les cris de l'animal déchiraient l'atmosphère. Ayant bien compris que rien d'agréable ne l'attendait, il se débattait tant et plus. Occasion pour les costauds du village de montrer leur force. Ils maîtrisaient la bête et la hissaient sur une planche.

Le personnage principal s'avance, aussi redouté par-devant que méprisé et moqué par-derrière, le *lazher mo'ch*, le « saigneur de pourciaux ». Chacun sait que de son habileté dépendra la qualité de la viande à venir. On retient son souffle. Les hurlements redoublent. Le long couteau plonge dans le rose de la gorge. Les soubresauts du supplicié redoublent. Il faut se coucher sur lui pour le maintenir. Un seau résonne du bruit du sang qui coule à gros bouillons. C'est au tour d'une femme de s'approcher. Elle n'est plus jeune, pour être plus précis : elle est ménopausée. Son sang ne doit pas venir troubler le sang du cochon car le rôle de cette femme est, justement, de tourner sa main dans le sang chaud pour éviter qu'il ne coagule.

La mort a fini par faire taire le cochon.

On le redresse, on le hisse et on le suspend à une échelle.

Des hommes s'approchent. Ils ouvrent le ventre. Les boyaux manquent de tomber. On les rattrape de justesse. Ils sont confiés aux enfants, qui courent à la rivière pour les laver avant de les remplir de chair à saucisse ou des préparations du boudin.

Des femmes ont pris le relais. Elles s'affairent dans les entrailles, en bavardant, comme au lavoir.

La carcasse restera pendue jusqu'au lendemain. Les chiens tournent autour, la tête levée. Il faut imaginer leur philosophie : décidément, mieux vaut être chien que porc. On peut imaginer aussi que les gamins se relèvent la nuit, pour venir voir, et continuer de s'effrayer.

Les jours suivants seront très occupés. Découpe par le boucher ambulant. Salaison des meilleurs morceaux. Distribution, selon des règles strictes, qui n'oublient ni le curé ni le maître d'école.

Dans la porcherie, un goret est venu remplacer le défunt. Il a devant lui une pleine année pour engraisser.

Les différents morceaux de son prédécesseur seront consommés, selon un ordre tout aussi précis, jusqu'au rituel suivant.

De même que la hauteur du soleil indiquait le passage des saisons, de même le cochon, au milieu de la famille, sa vie, sa mort, était l'horloge de la société paysanne, celle qui permettait de gérer au mieux le temps. Et c'est autour du cochon que cette existence s'organisait.

Lorsque les élevages vont s'industrialiser, lorsque l'administration va imposer les abattoirs, cette société gagnera en confort et en santé. Mais ses solidarités et ses codes auront disparu.

Il est à noter qu'aujourd'hui la volonté de revenir aux « circuits courts » concerne aussi ces pratiques. Certains s'interrogent : pourquoi ne pas revenir à l'abattage à la ferme ? Bien sûr, il faudrait imposer de nouvelles règles d'hygiène. Au moins, on connaîtrait l'animal que l'on mange. Et on lui éviterait une torture supplémentaire, celle du transport.

Ainsi, depuis la nuit des temps, le cochon, premier de nos animaux de compagnie, participe à toutes nos activités, réelles ou rêvées, présent aussi bien dans le plus concret de nos vies, l'engloutissement de nos ordures que dans les plus folles dérives de notre cerveau, celles dont nous pensons qu'elles traitent avec le diable comme celles qui croient recevoir la parole de Dieu.

En matière d'animaux, le public a ses têtes.

Pourquoi donc avoir choisi le porc ? Le lion est tellement plus beau, la girafe plus distinguée, le serpent plus sournois...

Sans doute ! Mais le cochon est LÀ !

Les larmes aux yeux et des sanglots dans la voix, on évoquera la fidélité du chien, la grâce du chat. J'objecterai facilement qu'aucun ne pousse l'attachement jusqu'à se faire manger par leurs maîtres ou maîtresses pourtant bien-aimés.

Aucun autre vivant que le cochon n'apporte autant aux humains : ce compère est également un nourricier, notre salvateur, un trésor plus riche qu'une mine d'or, un droguiste, celui qui nous régale, mais aussi celui par qui des menaces arrivent.

C'est ainsi que le cochon est un peu tous les animaux à la fois.

Alors, croyez-moi, si Noé, sur l'Arche, n'avait pu emporter qu'une bête, c'est lui, le porc, qu'il aurait choisi, tabou religieux ou non ! Quand tombe un vrai déluge, on repousse à plus tard les arguties sur sa nature impure.

II

La construction d'une industrie

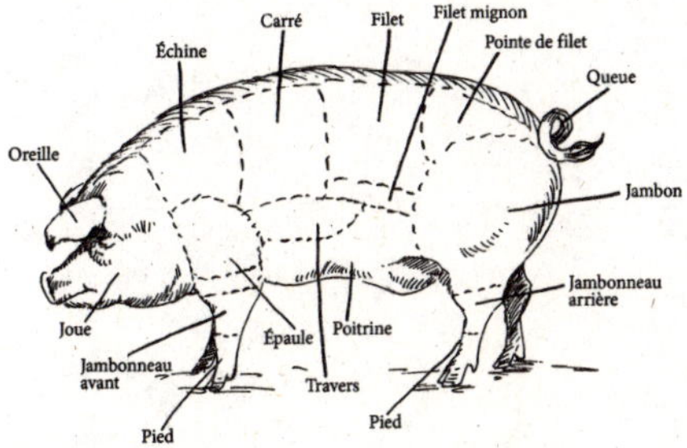

À côté du cochon, compagnon de la vie quotidienne, engraissé puis tué dans l'année pour apporter viande et charcuterie à la ferme, des troupeaux, plus ou moins importants, se promènent dans les campagnes avant de finir dans des assiettes de plus en plus citadines.

L'industrialisation va les toucher, eux aussi.

Puisqu'il faut nourrir au plus bas coût des villes en pleine expansion, l'élevage se « rationalise ». L'artisanat se change en travail à la chaîne.

Tandis que le « produit » lui-même est peu à peu façonné pour répondre aux objectifs de quantité et de rentabilité. Génétique animale et « fordisme » (production industrielle), même combat.

Et si, presque partout sur la planète (hormis le monde musulman), les cochons se multiplient, certaines régions en font le moteur principal de leur développement.

1

Petite histoire du progrès porcin

Combien sont-ils sur Terre, les cochons ?

Un milliard pour les porcelets nés, engraissés et tués dans l'année.

Et environ 80 millions de truies.

Répartis entre combien de races ?

Certains donnent le chiffre de 350. D'autres vont jusqu'à 1 000, mais, d'année en année, les instituts spécialisés et les associations d'éleveurs cherchent à en créer de nouvelles…

Dans sa séance du 17 février 1867, la Société d'anthropologie accueille André Sanson. Ce vétérinaire, en bon successeur de Linné et de Cuvier, s'est spécialisé dans le classement des animaux d'élevage. Sa contribution est saluée par des applaudissements nourris, car il rassure tous les savants présents que le désordre et la prolifération angoissent. Pour lui, trois races de cochons domestiques, et trois races seulement, doivent être reconnues : la Celtique, l'Ibérique et l'Asiatique.

Cent cinquante ans plus tard, nous n'avons guère gagné en diversité. Quatre races sont présentes dans l'immense majorité des élevages :

– Le LARGE WHITE vient du comté de Yorkshire,

en Angleterre. C'est un grand porc blanc, aux oreilles dressées. Ses qualités sont exceptionnelles. Cette race est prolifique : près de 30 porcelets par truie et par an (avec plusieurs portées), autant que les races hyperprolifiques chinoises. Sa croissance est rapide : un mâle castré gagne près d'un kilo par jour et atteint le quintal en moins de six mois. Elle produit une viande de très bonne qualité : faible épaisseur de lard. Et elle est rustique : elle s'adapte à toutes les conditions de vie, plein air ou enfermement, climats chauds ou tempérés.

Autant de raisons qui l'ont fait se répandre dans le monde entier, dès la fin du XIXe siècle, et participer à la plupart des croisements.

– La deuxième race, par ordre d'importance, est le LANDRACE. Malgré son nom, il vient des pays nordiques (Danemark et Suède). C'est aussi un porc blanc, de grande taille, aux oreilles tombantes. Il est lui aussi prolifique : 13 porcelets par portée, 24 par an. Il est sexuellement précoce (avec une capacité de se reproduire dès l'âge de… 8 mois). Les mères sont douces (elles mangent rarement leurs petits). Et sa viande correspond aux besoins des industriels (peu de gras). En conséquence, le Landrace est également retenu dans de nombreux croisements.

– Troisième race majoritaire, le PIÉTRAIN, venu de Belgique vers la fin des années 1950. Ce cochon est blanc, mais parsemé de taches noires ou rousses. Moins prolifique que les races précédentes (10 porcelets par portée), il se rattrape par sa musculature exceptionnelle, sa faible quantité de gras et un taux exceptionnel de viande maigre. Sa seule faiblesse, mais elle est importante, c'est sa grande sensibilité au stress. Pauvre Piétrain ! Une crise cardiaque subite peut l'emporter. Et lorsque l'angoisse l'envahit, sa chair s'en ressent et devient impropre à certaines consommations. Ceux qui veulent en savoir plus sur ce géant fragile consulteront avec intérêt la biographie de Nestor Delmez (1867-1949), vétérinaire et longtemps secrétaire du Comice agricole de Jodoigne (Brabant wallon). C'est à lui que nous devons la création de cet animal très touchant. D'autres métissages permettront, plus tard, de le débarrasser de son anxiété congénitale. Ses qualités pourront alors pleinement s'exprimer.

– La quatrième race dominante est le DUROC. Cette bête en impose par sa masse, la couleur de sa robe qui va du doré au rouge sombre... et l'exemplarité de son histoire. Produit de la mondialisation avant l'heure, en même temps qu'incarnation parfaite du *melting-pot* qu'allaient devenir les États-Unis d'Amérique. Le Duroc aurait pour origine diverses espèces débarquées d'un peu partout en Amérique dès le XVIe siècle, et notamment sur les bateaux des premiers esclaves. La légende veut que Christophe Colomb lui-même ait contribué à ce grand mélange en apportant d'Espagne quelques individus vite adaptés au Nouveau Monde. L'histoire de cette race mériterait un roman. Il commencerait vers 1820 et j'en vois déjà les deux personnages principaux. Le premier est Isaac Frink, fermier à Milton, comté de Saratoga (État de New York). Il revient tout content du marché, suivi du verrat rouge qu'il vient d'acheter à mon deuxième personnage, un certain Harry Kesley. Celui-ci a beau élever des porcs, il préfère les équidés. Son étalon favori s'appelle Duroc. Voilà pourquoi, jusqu'à la nuit des temps, les cochons rouges de Saratoga, descendants de ce verrat inaugural, porteront le nom d'un cheval.

Le Duroc n'est pas un champion de la reproduction : seulement 8 porcelets par portée. Mais sa viande est bonne et sa nature robuste, il s'adapte à tout et ne connaît pas le stress.

À partir de ces quatre races, on va construire de véritables Lego.

Depuis toujours, les éleveurs repéraient les meilleurs éléments, mâles et femelles, de leurs troupeaux et les mariaient entre eux. Puis les échanges se sont développés. Vite informés des aptitudes et des faiblesses d'autres races, les éleveurs et leurs techniciens ont imaginé de croiser les races en espérant créer des lignées héritant de toutes les qualités et débarrassées de tous les défauts. Contrairement aux croyances généralement partagées, l'élevage est un secteur de persévérance et de très haute technicité, qui implique de nombreuses disciplines. De même pour l'eau. On se contente d'ouvrir le robinet sans imaginer la complexité des processus engagés, vingt-quatre heures sur vingt-quatre, pour aboutir à cette merveille dite *naturelle*. Pour continuer de nous comporter en enfants toujours plus gâtés, nous préférons surtout ne pas connaître les efforts de ceux qui produisent.

En conclusion, et toute fierté nationale gardée, n'oublions pas de remercier les Anglais ! Leur Large White est présent dans 65 % des croisements. Et saluons la Belgique ! Son Piétrain est deuxième au palmarès. Même en matière porcine, l'enfermement dans des frontières est une imbécillité, doublée d'une ignorance.

2

Petite histoire du progrès porcin (2)

Si, nées des croisements répétés, de nombreuses races nouvelles sont créées, d'autres, beaucoup d'autres, ont disparu.

Dès 1917, le poète Victor Segalen nous alertait : Ses *Notes sur l'exotisme* résonnent fort aujourd'hui :

> « Le Divers décroît. Là est le grand danger terrestre. C'est donc contre cette déchéance qu'il faut lutter… »

Comment ne pas être frappé aujourd'hui par ces *Notes sur l'exotisme*, écrites… en pleine guerre. La poésie a des prémonitions que la raison ne connaît pas.

Après des décennies d'indifférence, l'heure est au sauvetage. Moins pour des raisons de conservation d'un patrimoine que pour l'ambition de monter en gamme, *à partir d'un territoire* bien déterminé.

Un arrêté du 27 février 2018 a établi une liste de toutes les races. Les noms nous invitent au voyage.

Douze races sont reconnues.

Outre les quatre majeures (Large White, Landrace, Duroc et Piétrain), le Mei Shan (chinois), le Créole de Guadeloupe, le Cul noir du Limousin, le Gascon, le Nustrale de Corse, le Pie noir du Pays basque, le Porc blanc de l'Ouest et le Porc de Bayeux. Parmi lesquelles les sept dernières peuvent être considérées comme menacées, risquant d'être à tout jamais perdues.

Et d'autres races locales, non européennes, existent, notamment en Chine.

3

Tout est bon dans le cochon

Car TOUT s'y mange.
D'arrière en avant :

- la queue
- la cuisse (pied, jarret ou jambonneau, jambon)
- la longe (pointe de filet, filet, filet mignon, carré de côtes premières, échine, carré couvert, échine)
- le travers
- le plat de côtes
- la poitrine
- l'épaule (pied, jarret ou jambonneau avant)
- la gorge
- les oreilles
- le groin.

LES (DIFFÉRENTS) MORCEAUX DU PORC

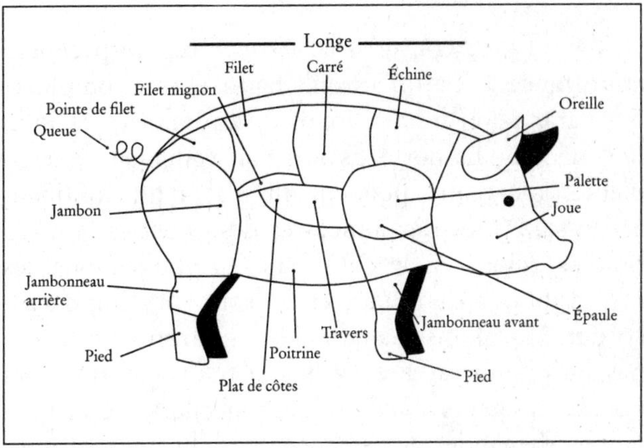

Ajoutons la bardière, qui recouvre la totalité du dos. Elle comprend la couenne et un lard épais et gras, « blanc comme neige » car dépourvu du moindre soupçon de maigre. Les charcutiers l'utilisent volontiers, notamment pour donner du moelleux à leurs pâtés. Et vous apprendrez, avec la satisfaction que donne une devinette enfin résolue, que, de cette bardière, merci à elle, viennent les savoureux petits morceaux blancs du saucisson.

Vous l'avez compris, la *découpe* est de première importance. C'est un art millénaire, et fort complexe, qui varie selon les pratiques et les cultures et qu'il faut néanmoins normaliser si l'on veut que de semblables morceaux puissent circuler d'un continent à l'autre. Après des années et des années d'innombrables débats et de considérables publications, les professionnels du monde entier sont parvenus à s'accorder. Harmoniser anatomie et gastronomie n'était pas une mince affaire. Même si ma suggestion fera pousser les hauts cris dans les chancelleries, pourquoi ne pas demander aux négociateurs du porc de donner quelques leçons d'efficacité à nos diplomates professionnels ? Quelques dossiers chauds les attendent.

4

Tout est bon dans le cochon (2)

Interview du cuisinier Christian Etchebest :

« Est-ce qu'il y a un morceau du cochon que vous n'aimez pas ?

— Les dents. J'ai essayé, je n'arrive pas à les manger. Sinon, vraiment, j'aime tout dans le cochon.

— Et votre partie préférée ?

— La côte de l'Ibaïama. La côte dans le carré, 800 grammes, bien grasse. Servie rosée, pas trop cuite, avec deux ou trois pequillos et guindillas. Avec la côte, on entre dans le cœur du produit. Le maigre, le gras… Même crue, à l'œil, la côte est belle, elle parle ! »

5

Un pâté pour emblème

À l'extrémité des roseaux.

Malgré le vent, c'est là que s'accrochent dans le sol sableux Notre-Dame-de-Penhors, sa chapelle et son calvaire.

Penhors, *penn c'horz* en langue bretonne, c'est l'extrémité des roseaux.

C'est donc là, sur la baie d'Audierne, là où s'achèvent les roseaux, là que se tient Pouldreuzic.

Un conserveur y est né, en 1859.

Et un écrivain, le 17 février 1914.

Jean Hénaff et Pierre-Jakez Hélias.

Écrire et conserver, au fond les deux activités se ressemblent. Mettre en boîtes, mettre en livres, il s'agit chaque fois de capter des saveurs et de leur donner plus longue vie que prévu. Et quand un écrivain rencontre un conserveur, ils parlent en confrères.

Début du XXe siècle. Depuis quelque temps déjà, les sardines désertent les zones de pêche traditionnelle.

La pauvreté revient en Bretagne. Elle n'est pas loin de ressembler à la misère.

Puisque les poissons disparaissent, il faut se rabattre sur la seule autre ressource locale, les légumes :

haricots verts et petits pois. Comment offrir aux paysans des revenus réguliers alors que, selon les années, les récoltes, et ensuite les prix, peuvent varier du simple au double ?

1907. Jean Hénaff, qui tient depuis vingt ans la ferme de Pendreff, connaît mieux que personne la difficulté de vivre (treize enfants à nourrir, deux étant morts en bas âge). Il met en hypothèque tous ses biens, trouve deux partenaires et construit une conserverie. Première pierre, bénie par le recteur, le 30 avril 1907.

Débuts difficiles : techniques imparfaites, batailles d'actionnaires, fournisseurs peu fiables... Pour la plupart, les « ouvriers » sont des femmes. Elles portent des coiffes, de plus en plus hautes, et chantent, pour se donner du cœur à l'ouvrage.

Peu à peu, la gamme s'étend. Aux légumes s'ajouteront thon et sardines. La Grande Guerre vient d'éclater. Les agriculteurs et les pêcheurs sont partis au front. Qui va fournir ? C'est alors que vient l'idée : pourquoi pas le cochon ?

1914. Les essais commencent, avec quatre porcs. Les goûteurs s'enthousiasment. On s'arrache les premières boîtes, tout juste apparues sur les marchés. Vive le pâté Hénaff ! La société a trouvé son originalité et le premier moteur de son développement.

En attendant, c'est à Jean, premier adjoint du maire lui aussi mobilisé, d'aller annoncer aux familles la mort d'un proche. Jusqu'à la fin de sa vie, il se souviendra des cent huit fois. Des cent huit visites. Maison après maison, presque toutes celles du village. Chaque fois, c'est pareil. Pas besoin de parler.

Il suffit qu'il approche. Une femme, un fils, une mère éclatent en sanglots.

Après quatre ans, les survivants reviennent. L'économie repart. Et grâce au cochon, Hénaff grandit. Chaque été, un petit garçon vient se faire quelque argent en débourrant puis effilant les haricots verts. Il se prénomme Pierre-Jakez. Plus tard, il décrira l'univers bigouden et cette « société paysanne » aujourd'hui disparue.

> « Les paysans que j'ai connus n'étaient pas une classe mais une société complète, avec toutes les luttes et les fermentations que cela suppose. Elle avait ses ouvriers, ses manœuvres, ses domestiques, ses artisans, ses bourgeois, dans le vieux sens du terme, conservé dans le mot bourg. Elle avait ses commerçants et ses industriels. Elle avait même quelques seigneurs de grande allure, quelques intellectuels philosophes et un quarteron de féodaux. Quand vous parliez d'un paysan, c'était comme si vous disiez un poisson. Le poisson est voué à l'eau, le paysan à la terre. Mais il faut savoir de quel poisson il s'agit, de quel paysan. » (*Le Cheval d'orgueil*)

Les affrontements se font de plus en plus durs entre les « Rouges », incarnés par Georges Le Bail, maire de Plozevet, et les « Blancs », menés par Jean Hénaff. Les premiers sont passionnément laïcs et ardemment républicains ; de ce fait, ils veulent imposer, partout, la langue française, premier vecteur d'unité sociale et de progrès. Les seconds, soutenus par une Église militante, défendent bec et ongles l'identité bretonne, ce qui ne les empêche pas de lancer des entreprises d'un formidable dynamisme.

Un beau jour de 1935, Jean décide d'abandonner les deux vies qu'il a toujours menées en parallèle. Au revoir, ma conserverie ! Au revoir, ma mairie de Pouldreuzic. Il consacrera les dernières années de sa vie à sa nouvelle passion : le cidre.

À son enterrement, le notaire (et sénateur) de Pont-l'Abbé lui rend le plus beau et plus concis des hommages : « *Yon Yann a zo bet un den mad* » (« Oncle Jean a été un homme bon »).

6

Ensemble pour s'extirper du Moyen Âge

En 1945, fin de la Seconde Guerre mondiale, la Bretagne est l'une des régions les plus pauvres de France.

Ses conditions de vie ne se sont guère améliorées depuis les siècles précédents : plus de la moitié des logements ne sont pas raccordés à l'électricité (seulement 10 % dans le reste du pays), huit sur dix n'ont pas d'eau courante, neuf sur dix pas de toilettes intérieures, et à peine un sur cent possède une salle d'eau. En règle générale, le sol est de terre battue, et trois générations vivent ensemble dans la ferme, faute de place et de revenus. On vit principalement en autoconsommation. Seul ce qui reste des légumes et des céréales est vendu au marché. Un cheval, des poules, quelques vaches et une dizaine de porcelets pour améliorer ce maigre ordinaire. Quant au machinisme agricole, qui est encore loin d'avoir remplacé les chevaux, il doit tout au plan Marshall. Les États-Unis livrent en masse des tracteurs. La région en comptera 15 000 en 1955, 50 000 en 1960.

Les améliorations sont lentes, si lentes. Au nord de Lamballe (département des Côtes-« du-Nord », bientôt rebaptisées « d'Armor »), dans le petit village d'Hénanbihen, de jeunes paysans se retrouvent régulièrement au café de Jules Lefebvre, sur la route de Plancoët. Ils n'en peuvent plus d'attendre. Ils n'ont pas la patience, le fatalisme, des anciens. Ils veulent vivre décemment. Ils sont mieux formés que leurs parents, grâce à ces centres d'études techniques agricoles qui se sont multipliés. Et ils partagent des valeurs communes de solidarité : la plupart sont, ou ont été, membres de la Jeunesse agricole chrétienne. La question revient, toujours la même : comment faire pour nous bâtir, enfin, un avenir digne ? La réponse ne varie pas non plus : nous unir ! C'est ainsi que naît, un beau jour du printemps 1966, une drôle de bête au nom aussi pompeux que ses moyens sont dérisoires : la « Coopérative des éleveurs de la région de Lamballe », COOPERL en abrégé.

Les terres étant rares, et peu fertiles, le choix est facile. Pas d'autre moteur pour un développement rapide que l'élevage, intensif. Et comme la France, manquant de viande de porc, est contrainte d'en acheter à l'étranger, l'État lance un grand programme de soutien aux éleveurs et subventionne leurs regroupements. Très vite, la COOPERL dépasse le millier d'adhérents.

La première bataille commence… contre les abattoirs. Car ce sont eux qui achètent les porcs aux producteurs. Détenteurs de ce pouvoir, ils en abusent : intimidations, balances faussées, systèmes de prix opaques. Il devient urgent d'organiser un marché transparent. C'est chose faite dès 1975. L'offre s'accroît : chaque semaine plus de dix mille porcs.

Décision est alors prise de prendre en charge la filière tout entière. On va commencer par l'aval. Pour échapper une bonne fois pour toutes aux margoulins, la COOPERL rachète plusieurs abattoirs, qu'elle ne va plus cesser de moderniser et de mieux rentabiliser, notamment en valorisant le « cinquième quartier », à savoir le sang, les soies, les os et les boyaux.

L'organisation se poursuit à vive allure et touche tous les maillons de la chaîne, de la production industrialisée de porcelets à la logistique, avec la constitution d'une flotte de camions.

C'est alors que la Communauté européenne entre dans le jeu. Pour « unifier » le marché, elle invente le système des « montants compensatoires monétaires ». Derrière le mécanisme typique de la technocratise bruxelloise, une sévère distorsion de concurrence se développe, au bénéfice des Hollandais et des Allemands. Les Bretons protestent, à leur manière, pas toujours douce. Le 7 octobre 1985, le président de la République viendra leur annoncer qu'ils ont été entendus. Je me souviens : j'étais présent à Pleslin-Trigavou. Conseiller *culturel* de ce président, que venais-je donc faire à la COOPERL ? Déjà passionné par l'agriculture, je m'invitais dans tous ces voyages. Les images me resteront : François Mitterrand et son ministre Henri Nallet visitant l'abattoir, tout de blanc vêtus, casque de chantier sur la tête ! J'ai encore les paroles solennelles dans l'oreille : « Oui, être là, à la COOPERL, premier producteur porcin français, dans une région, la Bretagne, qui représente la moitié, peut-être même un peu plus, de la production française, pour le chef de l'État, croyez-moi, c'est une grande satisfaction !... Rien n'est possible sans l'effort, l'effort intelligent. C'est ce que vous faites ! »

Jusqu'alors, pour rester une structure (relativement) légère et laisser à ses éleveurs le choix de leurs fournisseurs, la COOPERL n'avait pas voulu s'installer dans l'amont de la filière. Mais la situation devient de plus en plus difficile. Tandis que la concurrence européenne s'aiguise, le coût de la nourriture des animaux explose. Une occasion se présente. La société Logeais, qui fabrique des aliments à Vitré (Ille-et-Vilaine), se cherche des partenaires. L'usine est agrandie, de nouvelles recettes sont lancées (manioc, patates douces...). Les éleveurs peuvent se fournir à prix coûtant, inférieur de 20 % aux tarifs précédents. Le mouvement va continuer et les rapprochements vont se multiplier avec d'autres coopératives d'aliments. D'année en année, le circuit s'optimise. On progresse à tous les stades : collecte des céréales, stockage, constant élargissement de la gamme offerte...

L'amont étant investi, on repasse à l'aval. La formidable aventure de la COOPERL frappée par cette obsession permanente : toujours considérer l'ensemble de la filière. À peine un maillon consolidé, on passe à un autre, plus faible, et on ne le quitte pas avant de l'avoir consolidé.

Il restait justement le dernier, le plus important : celui du client final, en d'autres termes le consommateur. Alors même que la grande distribution, suivant d'ailleurs la même logique intégratrice, prenait le pouvoir, Édouard Leclerc avait commencé lui aussi son activité de grossiste en Bretagne, dans la bonne ville de Landerneau, en vendant des biscuits à des prix imbattables. Comment se défendre ? La stratégie choisie sera celle du partenariat, par exemple avec Carrefour, en signant des chartes de qualité. Parallèlement, les marchés extérieurs sont pris d'assaut : premières exportations au Japon en 1994. Puis c'est la Corée, les Philippines, le Vietnam et la Chine (en 2005). La COOPERL exporte ses produits dans quarante pays.

7

Visite d'un élevage

Une partie de ma famille tenait à Quimper une entreprise de vente et réparation de matériels agricoles. Pour ceux qui s'en souviennent, les Établissements Esun, venelle de Kergoz (une ancienne abbaye, téléphone 1-40, ces chiffres me sont restés).

C'est dire si mon cousin Patrick et moi en avons visité des fermes. Et, année après année, je constatais leur modernisation. Peu à peu, je les ai vues s'arracher de la pauvreté.

Pour l'époque récente, j'avais donc l'embarras du choix.

Mon amie Danièle Even ayant cédé son élevage à Saint-Donan (22800) pour prendre la présidence de la belle association Agriculteurs de Bretagne, l'enquête m'a conduit tout près de chez moi.

S'il faut s'en tenir aux chiffres, Trévérec (22290) est une commune qui, aujourd'hui (2020), compte 219 habitants pour… 600 truies. Sachez que la proportion entre l'humain et l'animal n'y a pas toujours été telle, mais que la domination progressive de la démographie porcine raconte l'histoire de la Bretagne.

Jusqu'en 1950, la ferme Kermerrien vit en quasi-autonomie : deux chevaux pour tirer les charrettes et les charrues, six vaches pour le lait, douze hectares pour un semblant de céréales et le nécessaire de légumes, plus quelques cochons dont la plupart consommés sur place pour améliorer l'ordinaire. Le mode de vie n'a presque pas changé depuis le siècle précédent.

C'est alors que Louis et Claire Gélard reprennent l'exploitation. Ils ont vu leurs parents et grands-parents trimer pour presque rien, du matin jusqu'au soir et de janvier à décembre. Louis et Claire aiment ce métier de paysan. Quelle plus utile occupation que nourrir ses semblables ? Et quel bureau plus plaisant, plus vivant que la campagne bretonne ? Mais pas question d'une existence si pauvre et si contraignante. Pour gagner plus, et avoir le droit aux vacances, il faut, d'urgence, moderniser l'exploitation, la rationaliser, l'étendre. Le cochon sera le moteur de cette transformation. Avec une option stratégique, affirmée dès le début : nos bêtes seront, autant que faire se peut, nourries par nous-mêmes. L'éleveur se voit donc contraint d'exercer un autre métier, celui de cultivateur. Seul moyen pour contrôler l'alimentation de ses animaux.

Ainsi grandissent en même temps le cheptel de la ferme et sa superficie :

1960 : 20 truies, 18 hectares.

1970 : 140 truies, 38 hectares.

280 truies en 1984 pour 100 hectares.

Les truies atteignent leur maximum, 600, en 1994 tandis que les hectares continuent de s'accumuler : 230 aujourd'hui.

Cette surface peut paraître importante mais n'apporte aux cochons que la *moitié* seulement de leur nourriture. C'est dire l'énormité de leurs besoins : 5 000 tonnes par an. Leur engraissement (120 kilos durant les six mois qui séparent leur naissance de l'abattage, 700 grammes par jour) est à ce prix. Le complément d'aliments est acheté en priorité aux cultivateurs voisins (80 %). Le reste est fourni par des sociétés spécialisées.

Ce système intégré limite au maximum les transports (et donc économise du CO_2). Il réduit presque la dépendance vis-à-vis d'un marché mondial des aliments de plus en plus volatils. Voici, trop souvent oublié, l'un des atouts majeurs de la Bretagne : disposer d'une terre et d'un climat permettant de nourrir ses élevages.

En 1992, Dominique (fille de Louis et Claire) et son mari Philippe Gautier reprennent Kermerrien.

Visiter l'exploitation en compagnie de ces deux générations, c'est parcourir près de soixante-dix ans d'histoire de la région. Et s'étonner de situations qui semblent dignes du Moyen Âge alors qu'elles perduraient hier encore. Imaginez que la plus grande partie de sa vie, Claire ne fut considérée que comme l'épouse de Louis, *sans aucune existence professionnelle* et, ainsi, *sans le moindre droit,* alors qu'elle assurait un travail égal à celui de son mari. Il faudra attendre 1980 pour que lui soit ENFIN reconnu le plein statut d'exploitante agricole. Cette bataille, elle l'aura vaillamment menée. Et les agricultrices d'aujourd'hui peuvent la remercier !

Une à une, chacune des étapes du « modèle breton » sont revisitées et passées au feu de ma critique.

Cette installation étant l'une des mieux tenues que j'ai visitées, propre, spacieuse, éclairée *a giorno,* la discussion peut être franche sans cesser jamais d'être sereine

Pourquoi avoir enfermé vos animaux ? Jusqu'en 1980 vos bâtiments étaient prolongées de courettes où ils pouvaient s'égayer.

Réponse : élever des bêtes en plein air leur fait courir le risque d'être contaminées par la faune sauvage, à commencer par les sangliers, de plus en plus nombreux et jamais arrêtés par des clôtures. À propos des clôtures, abordons une fois encore la question du prix : pour que 200 cochons puissent se promener tranquillement sur 10 hectares, le coût de la clôture s'élèverait à 150 000 euros. Ce mode d'élevage nécessite beaucoup de surface, que nous n'avons pas. Réclame plus de main-d'œuvre, que nous ne pourrions payer. Et fragilise les animaux du fait des aléas du climat.

Pourquoi avoir remplacé les traditionnelles litières de paille par ces sols mixtes, si durs aux pattes des animaux : béton et caillebotis ? Réponse : sans parler du prix de la paille, qui coûte de plus en plus cher, comment assurer sa propreté ? Vous préféreriez voir les cochons circuler dans leurs excréments ? Quant à changer chaque jour de litière, quel consommateur acceptera d'en payer le prix ? Avez-vous vu le moindre fétu de paille chez les concurrents danois, allemands, espagnols ? Toujours revient cette rengaine de bon sens : bien sûr, nous sommes prêts à tout changer. Comme le répète Philippe : « Mais y a-t-il du prix derrière ? » J'entends : les consommateurs sont-ils prêts à payer pour les améliorations qu'ils souhaitent ? Hélas, la réponse est non. Ils préfèrent s'abonner à Netflix.

Revenons aux animaux.

Pourquoi meuler les dents des porcelets ? L'opération est loin de les concerner tous. Il s'agit, chaque fois, de protéger les tétines des mères, que des dents trop pointues ou trop violentes peuvent blesser.

Pourquoi leur couper la queue ? Regardez cet enclos. Nous n'intervenons pas. Sur trente porcelets, seuls quatre ont gardé leurs queues. Les autres se la sont fait ronger, ou couper net. Ces bêtes sont joueuses.

Pourquoi castrer les petits mâles ? Pour éviter l'odeur très désagréable de leur viande quand ils sont abattus après la puberté. Encore faut-il que cette opération soit effectuée sous antalgiques.

Pourquoi encager les truies allaitantes ? C'est le plus choquant, le spectacle de ces énormes truies allongées, prisonnières de bras de fer. Leurs treize ou quatorze porcelets sont alignés le long de leur ventre et leur pompent voracement les mamelles.

On peut entendre l'argument principal de la défense qui est le souci de protéger les petits : certaines mères ont tendance à en dévorer quelques-uns et à en écraser quelques autres.

Cela dit, et souvent répété, cette immobilisation sera de moins en moins acceptée. Beaucoup d'élevages travaillent à plus, beaucoup plus de liberté.

Mais il faut savoir que ce coût de liberté coûte de l'argent, environ 6 euros par porc. Dans la guerre permanente des prix, orchestrée par la grande distribution, cette frénésie du toujours moins cher, les consommateurs seront-ils prêts à payer cette modeste différence ?

8

Dans le saumon aussi, tout est bon

François Lévêque, professeur d'économie à l'École des mines ParisTech, décortique méticuleusement les mécanismes de la mondialisation. Dans son plus récent ouvrage, il décrit *Les Habits neufs de la concurrence* (Odile Jacob, 2017).

À le lire, il devient évident que le succès phénoménal du saumon (12 000 tonnes produites en 1980, près de deux millions et demi, quarante ans plus tard) est une réplique, très accélérée, de l'histoire du cochon.

Même couleur rose, du fait, pour les saumons, des carotènes ajoutés à leur nourriture, faute de carapaces de crevettes.

Même domestication (beaucoup plus rapide pour le poisson, à peine cinquante ans).

Même emprise de certains pays (la Norvège et le Chili dominent 75 % du marché).

Même industrialisation, même tendance au gigantisme des installations (dans certaines fermes nautiques, plus d'un million de saumons doivent partager la même cage).

Mêmes tensions sur les ressources naturelles pour nourrir ces animaux d'élevage. Combien faut-il de céréales et combien de soja pour un kilo de porc ? Combien de poissons sauvages réduits en farine pour un kilo de saumon ?

Mêmes fragilités des animaux (maladies récurrentes) dues aux mêmes causes (densité excessive des rassemblements), traitées de la même manière (antibiotiques, à défaut de vaccins) qui entraînent de semblables pollutions, aussi dommageables pour l'environnement que pour la santé des consommateurs.

Même éclatement de la chaîne de production, en fonction de la faiblesse comparée des salaires. Le poisson né en Norvège grandit en Écosse, il est fumé en Pologne ou découpé en Chine, pour finir transporté d'un bout à l'autre de la planète par camion ou conteneur réfrigéré (parfois par avion).

Même diversification des produits offerts, pour toucher toutes les clientèles. Selon que vous choisissiez Leclerc ou Petrossian, vous achèterez votre kilo de saumon 16 ou… 179 euros.

Même concentration croissante des entreprises, pour les mêmes raisons : baisse permanente des coûts par économies d'échelles, puissance dans les négociations, capacités accrues de recherche… La reine du secteur est Mowi, ex-Marine Harvest (Norvège) : 14 537 employés dans vingt-cinq pays, un cinquième du marché mondial.

Même jeu de Monopoly en France : Thaï Union Frozen, le plus grand producteur de thon en boîte, a pris le contrôle de Mer Alliance, dans laquelle s'était dissoute la conserverie légendaire, fleuron de Douarnenez depuis 1932 : Petit Navire.

Bien sûr, le sanglier sauvage, changé en cochon, a perdu sa forêt. Mais que dire du saumon, certains oiseaux exceptés, le plus nomade des animaux ? Né vers la source des rivières, à peine adulte se hâtant vers la mer et ne la quittant, l'âge venu, que pour s'en retourner pondre en eau douce. Pauvre saumon d'élevage, encagé dès sa naissance, et ne retrouvant son droit à parcourir la planète qu'une fois mort…

Notons que le thon rouge (*Thunnus thynnus*) n'est pas loin de subir un sort comparable, même si lui, au moins, aura vécu en liberté la première partie de sa vie. Le printemps venu, de très gros bateaux, originaires pour partie de Sète, capturent dans de vastes filets (les sennes) des bancs entiers qui seront tout doucement traînés sous l'eau jusqu'à Malte et les Baléares, où des « fermes » les attendent. Les nobles thons y seront gavés en quelques mois de produits divers (surtout des farines de… poissons atlantiques). Ils atteindraient chacun 250 kilos, le bon poids pour être vendus à des Japonais prêts à les payer plus cher que l'or.

La mondialisation, paradis supposé des échanges, se paie d'innombrables et considérables privations de liberté.

9

Le marché mondial en 5 points

Le porc est, avec la volaille, la viande la plus consommée au monde : un milliard de porcs sont abattus dans le monde chaque année.

Si la demande des pays émergents continue d'augmenter, celle des pays développés stagne.

1. Les trois zones de plus grande production sont : la Chine (460 millions de porcs), deux fois plus que l'Europe, elle-même deux fois plus que l'Amérique du Nord. La peste porcine qui a d'abord frappé la Chine a bouleversé cette répartition. Mais après l'épidémie, l'ancienne répartition devrait revenir.

2. Ces trois zones de plus grande production sont aussi les trois zones de plus grande consommation. En conséquence, les échanges intercontinentaux représentent, bon an mal an, moins de 10 % de la production mondiale, même si certains événements relancent ces échanges : fermeture du marché russe en 2015, massives importations chinoises depuis l'été 2018 du fait de la peste.

3. Le marché mondial est très standardisé, du fait d'une normalisation de la découpe. Cette standardisation a deux conséquences :

– une parfaite fluidité des échanges permettant à toutes les pièces du cochon de trouver preneur en fonction des préférences de chaque pays. La France, par exemple, exporte des pieds et importe des jambons ;

– une féroce concurrence. La guerre des prix fait rage.

4. En Europe, deux pôles dominent :

– un groupe du Nord très intégré, avec une répartition des tâches très claire et très efficace. Naissances au Danemark et en Hollande ; engraissement et abattage en Allemagne ;

– une Espagne très organisée : de gros industriels se chargent du début, les maternités (souvent géantes), et de la fin (l'abattage-découpe), tandis que l'engraissement reste la responsabilité des éleveurs.

5. La France, quant à elle, élève 25 millions de porcs dans 14 000 exploitations, principalement situées en Bretagne. Une activité qui n'empêche pas notre pays d'être chaque année toujours plus déficitaire (- 400 millions d'euros en 2017), malgré 700 000 tonnes d'exportation dont un tiers hors de l'Union européenne.

III

Un médecin malgré lui

1

L'insuline

Tout n'est pas seulement *bon* dans le cochon.

Beaucoup d'organes en lui peuvent être aussi *salvateurs.* Depuis la nuit des temps, une étrange maladie était constatée chez de nombreuses personnes : terrible sensation de soif, urines abondantes et fréquentes, amaigrissement rapide sans perte de l'appétit, douleurs abdominales, épuisement... Tous ces signes précédant de quelques jours ou de quelques semaines un coma qui pouvait être fatal.

Il fallut attendre la presque fin du XIXe siècle pour que le mystère commence à être levé.

Paul Langerhans, né à Berlin en 1847, est fils de médecin. À l'époque, on traite ces symptômes tant bien que mal, notamment par des régimes ne comprenant aucune sorte de sucre, et sans bien connaître les mécanismes du corps. Langerhans décide d'y voir de plus près et devient biologiste. Il choisit comme sujet de thèse le pancréas, cet organe enfoui au plus profond du ventre et dont personne ne connaît l'utilité. Il y découvre des rassemblements de cellules, à qui l'on donnera plus tard le nom d'*îlots de Langerhans.* Il n'identifie pas encore le rôle de cellules particulières au sein de ces îlots, mais devine leur importance cruciale.

Jusque-là ignoré, le pancréas se retrouve au cœur de recherches qui ne vont plus cesser de s'accélérer, dopées par une farouche compétition internationale.

Pendant ce temps-là, Claude Bernard travaillait aussi sur le pancréas, mais dans son autre fonction, la digestion et l'absorption des graisses alimentaires. Et il découvrait que la régulation de la glycémie se faisait aussi dans un autre organe, le foie.

N'oublions pas Langerhans, celui qui avait lancé le mouvement. Pour le punir sans doute d'avoir révélé aux humains un secret qu'ils voulaient conserver pour eux, les dieux le frappent… d'insuffisance rénale. Progressivement, ses jambes et ses poumons s'emplissent d'eau, avant qu'il ne sombre dans le coma. Il meurt en 1887, à la veille de ses 41 ans. À Madère, je me suis incliné sur la tombe qu'il s'était choisie « dans ce vrai cimetière, isolé et tranquille, un bon endroit où se reposer ».

Cette même année, le médecin français Étienne Lancereaux décrit l'existence de *deux* ensembles différents de symptômes, donc *deux* diabètes. Il a l'intuition qu'ils sont causés par un mauvais fonctionnement du pancréas.

Ce sera démontré un an plus tard par deux médecins : Oskar Minkowski et Joseph von Mering qui ont l'idée radicale de retirer à un chien son pancréas. La conséquence ne tarde pas : diabète immédiat pour l'animal ! Il semblerait donc bien que la glycémie (taux de glucose dans le sang) soit régulée par cet organe.

Un peu de temps passe. Il faut dire que de 1914 à 1918, on meurt de bien d'autres choses que de diabète, et que les esprits sont occupés ailleurs. Au début des années 1920, une équipe de Canadiens franchit une nouvelle étape. Le chirurgien Frederick Grant Banting revient aux *îlots de Langerhans* : ce sont eux, affirme-t-il, eux et eux seuls, qui produisent des substances capables de réguler cette fameuse glycémie. Encore faut-il vérifier cette hypothèse. Un professeur de physiologie le rejoint (John Macleod), bientôt suivi par un biologiste (James Collip) et un étudiant (Charles Best).

Ensemble, ils préparent des extraits de pancréas humain de plus en plus actifs. Le 11 janvier 1922, un jeune diabétique, Leonard Thomson, 14 ans, arrive, à l'article de la mort, à l'hôpital de Toronto. Il reçoit une première injection de ces extraits. Sans succès. Douze jours plus tard, une deuxième injection d'extraits mieux purifiés le sauve. On crie au miracle.

Et l'année suivante, le prix Nobel de médecine récompense le quatuor Banting, Macleod, Best et Collip.

Mais c'est un Roumain, Nicolae Paulescu, qui, dès 1916, avait, le premier, isolé la substance décisive. Il avait, comme Minkowski et Mering, retiré à un chien son pancréas. Puis, en injectant au chien cette substance, baptisée par lui *pancréine,* il lui avait évité tout diabète. La guerre avait empêché la publication de cette avancée majeure. Cette pancréine, vous l'avez reconnue, tout le monde aujourd'hui l'appelle *insuline.*

Insuline, du latin *insula* : « île ».

Îlots et Île… Décidément, la médecine aime la géographie. Et le pancréas était bien une île perdue au fin fond du corps.

Quant au Roumain Nicolae Paulescu, ne mégotons pas notre respect à son égard ! Redoutant des effets secondaires inconnus, il n'avait pas osé élargir son expérience aux hommes… C'est ainsi qu'il s'était fait coiffer sur le fil par les Canadiens.

Entre-temps, le cochon était entré en scène. Puisque son pancréas ressemblait tellement à celui de l'être humain, pourquoi ne pas l'utiliser ? En décembre 1921, Charles Gardin avait sauté le pas. Quatre patients diabétiques avaient vu leur glycémie fortement diminuer après avoir reçu, par voie intraveineuse, un extrait de… pancréas porcin.

Langerhans avait vu juste. Ses *îlots* étaient bien l'endroit clef du pancréas, le lieu où se fabriquaient des hormones indispensables au bon fonctionnement de notre organisme.

Et le pancréas de porc remplissant les mêmes fonctions que celui de ses confrères humains, pourquoi s'en priver ? Pour qui voulait produire *beaucoup* d'insuline, mieux valait contacter les abattoirs que les hôpitaux : ils vous fourniraient pour pas cher autant d'îlots de Langerhans que vous pourriez souhaiter.

Il suffisait seulement de bien les traiter. Et notamment de respecter scrupuleusement la chaîne du froid. Un pancréas avarié ne produirait plus de bonne insuline.

Le nombre de diabétiques augmentant, le recours à l'insuline d'origine porcine se généralise et s'organise. On ne prélève les pancréas que sur des animaux peu à peu standardisés : des porcelets d'à peine deux kilos et à jeun depuis vingt-quatre heures. Et comme le marché est gigantesque, les laboratoires travaillent d'arrache-pied pour offrir une insuline toujours plus pure.

Parallèlement, les chercheurs avancent dans l'exploration de sa structure chimique qui ne sera connue qu'en 1955. Encore dix-neuf ans, et le laboratoire Eli Lilly réussit le clonage du gène humain de l'insuline. La voie est ouverte pour sa production par génie génétique. Ambition réalisée en 1982.

Merci aux porcs ! Une soixantaine d'années durant, exactement depuis décembre 1921, date de l'expérience menée par Charles Gardin, des millions de diabétiques humains leur ont dû la vie, avant que le relais soit pris par de l'insuline humaine, produite par des bactéries génétiquement modifiées.

Est-ce à dire qu'aujourd'hui ces animaux si généreux de leur corps ne sont plus mis à contribution ? D'assez nombreux laboratoires, notamment canadiens, continuent de leur soutirer cette substance magique. Il semble établi que certains patients parviennent à mieux réguler leur glycémie avec de l'insuline d'origine porcine.

2

Le pilotage du microbiote

Non loin de Versailles, la petite ville de Jouy-en-Josas est célèbre pour l'un de ses habitants : Christophe Philippe Oberkampf.

Cet entrepreneur, d'origine allemande, choisit d'installer là, en 1759, une manufacture de toiles imprimées qui va vite prendre de l'ampleur, employer jusqu'à seize cents ouvriers, et recevoir le prestigieux label de « royale ». Sa maison est devenue conservatoire de musique. Mais le reste du domaine avait été transformé en collège. De 1956 à 1960, l'écrivain Patrick Modiano l'honora de sa présence rêveuse.

La rivière du cru s'appelle la Bièvre, du nom ancien des castors (*bebros* en gaulois, *beaver* en anglais). Après un long parcours discret, elle se jette dans la Seine, juste en face de Notre-Dame. Mais bien avant, elle longe un domaine qui est l'autre gloire locale, le plus important site de l'Institut national de la recherche agronomique pour l'agriculture, l'alimentation et l'environnement (INRAE[1]).

1. L'INRA est devenu l'INRAE au 1er janvier 2020.

Si je sais tout ça, je le dois à mes parents. Sans doute pour tenter de « relancer leur couple », ils avaient décidé de quitter Paris pour s'installer dans un village voisin. Et chaque dimanche, nous allions saluer les vaches et les moutons qui paissaient tranquillement entre les laboratoires. Inquiets pour eux, je demandais quels traitements on leur faisait subir.

— C'est pour leur bien, répondait mon père (un pragmatique).

— C'est plutôt pour le nôtre, corrigeait ma mère (une moraliste, par ailleurs monarchiste).

On me parlait de la faim dans le monde, et de la nécessité de manger de la viande pour devenir fort. Suivaient de longues explications auxquelles je ne comprenais rien : sélection, génétique, productivité... Le soir, j'avais du mal à finir mon assiette.

Et voici que soixante ans plus tard, je me présentai à l'accueil.

— Bonjour, j'ai rendez-vous avec Mme Claire...

— ... Rogel-Gaillard ! Elle vous attend. Je l'appelle.

On ne rencontre pas une telle savante, responsable de l'unité de recherches UMR 1313, dite GABI (génétique animale et biologie intégrative), sans s'être un minimum préparé. D'autant que les recherches, dont elle a été l'initiatrice chez le porc, s'appuyaient sur les travaux pionniers du centre de Jouy sur le microbiote intestinal humain qui occupaient la couverture des magazines. Comment échapper au succès mondial du *Charme discret de l'intestin*[1] ?

1. Giulia Enders, Actes Sud, 2015.

Résumons.

Il faut l'accepter : nous sommes des êtres *hybrides,* en (petite) partie humains, en (majeure) partie microbes. Le nombre de microbes en nous dépasse celui de nos cellules : plus de cent mille milliards de micro-organismes dans notre seul intestin. On appelle ces colonies *microbiote.* On en trouve dans la bouche, sur la peau, dans les voies respiratoires et le vagin. Mais le microbiote intestinal est de loin le plus important : il pèse deux kilos, plus que le cerveau. Et on doit considérer ce microbiote comme un *organe à part entière,* car il remplit toutes sortes de fonctions.

Chaque jour, on se rend mieux compte de son importance dans le fonctionnement de notre corps.

C'est un savant russe ayant choisi de rejoindre l'équipe de Pasteur, Ilia Metchnikov, qui, le premier, dès le début du XXe siècle, avança dans la compréhension des mécanismes de l'immunité, avant de s'intéresser au vieillissement : pourquoi les Bulgares vivaient plus longtemps que nous ? Grâce aux yaourts qu'ils consommaient. Lesquels contiennent des *probiotiques*, autrement dit des bactéries favorables à la vie.

La paroi de notre tube digestif est tapissée d'un mucus, une sorte de gel qui joue le rôle d'une barrière sélective : elle absorbe les nutriments fournis par les aliments digérés en même temps qu'elle barre le passage à des micro-organismes indésirables. De cette barrière intelligente dépend notre santé. La bonne assimilation des nutriments diminue les risques de maladies métaboliques comme le diabète ou l'obésité. Le renforcement de notre système immunitaire nous permet de répondre aux attaques permanentes des pathogènes et bloque les processus inflammatoires (telle la maladie de Crohn). Certains désordres psychiatriques sont aussi concernés. (N'en déplaise à notre fierté d'êtres qui se veulent pensants, des liens ont pu être prouvés entre l'activité de nos intestins et celle de notre cerveau. Et rappelons que des millions de neurones sont présents dans notre intestin.)

On comprenait mieux l'intérêt passionné des chercheurs pour ce microbiote. Quel était ce peuple, jusqu'alors méprisé parce que ignoré, et dont les influences se révélaient pourtant si décisives ? De quelles tribus était-il composé ? Pouvait-on déduire de sa composition les maladies constatées ?

Parmi les bactéries de ce microbiote, certaines avaient pu être isolées puis cultivées en laboratoire, et partant mieux connues. Mais pas toutes ! Il a fallu attendre les dernières techniques de séquençage haut débit pour identifier les ADN de ces petites bêtes. Pour cela, il faut prélever les matières fécales. Pardon pour cette précision malodorante !

Et c'est ainsi que fut publié, en 2010, le premier catalogue du microbiote intestinal de l'homme. Suivi, cinq ans plus tard, du même catalogue pour la souris.

Pourquoi s'intéresser à présent à celui du porc ?

C'est ce qu'allait m'apprendre Claire Rogel-Gaillard, patronne de GABI et de l'Institut SAPS (sciences animales Paris-Saclay).

La route louvoyait entre des bâtiments tous semblables, longs, bas et blancs. Quels mystères de la santé animale tentait-on d'y percer ? J'aurais donné beaucoup pour pouvoir m'arrêter dans chacun. Mais je me rappelais l'exaspération de mes parents : tu poses trop de questions, Erik, arrête cette habitude, tu vas te rendre ridicule, tu as passé l'âge des pourquoi perpétuels !

Chemin faisant, Claire m'annonça la bonne nouvelle : « En séquençant l'ADN fécal de 287 porcs issus de onze élevages, nous avons identifié 7,7 millions de gènes bactériens du microbiote intestinal du porc ! Grâce à une collaboration étroite entre les instituts de recherche français, l'Université de Copenhague et le Beijing Genome Institute en Chine.

Un même petit sous-ensemble de gènes a été retrouvé chez tous les porcs, mais nous avons aussi constaté la très grande diversité des microbiotes individuels.

L'autre révélation de l'étude nous a confirmé l'intérêt de travailler sur cet animal.

Si 96 % des fonctions biologiques du microbiote intestinal humain sont présentes dans le microbiote intestinal du porc, seulement 78 % des fonctions identifiées chez le porc se retrouvent chez l'être humain. Conclusion : des fonctions complémentaires se trouvent chez le porc ! »

Comme on s'en doute, j'ai manifesté mon admiration.

— Jean-Jacques Leplat nous attend. C'est la « cheville ouvrière » de nos programmes lancés en collaboration avec le CEA.

Avais-je bien entendu ? Le CEA, Commissariat à l'énergie atomique ! Que venait faire l'atome dans ces histoires animales ? Devinant le sujet sensible, j'ai préféré garder pour plus tard cette question.

Nous avons fini par franchir une double clôture de grillages barbelés.

— Nous voici chez nous, a dit Mme GABI, ou plutôt, chez les cochons ! Et il ne s'agirait pas de les contaminer.

La « cheville ouvrière » nous attendait, un monsieur souriant, aux manières très douces. J'ai dû enfiler une blouse blanche et glisser, non sans mal, mes grosses chaussures de marche dans des sacs en plastique bleu clair.

— Peste porcine africaine oblige !

Des grognements nous ont accueillis. Une vingtaine de porcelets, accompagnés de leurs parents, répartis dans quatre box. Avec, çà et là, d'étranges taches blanches sur leur pelage noir.

— Voilà un de nos chers thèmes de recherche : le mélanome, autrement dit le cancer cutané. La peau du cochon ressemble beaucoup à la nôtre. Et des tumeurs s'y développent. Plus fréquemment que chez nous. Regardez cette longue cicatrice sur celui-là. Je l'ai opéré la semaine dernière. Et le petit, là-bas, vous voyez le creux, le long de son œil, une belle tumeur aussi qui m'a donné du mal !

En souriant, Claire a repris la main.

— Notre Jean-Jacques aime trop ses patients. De chacun, il pourrait vous parler pendant des heures. Nous sommes heureux de pouvoir soulager ces bêtes. Mais notre priorité reste de comprendre. Comprendre pourquoi ces animaux développent tant de cancers dans les premiers mois de leur existence, avec le chapelet des métastases associées. Et surtout, comprendre pourquoi cette vague s'arrête spontanément vers 6 mois.

— Vous voulez dire que les tumeurs cessent de se développer ?

— Mieux que ça ! Elles régressent ! Avant de disparaître. De même que les métastases. Vous comprenez l'intérêt de découvrir le processus à l'œuvre…

— Je comprends !

— Et même si le porc n'est pas l'homme…

— … Nous nous ressemblons tant !

— Je vois que vous avez déjà bien avancé dans vos recherches.

L'ambiance étant détendue, je crus le moment venu d'avancer le nom du CEA.

— Oh ! notre collaboration a cessé en 2017. Mais je vous présenterai la personne qui a lancé ces programmes.

Jean-Jacques Leplat a confirmé l'impression de douceur qui se dégageait de lui. Pour nous montrer comment il séparait de sa mère le porcelet cancéreux, il a saisi une épuisette. Et c'est ainsi, gigotant dans le filet, que les petits malades sont transportés vers la salle d'opération.

Cette phase d'initiation achevée, nous nous sommes retrouvés pour un point général dans une pièce sans fenêtres. L'ombre du CEA devait rôder : je trouvais les murs bien épais pour un simple laboratoire. J'ai chassé ces rêveries complotistes. Mme GABI présentait le panorama des recherches en cours.

Si les éleveurs continuent d'attendre des chercheurs qu'ils trouvent les moyens d'*accroître la productivité* (plus de fécondité, plus de viande, plus de qualité), la société dans son ensemble exige *plus de respect des animaux* en même temps que de *nouvelles pratiques* (moins de médicaments, à commencer par les antibiotiques ; moindres atteintes à l'environnement, dont les nitrates… ; plus de transparence dans les origines et les manières de produire). Il s'agit d'identifier les leviers permettant de parvenir à ces résultats : comment sélectionner les animaux au sein de chaque espèce pour les *améliorer* ? Comment *mieux les nourrir*, alors que les ressources naturelles s'épuisent ? Et si nous parvenions à *piloter le microbiote* ? En modifiant sa composition, nous pourrions modifier le métabolisme des animaux et donc améliorer nos techniques d'élevage, Jouy n'oublie jamais cette part de sa mission : ne s'est-il pas longtemps appelé Centre national de recherches *zootechniques* ?

Mais la dimension de la *santé humaine* s'y est ajoutée. Dans une conception de *santé globale* que nous connaissons bien à Pasteur, sous l'impulsion d'Arnaud Fontanet : *One Health*, « une seule santé ». Comment imaginer une bonne santé des humains si les animaux et les végétaux dont ils se nourrissent sont malades ? Et quel meilleur *animal modèle* que le porc, notre plus proche voisin génétique ?

Une fois encore, cette visite me rappelait mes parents. À Paris, nous habitions rue de Vaugirard, juste derrière l'Institut Pasteur… Nous en longions presque chaque jour les grilles, et chaque fois j'entendais la même rengaine : ici de grands savants travaillent jour et nuit pour vaincre nos maladies.

Et voici qu'à Jouy, après notre déménagement, mes gentils parents m'expliquaient que d'autres grands savants prenaient soin des animaux.

Je n'appris que plus tard l'unité de la santé et donc l'identité des deux combats. Pasteur n'avait-il pas d'abord *guéri* des animaux : vers à soie, poules, moutons et vaches ?

Si les castors avaient continué d'habiter leur rivière Bièvre, ils auraient tapé l'eau de leurs queues plates, fort amusés du temps que j'avais pris pour abolir cette frontière sans fondement.

3

Merci aux autres parasites

La maladie de Crohn se traduit par une inflammation chronique du tube digestif, qui peut aller jusqu'à des ulcérations sévères obligeant à des interventions chirurgicales. En Europe, elle touche plus de deux millions de personnes. La cause de cette maladie demeurant inconnue, on traite les symptômes, avec, généralement, de bons résultats.

Une nouvelle méthode, plutôt étrange en première approche, est en cours d'évaluation.

Il s'agit d'installer dans les intestins humains malades… un helminthe du porc, c'est-à-dire un ver parasite.

Quand il est attaqué par des bactéries, le corps répond en mobilisant son système immunitaire. Il semblerait que, chez les patients atteints par la maladie de Crohn, cette réponse soit excessive. L'intestin *surréagit.* La colonisation par ces parasites entraîne, elle aussi, une réaction de l'intestin. Laquelle contrebalance, on pourrait dire corrige, les excès de la réaction précédente.

Au-delà du bilan, semble-t-il positif, de certaines expériences racontées par Anne-Sophie Vincent-Luengo dans sa formidable thèse pour le doctorat de pharmacie (« Les intérêts potentiels du porc : de la pharmacologie à la thérapeutique »), c'est l'approche choisie par ce projet qui est passionnante. Et qui s'inscrit dans le triple mouvement de nos sociétés.

Le premier, qui les pousse à s'intéresser (enfin) au microbiote.

Le deuxième, qui les fait considérer (enfin) la biodiversité comme un trésor à défendre.

Le troisième, nous venons d'en parler : accepter (non sans réticence) de faire voler en éclats la frontière entre l'homme et l'animal.

4

Le cochon et l'atome

Retour à Jouy-en-Josas.

— Tout va bien ?

Claire Rogel-Gaillard s'était retournée et me regardait, inquiète. Il est vrai que sur mon visage, d'ordinaire enjoué, la moindre interrogation, la plus légère suspicion se voit dans la seconde. Raison pour laquelle mes enfants m'ont formellement interdit le poker. « Papa, on te lit à livre ouvert, tu perdrais trop vite notre héritage. »

Malgré la gentillesse et la bonne humeur des hommes et femmes en blanc qui m'accueillaient, l'atmosphère était lourde, pesante, souterraine. D'habitude, je me sens si bien, si joyeux dans un labo, toujours porté par mon insatiable curiosité comblée par l'élan de la recherche. Mais là… si je m'étais écouté, j'aurais remercié et, au plus vite, quitté l'endroit pour retrouver la vallée de la Bièvre et ses aménités bucoliques. Ce malaise, je n'en compris la nature que plus tard, après avoir fini par remarquer l'épaisseur des murs et des rares fenêtres, surtout cette lumière un peu verte, parcimonieuse, et cet air que nous respirions, qui semblait tout sauf naturel.

— C'est-à-dire… on se sentirait un peu comme

dans un bunker, un ouvrage de la ligne Maginot, un bâtiment militaire plutôt que scientifique.

— Bien deviné ! Ça va peut-être vous choquer, mais les deux ne sont pas contradictoires.

Elle m'entraîna dans l'espace machine à café, où d'autres chercheurs discutaient d'une demande de crédits européens, et me tendit un gobelet brûlant, « d'autorité je vous l'ai pris sucré, vous en avez besoin », et revint dans les années 1960.

— Comme vous savez, le général de Gaulle, de retour au pouvoir, avait décidé, indépendance nationale oblige, d'accélérer la construction de notre force nucléaire…

— Quel rapport avec l'élevage ?

— J'y arrive. Le maniement de matières radioactives ne va pas sans danger. Et je ne vous parle pas de l'explosion d'une bombe. Dans son programme, le Commissariat à l'énergie atomique se devait de ne pas oublier les effets sur la santé de ces nouvelles armes, ou d'accidents éventuels dans les centrales. Bref, l'INRA et le CEA décidèrent de s'unir pour construire ce bâtiment très particulier dans lequel nous nous trouvons.

— Pardon, mais quelle relation avec les cochons ?

— Toujours leur même malédiction ! Ils nous ressemblent trop. Un gabarit comparable au nôtre, une peau qui réagit sensiblement comme nous aux brûlures des rayons. Et en prime, les truies sont prolifiques : pour chacune, vingt-cinq porcelets chaque année : un peuple de cobayes sans cesse renouvelés ! Vous avez de la chance, Marcel Vaiman habite tout près de chez vous, boulevard Arago. Pendant trente ans, il fut le principal animateur de ces travaux. Un seul conseil : n'écoutez pas trop sa modestie : on lui doit des découvertes majeures, notamment le SLA. Appelez-le de ma part, il vous expliquera.

C'était un jour de forte canicule.

— Vous avez eu raison de venir me voir : je peux vous offrir une pièce climatisée.

Je remerciai. Sans me douter que d'autres chaleurs, d'une tout autre ampleur, allaient nous occuper.

Marcel Vaiman, tout jeune vétérinaire, venait de finir son service militaire au CEA, lequel lui proposa de l'engager pour travailler dans ce laboratoire de radiobiologie appliquée qui m'avait tant intrigué.

Bâtiment entièrement clos, où l'air de chaque pièce est extrait au point bas par des gaines et plusieurs fois filtré avant d'être rejeté à l'extérieur. Sous-sol où sont contrôlés puis évacués les « déchets radioactifs liquides », autrement dit l'urine des animaux contaminés. Pour les « déchets solides », autrement dit les excréments des mêmes animaux, un système original d'incinération a été mis en place.

Et, le plus dérangeant, une *cellule d'irradiation* : un bloc de béton baryté, dont les parois d'un mètre d'épaisseur dans lesquelles sont intégrées huit sources de cobalt 60. Comme le précise, avec une froideur d'ingénieur, le document que j'ai pu consulter : « Ces sources sont placées symétriquement aux huit sommets du parallélépipède et permettent d'obtenir un volume utile d'irradiation homogène de plus d'un mètre cube. »

De ces installations on pourrait déduire les recherches effectuées par l'alliance INRA/CEA. Il s'agissait d'évaluer l'impact sur la santé des contaminations *internes* (l'absorption d'aliments radioactifs), et des irradiations *externes* (merci, le cobalt).

Une petite leçon de médecine élémentaire s'imposait. Quelles dégradations entraîne une irradiation nucléaire pour l'homme, ou pour le cochon ? Marcel Vaiman me regarde en souriant.

— Que fait votre Académie française, monsieur Orsenna ? Pourquoi baptise-t-elle du même nom des réalités si différentes ? La *moelle épinière* est une sorte de long câble qui, descendant dans la colonne vertébrale, transmet au corps les influx venus du cerveau et lui envoie toutes les informations perçues par le corps. Quant à la *moelle osseuse,* de couleur jaune, elle est présente dans tous les os. Constituée à 70 % de graisse, c'est celle-là même que l'on déguste, saupoudrée de gros sel, sur une tranche de pain grillé. Mais dans quelques os plats, tels le sternum ou la partie arrière de l'os iliaque, se trouve la *moelle rouge,* siège de cellules souches qui vont donner naissance d'une part aux lymphocytes (dont le rôle est essentiel dans les réponses immunitaires), d'autre part aux trois lignées du sang : les globules rouges, les globules blancs et les plaquettes.

Ces trois éléments sont en permanence renouvelés par cette *moelle rouge* pour remplacer les cellules atteintes de vieillesse. Les conséquences d'une irradiation dépendent bien sûr de sa dose. Trop forte, elle arrête, pour toujours, ce processus de renouvellement. La moelle va produire de moins en moins de globules rouges, de globules blancs et de plaquettes. Anémies, septicémies, infections se déclarent sans tarder. La mort s'ensuit, peu de jours après.

Le seul traitement consiste à greffer au malade de la moelle osseuse, issue d'une personne saine et, qui plus est, compatible. Cette greffe permettra à la moelle de se reconstituer. Mais comment établir cette compatibilité entre le donneur et le receveur ?

Revenons quelques années en arrière. À l'hôpital Saint-Louis, le professeur Jean Dausset travaillait depuis longtemps sur cette question particulière de l'immunologie. Dès 1958, il découvre le mécanisme par lequel un organisme reconnaît ce qui est *lui* et ce qui ne l'est pas. Car c'est bien cela dont il s'agit : comment un organisme fait-il la différence entre le *soi* et le *non-soi*, et comment il rejette tout ce qui n'est pas lui ? Ce système est appelé HLA (*Human Leukocyte Antigen*). Cette avancée capitale, qui, seule, permettait le développement des greffes, lui vaudra en 1980 le prix Nobel.

Marcel Vaiman n'allait pas attendre cette consécration de Jean Dausset pour appliquer sa méthode aux cochons. En 1970 paraît dans la grande revue américaine *Transplantation* l'article qui établit la preuve de l'existence d'un SLA (*Swine Leukocyte Antigen*), un système d'histocompatibilité chez les cochons tout à fait comparable au système HLA des humains.

Entre l'hôpital Saint-Louis et le laboratoire-étable de Jouy-en-Josas, les collaborations vont se multiplier. Et pas seulement pour préciser les logiques de la compatibilité. Les risques de rejet étant ainsi de mieux en mieux contrôlés, les greffes pouvaient prendre leur essor. Avec les immunologistes, on voyait venir à Jouy de plus en plus de chirurgiens désireux de tester leurs techniques sur des animaux si proches de leurs futurs patients, tant par leur poids et la disposition de leurs organes que par leur physiologie.

Pauvres cochons : une fois de plus, leurs souffrances et leur sacrifice, rappelons-le tout ce qu'il y a de plus involontaire, avaient permis de faire avancer la médecine humaine.

— Oh, nous sommes loin, très loin d'en avoir fini avec ces affaires de compatibilité. Où nous arrêterons-nous ?

Je me retrouvai quelque peu titubant sur le boulevard Arago. Remontant lentement vers Denfert-Rochereau, je repensais aux dernières remarques de M. Marcel, le vétérinaire et grand savant du laboratoire-étable. Il m'avait expliqué qu'aujourd'hui certaines équipes travaillaient au rapprochement entre HLA et SLA. En d'autres termes, ils imaginaient la possibilité d'agir sur les régions concernées des chromosomes pour fabriquer de nouvelles compatibilités.

— Vous voulez dire, une compatibilité entre un humain et un porc ? Mais ne greffons-nous pas déjà des valves de porc dans le corps humain ?

— Oui, vous avez raison, mais il s'agit de tissus très peu vascularisés, de simples membranes. Passer à des greffes d'organes véritables, c'est une autre affaire. Vous avez entendu parler de Crispr Cas9 ? Nous disposons de petits ciseaux moléculaires nous permettant de découper certains gènes pour les remplacer par d'autres, ou même les supprimer. En ce qui nous concerne, il s'agirait de remplacer des gènes du cochon (fabriquant le SLA) par des gènes humains (ceux qui fabriquent le HLA). Plus que jamais, tout serait bon dans le cochon… bon à greffer chez nous. On n'y est pas encore. Mais ça progresse. Vous imaginez le marché ? Il nous manque tellement de donneurs humains !

La canicule ne faiblissait pas. Je marchais à petits pas sous les marronniers. Aux cris, je m'aperçus que je longeais la prison de la Santé. Quand monte la chaleur, les enfermés deviennent fous et s'époumonent.

Prison de la Santé. Deux termes dont le rapprochement m'avait toujours paru obscène. Quelle sorte de santé peut-on espérer derrière des barreaux ? Prison de la Santé. Comment mieux décrire l'enfermement des médecins pendant si longtemps ? Alors que maintenant… La Science avait tous les moyens de libérer la Santé. D'abattre les murs entre le *soi* et le *non-soi*. À n'en pas douter, soutenue par l'avidité consubstantielle du business, la liberté allait triompher. Mais comment survivre sans que demeure en ces nouveaux humains *néo-immortels,* hybridés d'électronique (pour augmenter leur intelligence), de titane (pour les cols du fémur) et de cochon (pour les greffes de valves), un minimum d'identité propre ?

Ou plutôt, QUI, en nous, allait survivre ? Quelle part de nous ? L'humaine ou la cochonesque ? Et dans laquelle des deux parts trouverions-nous, tout compte fait, le plus d'humanité ?

5

Merci, les nains !

Défauts de leurs qualités, les cochons grandissent et grossissent vite. Des mastodontes d'une centaine de kilos sont difficiles à transporter, coûteux à nourrir, malcommodes à loger.

L'idée est alors venue de créer des animaux qui correspondraient mieux aux besoins des chercheurs : moins de chair, plus de maniabilité et plus de ressemblance avec la taille et le poids d'un être humain.

Les premiers cochons nains ont été développés à partir de 1949 par l'Institut Hormel de l'université du Minnesota. De nombreux croisements furent nécessaires : porcs Guinée d'Alabama + souches sauvages d'une île des Caraïbes + porcs Piney Wood de Louisiane + porcs Ras-n-Lansa de Guam (Micronésie). Et comme on lui trouvait la peau trop sombre, on a prié un porc Yorkshire de bien vouloir participer au cocktail.

Le miniporc Yucatan est venu au monde quelque temps plus tard, au début des années 1970. Il tient son nom de la péninsule mexicaine où vivent des cochons naturellement *petits*. Mais ils étaient encore trop grands. Alors on les a croisés avec d'autres pour arriver au modèle réduit souhaité : 450 grammes à la naissance pour un poids adulte maximum de 80 kilos et une taille de 75 centimètres. Une miniature jugée encore trop imposante pour certains, qui continuent les croisements pour aboutir à de véritables nains. Le Yucatan séduit par sa douceur et sa résistance exceptionnelle à beaucoup de maladies. Ses poils (ses soies) sont rares : les études menées sur sa peau (conséquences des brûlures, cicatrisation) en sont facilitées.

D'autres races ont ainsi été créées, comme le Hanford, le Pitman-Moore…

Mais le miniporc le plus connu, et qui semble le plus employé, porte le nom d'une ville allemande, titre d'une si belle chanson de Barbara : Göttingen. C'est par l'université locale qu'il a été développé en croisant des nains Minnesota et des cochons vietnamiens, de taille naturellement modeste. Le Göttingen présente plusieurs avantages :

- une miniaturisation réussie (une quarantaine de kilos à l'âge adulte, hauteur dépassant rarement 50 centimètres) ;

- un caractère égal ;

- une maturité sexuelle atteinte très tôt, dès 4 mois pour les mâles et 5 pour les femelles, en conséquence un rythme de reproduction inégalé.

Voilà pourquoi le Göttingen tend à remplacer ses confrères nains pour la plupart des recherches, à commencer par les essais précliniques.

Un jour, juré, je me rendrai dans la bonne ville de Rennes, où ces recherches sont poursuivies.

6

Bientôt un pancréas artificiel ?

Selon l'OMS, l'épidémie de diabète frappe déjà 415 millions de personnes, UNE SUR ONZE. Et, du fait de l'évolution (désastreuse) de nos modes de vie (toujours plus de sucre, toujours moins d'activité physique), les prévisions sont encore plus sombres : 620 millions de diabétiques en 2040.

C'est une maladie chère : une dépense annuelle pour chaque malade d'environ 6 000 euros, plus de 8 milliards à l'échelle de la planète, sans compter les pays où le diabète n'est pas pris en charge, faute de diagnostic ou de suivi.

C'est une maladie grave : en France seule, près de 40 000 décès liés au diabète. Et 8 000 amputations chaque année, 12 000 infarctus du myocarde, 4 000 nouveaux cas d'insuffisance rénale terminale (chiffres fournis dans la thèse déjà citée d'Anne-Sophie Vincent Luengo, décidément un trésor).

C'est une maladie qu'il est possible de soigner, nous l'avons vu, mais avec des traitements exigeants pour les patients, contraints, jusqu'à une date encore récente, de se piquer plusieurs fois par jour.

Si les pompes à insuline représentent un progrès,

le malade doit en permanence vérifier son taux de glucose dans le sang.

Toutes raisons qui justifient des recherches mobilisant des ressources considérables, financières et intellectuelles.

Certains diabètes ayant pour cause une déficience dans la production d'insuline, nécessiteraient l'implantation d'un nouveau pancréas ou du moins de ces fameux îlots (de Langerhans) qui la produisent. Cette solution, qui paraît simple, rencontre de nombreuses difficultés :

1. le faible nombre de pancréas humains disponibles ;

2. la contrainte, pour rassembler un nombre suffisant d'îlots, d'utiliser un minimum de TROIS pancréas ;

3. les phénomènes de rejet associés à l'implantation de tout corps étranger.

Tel est le contexte du projet MAILPAN.

MAcroencapsulation d'ÎLots PANcréatiques.

Qualifié à tort de pancréas « artificiel », parce qu'il implique la collaboration… d'autres animaux, dont notre cousin, le porc.

On croyait le cochon écarté, avec l'arrivée de l'insuline de synthèse. Le voici de retour !

Le principe est simple. On va encapsuler ces îlots dans une membrane pour éviter les phénomènes de rejet, en même temps que permettre leur approvisionnement en oxygène et nutriments divers.

Diverses expériences sont en cours.

L'une d'entre elles est particulièrement intéressante. Cinq miniporcs diabétiques se sont vu implanter des îlots de Langerhans, protégés par une membrane. Ces îlots avaient été prélevés sur… des rats. À ce jour, les miniporcs vont bien. Aucun rejet ne s'est manifesté. Et leur glycémie s'est normalisée.

Est-ce à dire que ce « nouveau pancréas » est prêt pour un emploi généralisé ?

Hélas, un peu de patience est encore nécessaire. La survie à long terme des îlots ne peut encore être garantie.

À cette avancée majeure, le porc apporte, et apportera, une double contribution : comme cobaye privilégié et, à terme, comme fournisseur sans limites d'îlots de Langerhans.

Notre intérêt (passionné) pour le porc ne doit pas nous cacher la réalité. Il existe d'autres « pancréas artificiels » qui ne doivent rien au monde animal et tout à la chimie et à l'électronique. Ils répondent au même besoin : faciliter la vie des patients en automatisant le traitement.

7

Un lubrifiant

C'est également aux porcs, et plus précisément à une substance tirée du porc, que d'innombrables bébés grands prématurés doivent la vie. Sans cette substance, ils n'auraient jamais réussi l'épreuve des premiers jours de leur existence.

Lorsqu'ils sortent du ventre de leur mère, deux ou trois mois avant le terme normal, quelquefois quatre, ces tout-petits (pesant à peine 500 grammes) ont des organes déjà finis (apparemment), mais loin d'être en état de marche.

Tel est le cas de leurs minuscules poumons. Rien qu'en France, plus de huit mille prématurés sont touchés chaque année par un SDR, un syndrome de détresse respiratoire. Lequel, non traité, se conclut par la mort.

Le premier cri du nouveau-né déclenche sa première inspiration. L'air ainsi inhalé est envoyé dans la trachée puis dans les deux bronches (l'une pour le poumon droit, l'autre pour le poumon gauche), lesquelles se ramifient en branches de plus en plus fines. Toutes ces ramifications aboutissent à des millions d'alvéoles en bouquets. C'est là que se font les échanges entre le sang veineux, chargé de gaz carbonique, et l'air inhalé qui apporte l'oxygène, lequel, via les artères, sera distribué par la pompe cardiaque au corps tout entier.

Telle est la *respiration*, essentielle à la vie.

On comprend le rôle, crucial, des alvéoles. Alvéoles qui doivent rester bien ouvertes et déployées pour remplir leurs fonctions. Ratatinées et rabougries, quelles surfaces pourraient-elles offrir aux échanges décrits plus haut ?

Or le grand prématuré n'a pas eu le temps de fabriquer le lubrifiant permettant à ses alvéoles de se déployer et de conserver cette expansion. On va donc le lui fournir. Appelé d'un drôle de nom : « surfactant » (peut-être pour indiquer qu'il sert à détendre les surfaces), on va aller le chercher… dans le poumon du porc.

8

Autres gratitudes

Si nous savions reconnaître nos dettes, bien d'autres mercis devraient être adressés aux cochons.

Merci pour les poudres fabriquées à partir de pancréas et favorisant la digestion de certains aliments !

Merci pour le *pyrogenium,* issu de muscles de porc, et utilisé en homéopathie en cas d'infections aiguës (sinusites, bronchites, abcès dentaires...).

Merci pour la gélatine ! Extraite de tissus osseux, elle a de multiples usages, dont la fabrication des capsules enrobant nos médicaments et d'autres friandises (parmi lesquelles les bonbons Haribo).

On l'utilise aussi pour fabriquer des pansements actifs. Ils permettent à la fois d'absorber comme une éponge les écoulements produits par la plaie, et de stimuler le processus de cicatrisation.

Merci pour d'innombrables autres remèdes ne venant aucunement du porc. Mais avant d'autoriser l'emploi sur les êtres humains d'un remède quel qu'il soit, les autorités médicales lui font subir une longue série de tests. Et qui sont les cobayes le plus souvent désignés ? Nos cochons, bien sûr. Plus faciles à trouver que les singes, et bien moins (pas du tout) *protégés.*

9

Éloge du gras

Tout est danger !

Longtemps, le « gras » fut considéré comme notre ennemi principal pour cause d'encrassement de nos artères. Par exemple, quand celles du cœur se bouchent, le muscle cardiaque, n'étant plus irrigué, ne peut plus jouer son rôle de pompe. Et c'est l'infarctus.

Depuis quelques années, le sucre a pris la relève au palmarès des néfastes. Comme nous le savons, une épidémie de diabète frappe partout dans le monde, à commencer par les pays pauvres qui, en moins d'une génération, ont adopté notre « malbouffe ». Consommé en excès, le sucre se transforme en graisse, laquelle infiltre tous nos tissus, dont les parois de nos artères.

Une bonne santé est d'abord affaire d'équilibre alimentaire et de mesure. Nous avons autant besoin de sucre que de gras. Et il est bon de rappeler que notre cerveau est un gros corps gras.

Mais si certains gras nous étaient plus fraternels que d'autres ? Ce pays du gras étant une jungle particulièrement diverse et complexe, un petit voyage s'y impose.

Parmi tous les acides gras aux noms aussi mystérieux que rebutants (saturés, monoinsaturés, polyinsaturés, trans), concentrons-nous sur celui qui nous est offert par les animaux et par certains végétaux avec le plus de générosité. On l'appelle *acide oléique,* du latin *oleum*, qui veut dire « huile ». D'ailleurs, l'huile d'olive est constituée à 72 % de cet acide.

Comme tous les acides gras, cet acide oléique est une source importante d'énergie pour notre corps. Par ailleurs, il remplit toutes sortes d'autres fonctions essentielles. Par exemple, il joue un rôle dans la fabrication des hormones, dans le transport des vitamines, dans la formation des membranes de nos cellules, puis leur protection... C'est à ce titre, principalement, qu'il participe à la prévention des maladies cardio-vasculaires.

En conséquence, le « gras » n'est pas forcément « mauvais pour le cœur ». Tout dépend de quel gras, et dans quelle proportion par rapport aux autres gras. Dans le célèbre « régime crétois » qui, comme dit la chanson de Jean Ferrat, « fait des centenaires à ne plus savoir qu'en faire », l'huile d'olive, véritable concentré d'acide oléique, joue un rôle central.

Est « sapide », dit le dictionnaire avec sa manie, parfois, de la tautologie, « ce qui a de la saveur ». Et la « sapidité » est « la qualité de ce qui est sapide ». L'acide oléique est « l'agent de la sapidité ».

Traduisons. Nous venons de quitter le domaine de la santé pour aborder celui du *goût.*

Le « gras », l'acide oléique dans le gras, est ce qui *donne du goût.*

Comme c'est leur métier, les producteurs offrent aux consommateurs ce qu'ils demandent : des cochons le moins « gras » possible, le maximum de viande (muscle) pour le minimum de gras (devenu synonyme de poison). D'où leur choix des races les moins grasses, à commencer par le Large White.

Ce faisant, on a sacrifié la sapidité, le goût s'en est allé.

D'autres éleveurs ont fait le choix inverse en relançant des espèces qui avaient le tort… de contenir trop de gras.

Le Noir de Bigorre, par exemple, ou le Belotta Bellota espagnol ne se contentent pas d'être enrobés d'une épaisse couche de gras, la structure même de leur chair est *persillée*, c'est-à-dire traversée d'innombrables filons de gras.

Ce gras est d'un blanc soyeux, souvent enrichi de teintes rosées. Il libère le plus d'arômes lorsqu'il se rapproche de la température où il fond, environ treize degrés. Raison pour laquelle certains restaurants présentent les « pétales » de jambon sur des « volcans », délicats petits ouvrages de porcelaine coniques tiédis par des bougies.

N'oublions pas l'essentiel ! La qualité du gras dépend d'abord de la nourriture de l'animal. Plus elle est naturelle et diverse, enrichie, l'automne venu, par les glands, plus les gourmets se régaleront. Il est à noter que l'herbe qu'ils broutent toute la journée est riche en vitamine E. Cette vitamine aux vertus antioxydantes qui donnent au gras sa blancheur, le préservent du rance et collaborent à notre lutte éternelle contre l'artériosclérose.

Apprenez qu'il existe une Amicale du Gras, présidée par Frédérick Grasser-Hermé. Elle organise des rencontres aussi savantes que gourmandes et décerne, pour services rendus à la Cause, des décorations, préférées par certains à la Légion d'honneur !

10

Merci aussi du fond du cœur !

La formidable pompe appelée « le cœur » est constituée d'un muscle, d'une impressionnante tuyauterie de divers diamètres et de quatre valves qui régulent les flux sanguins.

Pour toutes sortes de raisons, le fonctionnement de ces valves peut s'enrayer. Faute de pouvoir les réparer, on va tenter de les remplacer.

Ces prothèses peuvent être mécaniques (à bille ou à volets). Elles seront de plus en plus résistantes, de plus en plus silencieuses, mais devront toujours être accompagnées d'un traitement anticoagulant *toute la vie* pour empêcher la formation de caillots et les risques d'embolie.

L'idée progresse de faire appel à des valves « vivantes ».

En 1962, à Londres, Donald Ross invente la technique : il prélève une valve aortique sur un patient décédé et l'implante à un malade. À la suite de cette première, saluée dans le monde entier, se constitue peu à peu une « banque » de ces greffons qui seront conservés dans de l'azote liquide. Avantage par rapport aux valves mécaniques : plus besoin d'anticoagulants au long cours. Inconvénients :

insuffisance de greffons et dégradation assez rapide de leur qualité. Notons qu'en France le prélèvement sur des cadavres a toujours été interdit. Il faut donc attendre l'arrivée d'un cœur dont le muscle ne fonctionne plus, mais pourvu de valves intactes.

C'est principalement pour répondre à ce manque chronique de greffons que deux professeurs parisiens, Jean-Paul Binet et Alain Carpentier, décident de faire appel à notre ami le cochon. Ils montent une valve de porc sur un anneau et la suspendent à trois picots. Elle aura préalablement été traitée au glutaraldéhyde pour éviter tout risque de rejet.

L'intervention ayant été un succès total (parfaite dynamique des flux sanguins, absence de thrombus), une production à grande échelle peut s'envisager. La France, honte à elle, n'étant pas intéressée, Alain Carpentier va s'associer avec le laboratoire américain Edwards pour donner logiquement naissance à la « valve de Carpentier-Edwards » (1971). Bien sûr, d'autres valves concurrentes vont ensuite voir le jour, toujours d'origine porcine. Et les progrès ne cessent pas avec, par exemple, ce formidable système, dit TAVI, qui permet de monter la valve jusqu'au cœur par l'artère fémorale, sans plus besoin d'ouvrir la cage thoracique. Tandis que d'année en année, on trouve de nouveaux moyens de lutter contre les inconvénients du glutaraldéhyde, à savoir l'altération de la souplesse des tissus.

Bientôt, les porcs vont perdre leur « monopole valvulaire ». Les interdits religieux vont intervenir, principalement chez les juifs et les musulmans. Bertrand Goudot, chirurgien cardiaque et mon professeur en la matière, se souvient d'un patient qu'il avait dû réopérer après lui avoir annoncé la nature de sa greffe. Pas question d'accepter en lui la moindre bribe d'animal *impur*.

Les bovins vont venir à la rescousse. Le duo Carpentier-Edwards met au point une nouvelle valve à base de péricarde de veau.

Mais le cochon n'a pas dit son dernier mot. Avec lui aussi, les améliorations continuent. Prenez par exemple une racine aortique de porc avec sa valve ; recouvrez-la de polyester ; traitez-la dans de l'acide alpha-amino-oléique pour éviter sa calcification ; vous pouvez préparer le champ opératoire : la prothèse Medtronic *freestyle* est prête à servir.

Pour la réussite de telles opérations, il faut d'abord pouvoir être en mesure de choisir un greffon qui s'adapte parfaitement. Et la taille des orifices de la valve du receveur malade peut varier entre 19 et 29 millimètres. Il faut aussi être certain de disposer d'animaux en parfaite santé. On comprend donc que des élevages spéciaux aient dû être créés, devant répondre à des cahiers des charges implacables. Ils se trouvent principalement aux États-Unis, aux Philippines et au Brésil.

Aujourd'hui, 80 % des 20 000 valves cardiaques implantées peu ou prou chaque année en France sont « biologiques », c'est-à-dire « empruntées » à un animal, veau (pour les deux tiers) et porc (pour le tiers restant), pas moins de… six mille valves, donc six mille bêtes abattues, un joli troupeau !

Ces valves sont gardées dans des armoires spéciales, non loin des blocs opératoires, afin d'être toujours à portée de main des chirurgiens. D'autres parties d'animaux attendent également leur moment de participer à ces renaissances humaines.

Grâce aux *xénogreffes,* greffes entre espèces différentes, s'ouvre un champ immense.

11

Demain, les chimères ?

Tout commence par une rencontre. La rencontre entre un spermatozoïde et un ovule.

Un œuf se forme. Constitué d'une seule cellule, laquelle, dans les heures puis les jours qui suivent, se divise en deux, lesquelles deviennent quatre, huit, seize… jusqu'à devenir un amas de trente-deux cellules identiques qui ressemble à une petite mûre : c'est l'embryon.

Plus tard, ces cellules se spécialiseront dans la fabrication d'un organe déterminé : foie, rein, cerveau ou intestin… Mais pour le moment, entre le cinquième et le septième jour, elles portent encore en elles tous les possibles. C'est alors qu'on va les prélever dans l'embryon car elles peuvent TOUT devenir, n'importe quel organe, n'importe quel tissu… Pour cette raison, on les appelle *pluripotentes.*

Ce sont les *cellules souches.* Souche comme la personne à l'origine d'une famille.

Comme nous savons, avec les progrès de la médecine (et le vieillissement des populations), les besoins de greffes se multiplient et de plus en plus d'organes disponibles vont manquer.

Appelons les chimères à notre secours.

Qu'est-ce qu'une chimère ? Un organisme vivant issu de deux individus d'*espèces différentes.*

Injectons des cellules pluripotentes de souris noire dans un embryon de souris blanche, on obtiendra une souris bicolore.

Comment crée-t-on une chimère ?

Prenons l'exemple, plus sérieux, d'un foie.

Soit un œuf de truie. On le prélève entre le cinquième et le septième jour, c'est-à-dire avant que s'enclenche la spécialisation précédemment décrite. Préalablement, on a traité cet œuf génétiquement pour y inhiber sa capacité de fabriquer un foie. On y injecte des cellules souches pluripotentes d'un œuf humain. Puis l'œuf (de truie) est implanté dans une truie (porteuse).

Dans l'œuf de truie génétiquement modifié, ces cellules humaines vont avoir tout loisir de devenir un foie humain puisque le pouvoir concurrent des cellules de porc a été affaibli. *Un foie humain se développe donc dans le fœtus porté par la truie.* Lorsque le porcelet aura atteint la taille voulue, on le sacrifiera et on greffera le foie sur le malade (humain) qui l'attend.

Alors vive les chimères !

Deviendront-elles les usines à produire, industriellement, tous les organes nécessaires ?

Un souci demeure : les cellules souches des embryons *humains* ainsi utilisés sont *détruites.* Elles avaient été congelées pour un projet de procréation médicalement assistée et, finalement, n'avaient pas été utilisées par leurs parents. On comprend que la morale condamne ces emplois ! Et le droit peut s'en mêler.

D'où les recherches pour créer d'autres cellules souches.

En 2012, le professeur Yamanaka (université de Kyoto) reçoit le prix Nobel pour avoir montré la possibilité de créer des cellules souches pluripotentes à partir de banales cellules de muscle ou de peau. On les appelle IPS (*Induced Pluripotent Stem cells* : cellules pluripotentes induites). Pour ce faire, on prélève un petit morceau de muscle ou de peau sur une personne, constitués de cellules *spécialisées* qu'on *reprogramme* génétiquement en *cellules pluripotentes.* En d'autres termes, on leur redonne cette capacité de devenir n'importe quel organe. Comme dans la procédure décrite plus haut, il suffit de les implanter dans l'œuf de la truie.

Notons que sont ainsi évités les phénomènes de rejet, puisque les cellules *humaines* sont intégrées dès le début du processus de développement de l'embryon.

Une fois de plus se trouve remise en cause la frontière entre l'*humain* et l'*animal.* Si de nombreux humains vieillissants portent déjà des prothèses (genoux, hanches, *pacemakers*, en matériaux de toutes sortes), s'ils doivent déjà leur survie à des morceaux d'animaux (par exemple, les valves cardiaques), ils doivent se préparer à bientôt accueillir des organes *fabriqués en commun avec les animaux,* au premier rang desquels les cochons.

IV

Les voyages du Vivant

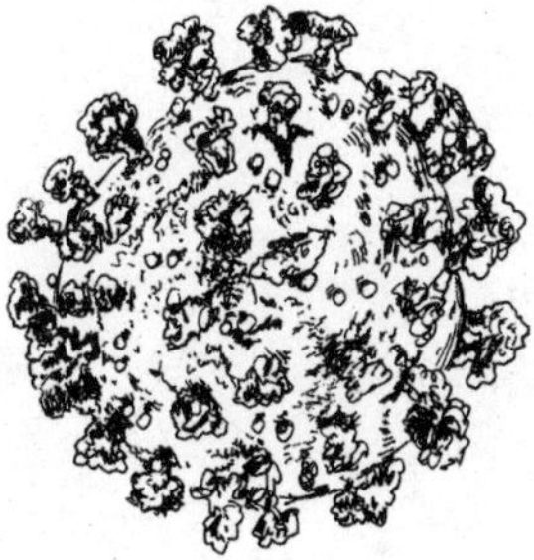

J'ai beau les préférer, je sais bien que les cochons ne sont pas seuls sur Terre.

Et que, pour mieux les comprendre, il faut se familiariser avec des mécanismes dont ils n'ont pas le monopole.

Raison pour laquelle nous allons maintenant agrandir notre promenade.

Bienvenue au pays de l'ADN et de son frère ARN.

Bonne rencontre avec la grippe que, j'en suis sûr, vous ne saviez pas si nomade.

Vous allez aussi apprendre de quelle manière les virus sautent d'une espèce à l'autre.

Découvrir que les trafics d'animaux sauvages rapportent aux gangsters autant que la drogue.

Et faire connaissance avec une certaine mouche qui a plus d'un tour dans son sac.

Le Vivant ne tient pas en place. Il ne cesse de voyager. Et quand il s'arrête, il enchaîne les métamorphoses.

C'est ainsi que vont et viennent les pandémies.

Elles ne nous ont pas attendus pour inventer le tourisme.

1

Une même machinerie

Le premier voyage du Vivant est un voyage dans la *connaissance* du Vivant.

Né en 1635 dans l'île de Wight (Grande-Bretagne), Robert Hooke est une sorte de Léonard de Vinci. En physique, en mécanique, en horlogerie, il a multiplié les découvertes. Grâce à l'invention de son propre microscope, il révolutionne l'observation de la nature. Dans son livre, *Micrographia* (1665), il montre, par exemple, qu'une fine tranche de liège est composée d'un entassement de petites boîtes, qu'il appelle *cellules*.

Dans le même temps, en Hollande, Antonie van Leeuwenhoek fabrique lui aussi son microscope. Un nouveau monde en surgit : des globules rouges, des spermatozoïdes, des protozoaires et des bactéries...

Il faut attendre 1837 pour qu'un Allemand, Theodor Schwann, propose la synthèse de ces découvertes : « Tout organisme vivant (végétal ou animal), écrit-il, est composé de cellules et de produits issus des cellules. » Cette *théorie cellulaire* sonne le glas des explications « magiques » de la vie, « vitalisme » et « génération spontanée ». C'est à Schwann qu'on doit aussi la notion de *métabolisme,* l'ensemble des réactions chimiques à l'intérieur d'un être vivant lui permettant de se maintenir en vie, de se reproduire, de se développer et de répondre aux stimuli de son environnement. Un mot forgé à partir du grec *metabolè* : « changement », « transformation ». La vie est donc un travail permanent, à l'inverse de la mort, « repos éternel », comme chacun sait.

Partons maintenant pour la belle ville de Bâle (Suisse). En 1869, un jeune médecin, Friedrich Miescher, découvre, en grattant quelques globules blancs sur un pansement, que le noyau de leurs cellules contient une substance inconnue, riche en phosphates. Il va l'appeler *nucléine* et montrer qu'on la retrouve dans bien d'autres cellules, de poissons comme de champignons.

La connaissance continue de progresser et, en 1929, la nucléine révèle ses secrets, tout d'abord sa capacité à transmettre les caractères héréditaires. En fait, il existe deux sortes de nucléine. La première contient un sucre, le ribose. Pour cette raison, on va l'appeler ARN : acide ribonucléique. La seconde contient un autre sucre, le désoxyribose. D'où son nom : ADN, acide désoxyribonucléique.

Tout est prêt pour expliquer les fondements chimiques de la vie, cette *machinerie commune* à tous ceux qui vivent, animaux, végétaux, champignons, bactéries, archées (micro-organismes unicellulaires sans noyaux) et protistes (micro-organismes unis ou pluricellulaires, dotés d'un noyau).

Il était une fois une cellule.

Il était une fois l'ADN.

Les molécules d'ADN se présentent sous la forme d'une longue, très longue chaîne de minuscules unités contenant chacune du sucre, du phosphore et de l'azote. Ces unités (nucléotides) sont rassemblées en séquences selon un ordre précis. Chaque séquence forme un gène. Chaque gène contient les instructions (codées) pour fabriquer une protéine. Les protéines sont les briques qui, assemblées, constituent un corps vivant. Et l'ensemble des gènes forme le génome, le patrimoine génétique. En d'autres termes, tous les plans de l'organisme à construire. Un humain a ainsi été fabriqué, et « fonctionne » grâce à près de 30 000 gènes.

Encore faut-il que ce plan puisse être transmis à l'usine chargée de produire les protéines. Laquelle usine est située *dans* la cellule, mais *à l'extérieur* du noyau. Or l'ADN est trop « gros » pour sortir du noyau. Le plan (le gène) sera donc transcrit en ARN dit *messager.* Car c'est lui, le petit messager, qui va pouvoir sortir du noyau par de minuscules trous et porter le fameux plan à l'usine. Laquelle saura en faire bon usage. Et c'est ainsi qu'une à une seront fabriquées les protéines, les briques constitutives de tout être vivant.

Les cellules ne cessent de se diviser. D'abord pour permettre aux organes de grandir et de se développer. Et de se régénérer.

Lors de ces divisions, de fait permanentes, il ne faut pas que se perde le patrimoine, le plan de l'organisme à construire. Les longues, longues molécules d'ADN se replient, s'enroulent sur elles-mêmes, s'entortillent. Jusqu'à former des sortes de fagots. Vingt-trois paires de fagots chez les êtres humains. Ce sont les chromosomes. Les uns d'origine paternelle, les autres d'origine maternelle. Chaque nouvelle cellule en recevra un jeu complet. Ainsi, tous les ordres de fabrication continueront d'être transmis à l'usine, via le messager.

Bien sûr, les différences sont nombreuses entre les espèces.

Bien sûr, les processus à l'œuvre sont infiniment plus complexes que ce résumé simplet.

Des centaines d'autres livres ont traité plus savamment de ces affaires. À commencer par la bible : *La Logique du vivant* (François Jacob).

Mais il est toujours bon de se rappeler ces machineries communes.

Réaliser que nous tous qui vivons, plantes ou animaux, obéissons à ces mêmes lois, nous tous avons dû nous couler dans la même histoire, nous tous n'existons que par elle. La découverte de cette *unité* a quelque chose d'apaisant. Peut-être parce qu'elle nous contraint à l'humilité ? Il est doux d'occuper sa juste place.

2

Une grande voyageuse

La grippe ne tient pas en place.

Elle n'a jamais cessé de circuler.

Dans le temps, dans l'espace et dans l'univers du Vivant car, à peine installée dans une espèce, elle n'a de cesse qu'elle ne saute dans une autre.

Depuis toujours elle nous accompagne. Raison pour laquelle raconter la grippe, c'est raconter notre fragilité. Les spécialistes de la grippe sont aussi nos historiens. Je vous invite à lire ou à écouter Jean-Claude Manuguerra, l'un de ses spécialistes : vétérinaire, virologue, responsable de la cellule d'intervention biologique d'urgence à l'Institut Pasteur[1].

Tout commence dès l'Antiquité, car l'ensemble des symptômes que l'on baptisera plus tard « grippe » chez nous, « influenza » ailleurs, est l'une des maladies les plus anciennes que l'on connaisse.

Il y a deux mille quatre cents ans, Hippocrate

1. Cf. notamment *Les Virus émergents : Sida, SRAS, Ebola, grippe aviaire…*, coécrit avec Antoine Gessain, PUF, « Que sais-je ? », 2006.

(v. 460-v. 377 av. J.-C.), médecin grec considéré comme le père de la médecine, a décrit et relaté par écrit les épidémies de son époque dans un traité parvenu jusqu'à nous.

Dans ce recueil, il rédige une fiche pour chaque malade examiné, et décrit avec une minutie et une méthode stupéfiantes ses symptômes et l'évolution de son état au jour le jour.

Les signes qu'il observe lors de l'épidémie ayant sévi en 412 avant J.-C. dans le nord de la Grèce (toux, fièvre, léthargie, douleurs musculaires, pneumonie...) ressemblent en tout point à ceux de la grippe.

On peut ajouter que c'est ce génial médecin qui a donné le statut de « maladies épidémiques » à celles qui se répandaient rapidement et largement dans la population d'une même région (épidémie venant du grec *epi*, « sur », et *demos,* « peuple » ; l'épidémie est donc un mal qui « circule dans le peuple »).

C'est encore lui l'auteur de cette phrase célèbre : « Dire le passé, comprendre le présent, prédire l'avenir. »

Des épidémies ont jalonné le Moyen Âge, avec certains signes qui pouvaient évoquer la « grippe ». Mais, faute de nosologie, c'est-à-dire de classement des maladies d'après leurs caractères distinctifs, il n'est pas certain que toutes aient été des grippes.

Il a fallu attendre 1580 et une première pandémie étendue à presque tous les pays d'Europe pour que des médecins de renom la décrivent enfin selon des critères précis et sans équivoque.

On sait désormais poser son diagnostic et la différencier d'une autre maladie, la coqueluche, par exemple.

Dans les siècles qui suivent, il y aura bien d'autres épidémies, chaque fois certifiées.

D'après Littré, la langue française attend le milieu du XVIIIe siècle pour appeler « grippe » cette maladie. Ce mot vient du vieux verbe « gripper », saisir avec les griffes. On dit par exemple qu'on « grippe » un voleur qu'on attrape au collet. On dit aussi d'un amoureux qu'il est « grippé » de sa belle.

Le mystère demeurait. Quelle était l'origine de ces maladies qui frappaient régulièrement les populations ? Fallait-il y voir, comme pour la peste, un châtiment divin ?

En 1833, Christian Gottfried Ehrenberg propose une classification de ces « animalcules ». C'est à lui que nous devons le nom de « bactérie », réservé à ceux qui avaient une forme de bâtonnet (en grec, *bacteria* est le « bâton pour la marche »).

Grâce aux progrès de l'optique, on voyait de mieux en mieux ces micro-organismes décrits par les prédécesseurs et on en observait de nouveaux. Étaient-ils à l'origine des maladies contagieuses ? La thèse faisait son chemin mais sans jamais avoir été prouvée.

Jusqu'en 1857, date à laquelle Louis Pasteur démontra le lien de causalité entre un micro-organisme vivant, une levure en l'occurrence, et le processus de fermentation alcoolique. Bien des années plus tard, Pasteur rappelait ces premiers travaux :

« La médecine humaine comme la médecine vétérinaire s'emparèrent de la lumière que leur apportaient ces nouveaux résultats. » Galvanisé par sa découverte démontrée avec une rigueur et une méthode implacables, il étendit progressivement ses recherches aux maladies qui ravageaient régulièrement les élevages d'animaux (maladie du ver à soie, maladie du charbon des moutons, choléra des poules, rouget du porc...), et, dès 1877, aux maladies contagieuses humaines (diphtérie, rage...).

Une nouvelle science était née : la microbiologie.

D'autres menaient de semblables recherches. Mais Pasteur, en France, et Robert Koch, en Allemagne, menaient la danse, engagés dans une concurrence féroce, notamment pour découvrir l'agent responsable de la tuberculose.

On en était là quand, au début de l'hiver 1889, déferla une sévère pandémie, baptisée grippe russe, car elle était partie du centre de la Russie pour gagner, par terre et par mer, tous les continents, semant sur son passage... un million de morts. On rechercha un microbe responsable dans les sécrétions prélevées dans la gorge des malades. Et on en trouva ! Mais un peu trop ! Des pneumocoques, des streptocoques, présents aussi dans d'autres affections.

En 1892, un élève de Koch, l'Allemand Richard Pfeiffer, isole un bacille chez des grippés. Il le nomme *bacillus influenzae*, ou *bacille de Pfeiffer*.

La théorie du « bacille de Pfeiffer » en laissait certains sceptiques. En effet, on ne le rencontrait que dans les sécrétions de grippe sévère, non dans les grippes bénignes… et on l'apercevait aussi dans d'autres maladies de la sphère ORL… et même chez des personnes en bonne santé. Il n'en restait pas moins que lorsque le fameux bacille était inoculé à des lapins, ils tombaient malades.

De ces incohérences était née l'hypothèse qu'il devait exister des êtres encore plus petits que les « animalcules », ceux-là invisibles, même pour les derniers-nés des microscopes. Pasteur, qui soupçonnait leur existence, parlera d'« infrabactéries ».

En 1898, Martinus W. Beijerink, botaniste et microbiologiste hollandais et l'un des fondateurs de la virologie, met au point des filtres extrêmement fins. Ceux qu'on utilisait jusqu'alors ne retenaient que les bactéries, mais on se doutait bien que des microbes encore plus petits devaient passer, ni vu ni connu. Beijerink travaille à l'époque sur une maladie appelée la mosaïque du tabac, car elle en dégrade les feuilles. Elle frappe durement les plantations du Surinam. En diluant la sève d'une feuille de tabac infectée et en l'inoculant à une plante saine, il lui transmet la maladie. Il reprend la sève de cette dernière et l'inocule à une troisième plante et ainsi de suite, sans que la virulence de la maladie s'atténue jamais. L'agent infectieux qui se trouve dans la sève ne se voit sous aucun microscope, il est bien plus petit qu'une bactérie, il est incapable de se multiplier par lui-même. Il donne le nom de *virus* à sa découverte.

Voilà pourquoi, en même temps que d'*infrabactéries*, on parlera aussi de *virus filtrants* ou *ultra-filtrants*.

Cette histoire du tabac montre bien l'*unité de la vie.* Que nous habitions la partie végétale ou animale du Vivant, les mécanismes de transmission et de contagion sont semblables.

Et notons que Pasteur avait fabriqué le vaccin de la rage grâce à un broyat de moelle d'un lapin infecté, sans jamais voir le virus (qui n'apparaîtra que sous un microscope électronique, alors que celui de la mosaïque du tabac avait été vu, grâce à ce même progrès de l'optique, dès 1939).

Soudain, au printemps 1918, tandis que dure depuis déjà quatre ans la plus meurtrière des guerres, un autre cataclysme, sanitaire celui-là, ajoute à l'horreur en ravageant le monde.

La grippe a encore frappé.

Plus durement que jamais.

Cette grippe, connue sous le nom de grippe espagnole, n'a pourtant rien d'espagnol et ce n'est même pas en Espagne qu'elle est née. Mais puisque ce pays ne participait pas à la Première Guerre mondiale, il n'a pas tenté de camoufler le désastre, contrairement aux autres pays d'Europe où la censure s'est appliquée partout avec force et cynisme dans le but de cacher le nombre des morts et ne pas décourager soldats et civils. Comment aurait-on pu leur faire accepter que les mêmes troupes américaines qui venaient de débarquer en France avaient apporté avec elles ce fléau ?

Il est maintenant admis que tout a commencé dans

un camp militaire du Kansas aux États-Unis, où le premier cas de grippe est enregistré officiellement le 4 mars 1918. Très vite le virus se propage à une vitesse fulgurante à toute l'Amérique du Nord, puis à l'Europe en guerre que les troupes rejoignent par bateau. Extrêmement contagieuse, cette première vague de grippe a cependant été plutôt bénigne, ne tuant pas plus qu'une grippe ordinaire. Elle a surtout touché les armées en guerre et les soldats, en garnison et dans les tranchées, avec une prédilection pour la tranche des 20-40 ans, surtout autour de 30 ans, épargnant dans l'ensemble les personnes âgées.

Deux mois après la fin de la première vague, à l'automne 1918, une deuxième vague de grippe émerge à nouveau, toujours aux États-Unis, et s'abat tel un tsunami sur la planète. Celle-là sera impitoyable. Pendant quatre mois, elle tuera sans discernement et sur tous les continents, traversant les mers sur des bateaux remplis de marins contaminés qui rejoignent les lointaines colonies, provoquant une effroyable hécatombe. Personne n'est épargné : soldats, civils, jeunes et… vieux, ceux-là mêmes qui avaient si miraculeusement résisté au premier assaut du printemps 1918.

Que s'est-il donc passé dans ces deux petits mois, pour que la grippe change à ce point de nature ? Que s'est-il passé pour qu'en deux mois elle soit devenue la plus grande meurtrière de tous les temps ? Pour le savoir, il faudra attendre… quatre-vingts ans, et l'avènement de nouvelles techniques d'exploration du génome.

En pleine pandémie, médecins et scientifiques

travaillent sans relâche. Le 4 octobre 1918, Charles Nicolle, futur Prix Nobel de médecine, et son collaborateur Charles Lebailly présentent à une séance de l'Académie des sciences le résultat de leurs travaux et concluent : « L'agent de la grippe espagnole est un virus filtrant. » Aucun filtre ne peut le retenir, on ne peut pas le voir au microscope optique, et il ne pousse sur aucun milieu de culture, quels que soient les nutriments qu'on lui offre.

Au printemps 1919, la vague reflue et l'épidémie s'arrête, aussi vite qu'elle est apparue.

Dans les années qui suivent, la grippe redevient saisonnière, le plus souvent bénigne, avec une faible mortalité.

Son agent reste introuvable. (L'hypothèse du bacille de Pfeiffer a fait long feu.)

Si la grippe espagnole a touché les humains, elle a aussi touché les porcs, avec un tout petit décalage dans le temps. Ce qui a fait penser aux observateurs de l'époque que les deux maladies pouvaient être liées.

En 1931, Robert Shope, un virologue américain étudiant une épidémie de grippe qui décimait les élevages dans sa région de l'Iowa, isole pour la première fois le virus de la grippe chez le porc. Pour ce faire, il a récupéré les mucosités de voies nasales et de poumons de porcs infectés, a utilisé des filtres ultra-fins de sa fabrication, et instillé le filtrat obtenu dans les voies nasales de porcs sains, qui sont tombés malades. Il découvrait ainsi l'agent causal de la grippe du porc.

Trois ans plus tard, en 1933, une épidémie de grippe humaine sévit à Londres.

Au National Institute for Medical Research, une équipe de trois bactériologistes anglais travaillent sur la maladie de Carré, maladie mortelle qui affecte les chiots et les furets, lorsque l'un d'entre eux contracte la grippe. William Smith, l'un des trois, a alors l'idée de prélever des mucosités dans la gorge de son collègue malade et de suivre la même méthode que Shope trois ans plus tôt avec le porc : après avoir filtré les mucosités, il inocule le filtrat à… un furet, l'un des animaux présents dans la ménagerie du laboratoire. Le furet tombe malade et contamine un deuxième furet, qui en contamine un troisième, sans que jamais les symptômes perdent en virulence. Preuve était faite qu'un animal pouvait accueillir le virus de la grippe transmis par un humain et lui permettre de se multiplier, ce qui expliquait que sa virulence ne s'atténuait pas au fur et à mesure des contaminations.

Pour la petite histoire, dans le même laboratoire, un chercheur attrapa la grippe, contaminé par les éternuements d'un de ses furets, preuve que le virus pouvait aussi passer d'un animal à l'homme.

Nous sommes en 1933. Si le virus de la grippe humaine est enfin isolé, on ne le voit toujours pas.

Vous trouverez en fin d'ouvrage tous les noms de ceux à qui nous devons le récit de la formidable aventure qui va suivre. Merci à eux ! Amateurs de science, d'histoire et de géographie, je vous promets des frissons.

Décidément, quels plus vivants parcours que ceux d'une découverte ?

À la fin des années 1980, un médecin pathologiste, Jeffery Taubenberger, intègre l'AFIP, l'Institut de pathologie des forces armées, près de Washington, afin de mettre en application les dernières découvertes de la biologie moléculaire, notamment la technique PCR (*polymerase chain reaction*). La PCR permet de reproduire des dizaines de millions de fois (aujourd'hui un milliard de fois !) le moindre petit fragment d'ADN qui serait demeuré indétectable dans des restes humains altérés ou trop anciens. La RT-PCR (*retrotranscriptase-polymerase chain reaction*) permet de détecter de la même façon un très petit fragment d'ARN après l'avoir recopié en ADN. C'est avec cette technique qu'est recherché le virus du SARS-CoV-2 au fond de notre gorge.

Jeffery Taubenberger identifia d'abord avec succès le virus qui avait décimé des dauphins sur la côte Est des États-Unis (1991).

Quand il voulut élargir le champ d'application de la RT-CPR aux maladies humaines, il profita de l'entrepôt militaire de l'AFIP, où étaient conservés dans de la paraffine des millions d'échantillons de tissus humains provenant de soldats morts de maladie, et ce… depuis la guerre de Sécession (1861-1865).

Sans être spécialement intéressé par le virus de la grippe, Taubenberger choisit un prélèvement provenant d'un jeune soldat frappé par la grippe espagnole le 17 septembre 1918, et mort le 26 du même mois. L'histoire gardera son nom : Roscoe Vaughan.

En mars 1997, Taubenberger et son équipe annoncent dans *Science* que les restes de ce pauvre Roscoe n'ont permis de retrouver que 15 % du génome viral.

Il se trouve qu'un certain Johan Hultin, 72 ans, pathologiste désormais retraité, continuait de lire *Science* et tomba sur cet article, qui le ramenait un demi-siècle en arrière.

En 1951, il avait choisi pour sujet de sa thèse de médecine… le virus grippal de 1918, avec l'ambition, bien sûr, de parvenir à l'isoler. Il s'était alors rendu dans un village d'Alaska, du nom de Brevig Mission, où 72 des 80 habitants inuits étaient morts de la grippe espagnole et avaient été inhumés dans le pergélisol, cette terre gelée du Grand Nord. Il avait obtenu l'autorisation d'exhumer des corps du cimetière, en bon état de conservation dans le sol gelé. Mais n'avait pas réussi à retrouver de virus.

Quarante-six ans plus tard, il contacte Taubenberger, lui raconte son histoire et lui propose de faire lui-même, et à ses frais (3 200 dollars), le voyage à Brevig Mission pour récupérer des échantillons d'Inuits enterrés dans la terre gelée d'Alaska.

Il prend un avion pour Anchorage, puis un autre pour Nome.

Nome : extrémité du monde, port improbable, 66° 30' de latitude N, 3 645 habitants.

Nome : erreur des cartographes londoniens. Ils avaient prévu de baptiser plus tard cette côte perdue de la mer de Béring. C'est ainsi que, mal griffonnés, les deux mots « No Name » étaient devenus Nome.

Nome : permettez-moi cette petite parenthèse,

est chère à mon cœur. J'y étais parti fuir un amour perdu. Aller plus loin, impossible : commençait la banquise. Et voici qu'un jour de tempête cinq mots d'un petit message me reconduisirent à la vie.

Mais revenons à la grippe.

Johan Hultin retrouve Brevig Mission. Après une nouvelle autorisation du Conseil du village, il court au cimetière et, cinq jours durant, creuse la terre gelée. Il finit par exhumer une jeune femme, elle aussi morte de la grippe en 1918. Il la prénomme Lucy. Lucy a l'avantage d'être obèse, ce qui aura contribué à bien protéger ses poumons de la décomposition et à sauvegarder le virus. Il prélève ses deux poumons et les fait apporter à Taubenberger.

Dix jours plus tard, coup de téléphone : victoire ! et merci à vous ! Le virus de 1918 se trouve bien chez Lucy, et son matériel génétique, de très bonne qualité, est parfaitement exploitable.

Peu après, Taubenberger reçoit des tissus provenant de quatre soldats américains et anglais. Tous concordent.

En 1999, le génome du virus de 1918 est enfin décrypté.

3

Portrait d'influenza, le virus de la grippe

Il existe trois types de virus de la grippe : A, B, C.

Les virus de type A et B donnent des grippes saisonnières.

Seuls les virus de la grippe de type A ont été à l'origine de pandémies.

Le virus de la grippe A n'est visible qu'au microscope électronique, où il apparaît sous la forme d'une sphère hérissée de fines aiguilles (hémagglutinine HA) et de petits champignons (neuraminidase N).

À l'intérieur de la sphère se trouve le génome du virus, c'est-à-dire son matériel génétique, constitué d'ARN, l'équivalent de notre ADN.

Les fines aiguilles vont permettre au virus de s'attacher à la cellule qu'il veut infecter.

Les petits champignons (neuraminidase N) serviront à détacher de la cellule les nouveaux virus qu'elle aura produits.

Les antigènes H et N définissent les différentes souches du virus.

Il existe 17 H et 11 N dont les différentes combinaisons correspondent à des souches différentes. Par exemple, on a appelé A (H1N1) le plus ancien virus décrypté de la grippe (celui de la grippe espagnole de

1918), car c'est un virus de la grippe A, qui porte à sa surface une hémagglutinine de type 1 (H1) et une neuraminidase de type 1 (N1).

Chez l'homme, ce sont surtout les souches H1N1 et H3N2 du virus de la grippe qui circulent. H5N1 est un virus aviaire.

4

Un nouveau cheval de Troie

Le virus de la grippe A se transmet par voie aérienne. Un malade qui tousse ou éternue, ou parle trop près de nous, envoie dans l'air des postillons, gouttelettes de salive remplies de virus. Il peut aussi transmettre le virus par ses mains. Si elles portent du virus, elles contamineront tout ce qu'elles touchent.

Une fois le virus inhalé, ou porté à la bouche, aux yeux ou dans le nez par notre main infectée, il descend dans le pharynx, la trachée, les bronches et les bronchioles.

L'intérieur des voies respiratoires, depuis le nez jusqu'aux plus petites bronches, est recouvert d'un liquide visqueux, collant et transparent qu'on appelle le mucus. Le rôle de ce mucus est de piéger les impuretés que nous inhalons en même temps que l'air que nous respirons : poussières, microbes dangereux, particules polluantes… Ce mucus protecteur repose sur un tapis de cellules frangées de cils qui agissent comme des milliards de petits balais pour faire remonter le mucus sale jusque dans la gorge, où il est avalé.

Mais le virus de la grippe, lui, possède à sa surface les fameuses aiguilles, l'hémagglutinine. Grâce à celle-ci, il peut se mouvoir dans le mucus sans risque de se faire piéger et rejoindre sa cible, les cellules de l'appareil respiratoire, qui possèdent à leur surface une substance qui l'attire irrésistiblement, un sucre.

La membrane de la cellule qui le supporte va se déformer pour peu à peu l'engloutir. Le virus rentre comme un cheval de Troie, avec tout son arsenal. Une fois dans la cellule, il libère ses huit gènes et les injecte dans le noyau de la cellule, où ils vont s'emparer de toute la machinerie pour la détourner à leur profit.

La cellule, leurrée, confond son propre ARN et celui du virus dont elle va exécuter les ordres. Elle met à sa disposition toutes ses usines et tous ses moyens de reproduction, elle se met à fabriquer des molécules d'hémagglutinine, de neuraminidase et d'autres protéines qui vont permettre d'assembler un nouveau virus. La cellule réplique docilement, et à l'infini, les segments d'ARN viral produisant par dizaines de milliers de nouveaux virus.

Chaque virus ainsi fabriqué est détaché de la cellule par la neuraminidase, la protéine qui ressemble à un champignon, puis part attaquer une nouvelle cellule du système respiratoire.

5

Le franchissement des barrières

Depuis que j'avais commencé ce livre, une rengaine ne me quittait pas, une ritournelle agaçante, venue de l'enfance sans que je parvienne à retrouver les paroles. Et puis, un matin, un petit animal, un furet pour être précis, a frappé à ma fenêtre. Je lui ai ouvert la porte. Des mots l'ont suivi. Des mots qui racontaient toute l'histoire que j'étais en train d'écrire :

Il court, il court le furet,
Le furet du bois Mesdames,
Il court, il court le furet,
Le furet du bois joli,
Il est passé par ici,
Il repassera par là.

J'ai remercié mon enfance et le furet, puis me suis remis au travail.

Les virus sont responsables du quart des maladies émergentes chez l'homme (les autres coupables étant les bactéries, les champignons et les parasites).

La plupart des virus sont transmis par des animaux. On parle alors de virus zoonotiques.

Les oiseaux sauvages aquatiques (les oies et les canards par exemple...) possèdent naturellement, comme les chauves-souris, un système immunitaire tel que les virus peuvent s'installer chez eux sans affecter le moins du monde leur santé. Ainsi, les oiseaux aquatiques sauvages sont le grand réservoir de la diversité génétique du virus de la grippe. On a retrouvé chez eux pas moins de 17 hémagglutinines différentes et 10 neuraminidases. Chez ces oiseaux, les virus vont entrer par le bec et s'installer dans les cellules intestinales. Ce qui veut dire qu'ils seront présents dans les selles des oiseaux infectés.

On comprend tout de suite le mode de contagion. Du canard sauvage au canard domestique, par exemple, lorsque le sauvage se rapproche de la ferme (ou que la ferme gagne les territoires jusqu'alors sauvages). L'installation sera très facile puisqu'il s'agit de la même espèce. En outre, les oiseaux sauvages ont l'âme migratrice, ils ne cessent d'aller et venir d'un bout à l'autre du monde, emportant des passagers invisibles qui peuvent ainsi entrer en contact avec différents hôtes, parfois inattendus, animaux de la ferme ou d'autres, plus lointains. Savez-vous que les baleines et les phoques sont sujets, comme nous, à la grippe, car leur système immunitaire n'a pas la même capacité de défense que celui des oiseaux sauvages ?

Toutefois, passer d'une espèce à une autre, par exemple du réservoir aviaire à l'homme, ne va pas être chose aisée. La nature a prévu une barrière entre elles, que certains virus ne parviendront jamais à franchir, car ils n'auront pas su s'adapter. Ainsi, le virus de la rougeole est resté à jamais un virus humain, alors que celui de la fièvre aphteuse est resté animal.

Il existe aussi des tentatives avortées de son franchissement : certains virus réussissent à pénétrer dans une cellule humaine, mais leur multiplication (leur réplication) est insuffisante. Il n'y aura donc pas de transmission d'un homme à un autre.

D'autres se répliquent un peu mieux, avec quelques transmissions d'humain à humain (par exemple, le MERS-COV). Enfin, et hélas pour nous, certains virus se répliquent de façon très efficace chez l'homme et se transmettent ensuite d'humain à humain, créant ainsi des épidémies (grippes saisonnières, fièvre hémorragique Ebola…), voire des pandémies (comme le virus HIV du sida).

De manière générale, personne n'aime être envahi. Quand un virus a pénétré dans une cellule de son nouvel hôte, il est aussitôt attaqué par des molécules qui vont tout faire pour empêcher sa réplication. Le virus va alors tenter de déjouer ces assauts. Pour ce faire, ayant plus d'un tour dans son sac, il va « muter » en même temps qu'il se réplique à l'intérieur de la cellule, en d'autres termes, il se métamorphose en quelqu'un d'autre, arme bien connue depuis les mythologies les plus anciennes. On connaît la rengaine du « j'ai changé » des maris coupables ou des politiciens menacés. À un moment, l'épouse, le pays ou la cellule, de guerre lasse, ouvre (ou rouvre) sa porte. Et le cauchemar (re)commence.

Il est rare qu'un virus passe directement chez l'homme. Le plus souvent, il passe par un hôte intermédiaire. Le porc est idéal. Infecté par des virus d'origine humaine ou aviaire, il peut les recombiner et les retransmettre, notamment aux hommes.

Grâce à la révolution de la biologie moléculaire et de la génomique il est possible de « tracer » les virus de la grippe depuis un siècle.

Une épidémie peut démarrer quand une nouvelle souche du virus parvient à infecter un homme, qui à son tour peut en infecter d'autres.

Ce nouveau virus peut être le résultat d'une mutation ou de réassortiments génétiques entre deux virus, ou de recombinaisons entre des virus provenant d'espèces différentes, car ces modifications de son génome peuvent lui permettre de passer la barrière immunologique qui existe entre les espèces (oiseaux sauvages, porcs, humains).

On l'a vu, à chaque fois, le nouveau virus se révèle plus virulent que le précédent devenu saisonnier, et il se propage plus facilement entre les humains : puisqu'il est nouveau, personne n'a d'anticorps pour le repousser.

Trois pandémies successives ont assombri le XXe siècle.

En 1918-1919 la *grippe espagnole*, due au virus A(H1N1), a été, et de très loin, la plus meurtrière (50 millions de morts au moins lors de la deuxième vague de l'automne 1918, après que le virus eut muté). On comprend pourquoi aujourd'hui le virus de la grippe est le virus le plus étudié après celui du sida. La grande peur de son retour est toujours là.

À l'arrêt de la pandémie, elle a continué de circuler pendant quarante ans, comme n'importe quelle grippe saisonnière, jusqu'à ce qu'en 1957-1958 une nouvelle pandémie surgisse.

La *grippe asiatique*, apparue en 1957, est une grippe aviaire due à un virus humain ayant muté chez des canards sauvages. Ce nouveau virus, A(H2N2) a fait plus d'un million de morts, puis est devenu saisonnier, remplaçant A(H1N1).

Dix ans plus tard, en 1968, une nouvelle épidémie surgit, dite *grippe de Hong Kong*, dont le virus, A(H3N2), est un réassortiment du virus précédent. Provoquant un million de morts environ, elle a circulé, pendant trente-deux ans au fil des saisons.

En 2009, nouvelle *grippe*, dite *mexicaine*. Son virus est un nouveau A(H1N1), cette fois un triple hybride de virus de porc, d'oiseau et d'humain. Le réassortiment se serait fait chez le porc, qui l'aurait retransmis à l'homme. La pandémie, somme toute peu meurtrière, s'arrête d'elle-même en août 2010. Exit A(H3N2).

Cet A(H1N1) poursuit seul son petit travail saisonnier.

En attendant la prochaine grippe…

Il court, il court, le furet,
Il est passé par ici,
Il repassera par là.

6

Sentinelles et lanceurs d'alerte

Un temps responsable de la recherche au musée du quai Branly, aujourd'hui directeur du laboratoire d'anthropologie sociale au Collège de France, Frédéric Keck a pour champ principal de recherche les interactions entre les virus, les animaux et les humains. Dans la lignée de Claude Lévi-Strauss et de Philippe Descola, au-delà de la séparation mortifère entre nature et culture.

À ce titre, il a, des années durant, mené l'enquête sur la ligne de front Hong Kong, Singapour et Taïwan. Comment, dans ces trois territoires aux lisières de la Chine, a-t-on détecté, puis traité, les épidémies successives ? Autant d'observatoires inégalables des mécaniques sociales et politiques. Autant d'occasions de décrire, concrètement, les relations entre la science, le soin et la démocratie, la vérité et l'ordre, la liberté et l'efficacité.

Que révèle d'une société la déferlante d'une maladie ?

Et que nous apprend-elle des relations entre tous les maillons de la chaîne du vivant ?

Entre autres analyses passionnantes, Frédéric Keck distingue la *sentinelle* du *lanceur d'alerte.*

Le premier, dont l'appellation même est une référence directe à un état de guerre, se contente de sonner l'alarme dès qu'un ennemi se présente.

Le second, au-delà de l'alerte, raisonne. Derrière le péril, il en cherche les causes. D'où il déduit non seulement des moyens de guérir, mais des solutions pour éviter.

On comprend pourquoi le premier est aimé des autorités, félicité, décoré, primé. Tandis que le second risque de payer cher, par la prison, voire pire, son audace de vouloir comprendre. N'oublions jamais ce jeune médecin de Wuhan, mort de la Covid-19 et qui avait tenté d'alerter le gouvernement chinois sur l'imminence d'une possible pandémie.

Marcel Mauss, à propos des échanges de marchandises, parle de « fait social global ». L'expression pourrait s'appliquer aux épidémies, le virus nous offrant ce *gift*, un cadeau (empoisonné).

7

D'autres *serial killers* sont aussi voyageurs

Où sont les moustiques ?

Partout !

Même si leur « autonomie » de vol ne dépasse pas le demi-kilomètre, ils franchissent toutes les distances, s'adaptent à toutes les températures pour envahir peu à peu tous les coins et recoins de notre planète, même les pôles.

Jusqu'à l'époque moderne, les deux espèces majeures d'*Aedes* ne se croisaient pas. Chacun vivait sur son continent :

- *aegypti* en Afrique, comme son nom l'indique ;
- *albopictus* en Asie.

Et puis les hommes ont commencé à beaucoup voyager. Notre « mondialisation » s'est mise en place. Celle des moustiques n'a pas tardé à l'accompagner.

Les *Aedes aegypti* ont montré l'exemple en traversant l'Atlantique, sans doute en accompagnant les esclaves sur les bateaux de négriers.

Rappelons que les moustiques ne volent pas plus d'un demi-kilomètre et ne vivent pas longtemps, moins d'un mois. Il fallait beaucoup de semaines et une formidable autonomie pour atteindre l'autre extrémité de l'océan. Comment ont-ils pu survivre à cette longue migration ?

Deux explications sont proposées.

Nous connaissons la première, cette capacité qu'ont les œufs, une fois desséchés, de rester en vie une bonne année et de ressusciter dès qu'un peu d'humidité leur est offerte.

La seconde explication est tout aussi plausible. Sur les bateaux, les moustiques avaient de quoi s'alimenter. Et leurs femelles avaient à portée de rostre tout le sang disponible, celui des marins, pour nourrir leurs œufs. Lesquels trouvaient dans les réserves d'eau du bord le milieu idéal pour se changer en larves. Des cycles complets pouvaient donc s'enchaîner aussi longtemps que duraient les traversées.

Notons que les parasites dont ils étaient porteurs partageaient ces voyages immenses sans même s'en rendre compte. Un parasite ne profite pas seulement du gîte et du couvert offerts par son hôte, il est aussi son passager clandestin.

Débarquant dans les plantations de coton d'Amérique du Nord, dans les champs de canne à sucre des Caraïbes et du Brésil, les *Aedes aegypti* se sont adaptés à des milieux différents. Les *Aedes albopictus* ont quitté bien plus tard l'Asie de leur naissance, sans doute vers 1980, lorsqu'un stock de vieux pneus s'est retrouvé quelque part au sud des États-Unis, Texas ou Nouveau-Mexique.

Pourquoi voulez-vous qu'*Aedes albopictus* ne revienne pas un jour en Asie ?

Pourquoi voulez-vous qu'il dédaigne ces géants garde-manger que sont les villes asiatiques ?

En conséquence, pourquoi voulez-vous que les virus que transportent les *Aedes* continuent d'épargner l'Asie ?

Bonjour, la fièvre jaune en Extrême-Orient !

Et, cher Zika, vous voici déjà en Inde. Bientôt en Chine ! Et, bien sûr, en Europe, où vous êtes très présent depuis 2015.

Décidément, l'*Aedes* est le double de l'homme, son ombre, son parfait imitateur.

À chacune des évolutions majeures de notre planète, *Aedes* est présent.

Espèce humaine, vous devenez mondialisée ? Aucun problème, répond *Aedes*. Comme vous, je sais prendre un bateau ou un avion.

Espèce humaine, vous avez décidé de vous urbaniser ? Quelle bonne idée ! *Aedes* ne peut cacher son contentement. Jamais nous n'aurions rêvé un tel paradis, un tel rassemblement en un même lieu d'autant de repas de sang en perspective !

Nos activités réchauffent le climat ? Encore merci ! disent les *Aedes*. Nous ne pouvions croire à telle aubaine. N'oubliez pas que nous, moustiques, sommes enfants des tropiques. Et, plus encore que la chaleur, nous aimons l'humidité. Alors, chers humains, si votre planète devient tropicale, nous serons partout chez nous chez vous. Figurez-vous que, depuis longtemps, un fantasme trottait dans l'esprit de nos femelles, celui d'aller piquer des Inuits, des Tcherkesses, ou les Patagons, juste pour varier leur ordinaire gastronomique.

8

Actualité de Charles Nicolle

(et merci à la surdité !)

Né à Rouen, le 21 septembre 1866, Charles Nicolle suit des études médicales à Paris jusqu'à sa thèse sur la syphilis (« Étude sur le chancre mou ») avant de revenir exercer dans sa ville natale. Mais son ouïe baisse peu à peu alors qu'il vient juste de dépasser 30 ans. Comment continuer à ausculter cœurs et poumons quand on entend de moins en moins bien ? Cette infirmité, aussi cruelle que, dans son cas, féconde, va l'obliger à se tourner vers la recherche.

En 1903, il part à Tunis succéder à Adrien Loir[1] pour y diriger l'Institut Pasteur. Dans cette ville carrefour se rencontrent toutes les populations de la Méditerranée… et toutes les bactéries qu'elles transportent. Pas de meilleur endroit pour observer le cheminement et le développement d'un grand nombre de maladies : leishmaniose, paludisme, trachome, toxoplasmose… Avec son équipe, il va découvrir que l'agent vecteur du typhus est le pou. Le prix Nobel de médecine le récompense en 1928 pour cette avancée

1. Quel personnage, ce Loir ! Aussi grand séducteur que chercheur reconnu, de surcroît photographe, mais aussi ethnologue… Lisez *Le Neveu de Pasteur* (Annick Perrot et Maxime Schwartz, Odile Jacob, 2020).

majeure. On lui doit aussi une réflexion plus large sur les maladies infectieuses, dont il décrit le destin dans un livre prophétique paru en 1930.

C'est par une citation de Charles Nicolle que, quatre-vingt-sept ans plus tard, le 12 mars 2020, en pleine pandémie de coronavirus, le professeur Philippe Sansonetti a choisi d'ouvrir sa conférence au Collège de France :

> « Il y aura donc des maladies nouvelles. C'est un fait fatal. Un autre fait, aussi fatal, est que nous ne saurons jamais les dépister dès leur origine. Lorsque nous aurons notion de ces maladies, elles seront déjà toutes formées, adultes, pourrait-on dire. Elles apparaîtront comme Athéna parut, sortant tout armée du cerveau de Zeus. Comment les reconnaîtrons-nous, ces maladies nouvelles, comment soupçonnerions-nous leur existence avant qu'elles n'aient revêtu leurs costumes de symptômes ? Il faut bien se résigner à l'ignorance des premiers cas évidents. Ils seront méconnus, confondus avec des maladies déjà existantes, et ce n'est qu'après une longue période de tâtonnements que l'on dégagera le nouveau type pathologique des affections déjà classées. »

9

Au-delà des trafics mafieux, l'affrontement de deux pensées et une guerre d'influence

À propos du trafic des animaux sauvages, les chiffres les plus fous circulent, en même temps que les plus incertains.

Le chiffre d'affaires annuel dépasserait 160 milliards d'euros.

En troisième position, après la drogue et les armes.

En quatrième, si l'on considère l'activité – elle aussi très lucrative – des passeurs d'êtres humains.

À quoi bon s'étriper sur des décimales ? Prenons seulement une claire conscience des sommes considérables en jeu, de la puissance des réseaux impliqués, privés et publics, et de la formidable nocivité de ce business destructeur majeur de la biodiversité en même temps que propagateur d'épidémies meurtrières.

Or si cette économie non seulement perdure, mais grandit d'année en année, c'est qu'elle répond à un marché.

D'où la question : quels mobiles poussent un être humain à faire l'acquisition d'un animal sauvage, mort ou vivant, en totalité ou en morceaux ?

Les réponses dessinent un portrait peu flatteur de notre espèce.

Si certaines motivations sont touchantes, enfantines, comme vouloir, par exemple, posséder le poisson rouge exotique du dernier héros de Walt Disney, si certains collectionneurs ont des raisons que la raison ne connaît pas, telle la passion pour le plus rare, ou éprouvent le vertige de côtoyer le plus venimeux, la majorité de la clientèle répond aux trois moteurs les plus triviaux de l'humanité : le sexe, la santé et le prestige social.

Contrairement à l'opinion généralement admise, le soutien aux virilités défaillantes n'est pas prioritaire dans la décision d'achat. Même si la forme élancée de la corne du rhinocéros et son indéfectible rigidité peuvent donner des idées, c'est plutôt en tant que poudre qu'elle est consommée, remède supposé à toutes sortes d'affections.

Pour les classes montantes asiatiques, offrir à sa table de la « viande de brousse » est considéré comme un signe inéluctable de réussite. Car un menu de civette, de pangolin ou autre espèce prouve :

1. mes moyens financiers (ce gibier n'est pas donné) ;
2. l'étendue et la profondeur de mon réseau (il faut connaître des fournisseurs pas tout à fait légaux) ;
3. mon lien secret avec les bêtes qui m'ont transmis leurs pouvoirs magiques.

On pourrait adjoindre la dimension gastronomique. Je ne sais pas vous, mais moi je n'ai jamais goûté de pangolin. On me dit qu'aucune viande ne vaut la sienne. Dès qu'il est question de goûts et de couleurs, la discussion est sans fin. Or le cœur du sujet est tout autre.

Ces trafics ont pour ressort principal la médecine. Une partie de la médecine. La médecine traditionnelle, et d'abord la médecine traditionnelle chinoise parce que c'est la plus sophistiquée et la plus ancienne, mais aussi la plus pratiquée.

Il faut savoir que cette médecine, entraînée en partie par son vaisseau amiral, l'acupuncture, est loin d'être seulement présente dans son empire d'origine. Le *soft power* de Pékin s'exerce *aussi* dans le domaine sanitaire, et autant dans la modernité que dans le recours aux pratiques les plus anciennes. « Douce », « alternative », « naturelle », autant de qualificatifs appliqués à cette médecine et qui font qu'elle séduit de plus en plus. Une enquête récente du *National Geographic* (Dina Fine Maron) rapporte que des centres proposant cette médecine ne cessent d'ouvrir sur les cinq continents, et, déjà, dans plus de soixante pays, avec un chiffre d'affaires là encore impossible à évaluer, mais qui s'approcherait des cent milliards de dollars.

Cette médecine doit-elle être intégrée dans le *compendium*, ce corpus de connaissances reconnues comme efficaces et sans danger par l'Organisation mondiale de la santé ?

La question est passionnante, et délicate à trancher.

D'un côté, un savoir plus de deux fois millénaire, convoquant des notions issues d'une pensée qui n'est pas celle de l'Occident, mais qui n'a rien à lui envier. Elle mobilise une pharmacopée faisant appel le plus largement à la nature, animale ou végétale. Alors que j'enquêtais sur les moustiques, j'avais visité à Pékin le laboratoire de Mme Tu Youyou, 16 Nanxiaoje, avenue Dongzhimen Nei. L'Académie Nobel venait, enfin, de lui décerner son prix pour récompenser ses recherches sur la *qinghao*, une plante de la famille des ambroisies, l'*artemisia annua*, dont on connaissait depuis des siècles dans les campagnes le grand pouvoir contre le paludisme. Qui pourrait contester la formidable avancée *scientifique* de tels progrès dans la connaissance de l'infini patrimoine botanique de notre planète ? Et quel plus bel argument pour en défendre la diversité ?

Mao avait relancé ces pratiques, ne leur trouvant que des avantages : moins dépenser pour des médicaments « modernes » que son pays ne savait pas produire à l'époque. Relancer la fierté nationale : l'empire du Milieu n'avait besoin de personne. Allier communisme et tradition.

Cette attitude perdure.

De quel droit, et sur quels fondements, s'élever contre l'enthousiasme de Lixin Huang, directrice de l'American College of Traditional Chinese Medecine du California Institute of Integral Studies (San Francisco) : « L'ajout de notre médecine sur la liste de l'OMS est une décision très importante pour reconnaître une option qui va aider les gens. »

Et quand on connaît les liens entre l'OMS et la Chine, son premier contributeur…

Cette médecine puise donc beaucoup de ses substances chez nombre d'animaux, à commencer par le *pangolin*, dont un bouillon est censé activer la libido masculine et favoriser la montée de lait des jeunes accouchées ; le *tigre*, dont certaines préparations seraient souveraines pour apaiser toutes les douleurs et renforcer les ligaments, à moins que votre médecin ne vous conseille un bout de ses griffes pour réguler votre tension artérielle ; le *rhinocéros*, bien sûr, dont la corne, réduite en poudre, aurait le pouvoir d'abaisser la fièvre (en plus d'autres bienfaits plus intimes) ; l'*ours*, dont la bile et l'insuline sont prélevées en continu sur l'animal vivant dans certaines fermes « spécialisées » : on lui prête aussi des vertus aphrodisiaques, mais également la capacité de dissoudre les calculs tout en réduisant le cholestérol (10 000 ours sont ainsi encagés en Chine et 2 000 au Vietnam) ; le *lion*, dont les couilles séchées auraient la vertu que vous imaginez (sachez qu'on utilise aussi ses dents et ses babines) ; les tranches de *lézards* fumés : trempés dans de l'eau ou, mieux, dans le *bai jiu*, l'alcool blanc, ils n'auraient pas leur pareil pour renforcer l'immunité ; les *hippocampes* frits, excellents pour la digestion et la dynamique des reins ; les *serpents*, les meilleurs alliés contre la grippe… sans parler des milliards d'insectes engloutis.

Comme le dit un vieux proverbe de Canton :

> « Ici, nous mangeons tout ce qui a quatre pattes, sauf les tables ; tout ce qui vole, sauf les avions ; tout ce qui nage, sauf les bateaux. »

On sait l'absolu *besoin* qu'a la Chine de l'Afrique. C'est pour elle un réservoir de matières premières sans lesquelles jamais elle ne pourra poursuivre son développement. Parmi ces matières dites à juste titre *premières*, on trouve les animaux sauvages, essentiels à la plus vieille de ses médecines. Et la diaspora chinoise s'étant multipliée sur le continent africain, ses membres les moins scrupuleux auront tous les moyens d'améliorer leurs fins de mois. Il leur suffira de compléter leurs bagages de quelques bêtes, vivantes ou mortes, mais fort appréciées sur les marchés de Shanghai, Shenzen ou… Wuhan.

Cet appel massif aux animaux les plus divers rencontre un double front de critiques. Pour répondre à vos besoins, vous alimentez des trafics épouvantables qui non seulement agressent les animaux mais, pour certains, menacent leur existence même.

Sur le premier point, les « traditionalistes » ont beau jeu de répondre que nos laboratoires « consomment » beaucoup de cobayes de toutes sortes. Sur le second, et notamment pour les espèces rares, leur argumentation est plus inconfortable.

D'autant que des études établissent régulièrement, sans guère de contestation possible, que les écailles de pangolin, par exemple, pour évoquer la star du moment, ne sont constituées que de kératine, ni plus ni moins que celle des ongles et des cheveux, donc dépourvues de tout « principe actif ».

L'une de ces études les plus complètes a été menée en 2010, conjointement par la Société zoologique de Londres et le laboratoire Hoffmann-La Roche, une société dont l'un des héritiers est Luc Hoffmann, cocréateur du WWF, l'ONG au panda, World Wildlife Fund.

Rappelons cette évidence aux nostalgiques. Non, ce n'était pas mieux *avant.* La modernité n'a pas le monopole des *fake news.*

Comment lutter contre des billevesées millénaires sur lesquelles s'est pourtant construite cette civilisation par ailleurs très riche en ingénieurs ?

Et c'est là que se bâtit la future première économie du monde, dans cet empire du Milieu, mélange inextricable des *croyances* les plus anciennes et des *savoirs* les plus neufs.

Serait-ce le fameux équilibre entre les deux principes *Han* et *Re*, le froid et le chaud ?

10

Goûter toute l'expression vivante du monde

Parmi tous les voyages du Vivant, n'ayons garde d'oublier ces parcours qui, sans forcément consommer beaucoup de kilomètres, avancent au plus profond des mystères en nous offrant nombre de nouveaux paysages.

Je sais bien pourquoi le 30 mai 2013 me rappelle le 2 octobre 1872, date du pari fou de Phileas Fogg au Reform Club : tourner autour du monde en quatre-vingts jours.

Cent quarante et un ans plus tard, j'allais m'embarquer dans un autre voyage. Sur un quai, le long de la Seine, pour tout dire à l'Académie française. Yves Pouliquen, l'ophtalmologue, allait accueillir dans notre Compagnie le Prix Nobel Jules Hoffmann. Il succédait à l'helléniste Jacqueline de Romilly. En d'autres termes, l'œil allait nous expliquer l'immunologie après que la pensée grecque aurait été célébrée.

Je me souviens que ce jour-là, enfilant mon habit vert dans notre petit vestiaire, le cœur me battait comme dans un roman d'amour. Mon émotion avait lieu d'être. J'ai vécu l'un des plus riches moments de ma vie.

Le père de Jules, prénommé Jos, enseignait la zoologie au lycée de Luxembourg, capitale du grand-duché. Vite passionné par les plus petits des animaux, il entraîna son fils sur la piste des insectes.

Je connais bien cette région nommée Mullerthal, riche en mares et ruisseaux. Mon grand-père Émile y naquit. En romancier, c'est-à-dire en ogre impudent qui fait ventre de tout, je regardais ce M. Hoffmann, assis juste à côté, confrère tout neuf, comme une sorte de très glorieux jeune cousin. Et je nous revoyais, ma mère et moi, marchant dans la campagne d'Echternach. C'est là que Jos fit goûter à Jules « toute l'expression vivante du monde ».

La suite est une eau vive, celle qui fait tourner les moulins.

Jules gagne Strasbourg, et une qualification en *biologie générale.*

Une thèse s'ensuit, dirigée par Pierre Joly, sur la défense antimicrobienne des criquets. Pourquoi ces ravageurs, plaie de l'Afrique, ne souffrent-ils jamais de ces pathogènes ?

Avec un autre professeur, André Porte, il découvre le rôle de phagocytes (les cellules mangeuses de bactéries) produits en grande quantité par l'abdomen de ces criquets.

Prenons garde de ne pas oublier la rencontre d'une collègue de laboratoire, Danièle Hirtzel, sa future femme, bientôt spécialiste des peptides antimicrobiens (un peptide est un assemblage d'acides aminés).

Ni la bataille récurrente, déjà, toujours, pour faire admettre aux gestionnaires (et financiers) de la recherche l'infinie fertilité des insectes. Pour eux, comme pour Buffon, seuls les « grands » animaux méritent qu'on leur prête intérêt. Vieille morgue ! Aveuglement permanent ! Comme si l'importance se mesurait au poids !

Enfin advint la drosophile. Qui aurait pu prévoir qu'un être aussi petit, la commune « mouche du vinaigre », livre autant de secrets cruciaux sur les mécanismes de l'immunologie ? Elle va peu à peu (en pas moins de vingt années, la recherche est une terre d'obstination) accepter de révéler quels sont ses peptides, ses armes à elle pour lutter contre les microbes.

La cloche de notre Coupole avait beau sonner le quart, la demie, les trois quarts, l'heure entière, je ne voyais pas le temps passer. Car le premier récepteur de l'immunité innée venait d'être identifié. L'infection, par un pathogène (champignon ou bactérie), déclenche une cascade de réactions à l'intérieur de la cellule, avec pour heureuse conséquence l'activation d'un gène capable de fabriquer un puissant antimicrobien qui va détruire l'envahisseur. C'est ce qui se passe lorsque la mouche drosophile est agressée par un champignon. Et la suite n'allait pas me décevoir, puisque l'autre forme de réponse à l'attaque des microbes (l'immunologie acquise) allait m'être aussi décrite : d'abord des signaux d'alarme, qui déclenchaient la défense *adaptée*.

Entendant cette bonne nouvelle, j'ai failli me lever pour crier trois fois merci.

Merci aux insectes, et honte à ceux qui les méprisent.

Merci à M. Hoffmann pour sa découverte.

Merci au professeur Yves Pouliquen. Qu'un savant de son envergure se plie à tant de clarté dans son explication est pour moi la marque la plus ultime de la générosité, qui était sa qualité. Première d'une longue liste.

Et lorsqu'il cita Saint-John Perse, je crois bien avoir pleuré : l'unité de la vie, après laquelle je courais tant, était exprimée là.

> « Toute création de l'esprit est d'abord "poétique" au sens propre du mot ; et dans l'équivalence des formes sensibles et spirituelles, une même fonction s'exerce initialement pour l'entreprise du savant et pour celle du poète. De la pensée discursive ou de l'ellipse poétique, qui va plus loin et de plus loin ? Et de cette nuit où tâtonnent deux aveugles-nés, l'un équipé de l'outillage scientifique, l'autre assisté des seules fulgurances de l'intuition, qui donc plutôt remonte, et plus chargé de brève phosphorescence ? La réponse n'importe, le mystère est commun[1]. »

---

1. Saint-John Perse, discours de Stockholm, 10 décembre 1960.

V

Les formes de la révolte

Longtemps niée, ou ignorée, la question de la souffrance animale est aujourd'hui (presque) partout posée.

Mais, à part attendre de meilleurs traitements, que peuvent faire les porcs et leurs confrères d'élevage ? La force n'est pas de leur côté. Pour protester contre le sort qui leur est fait, ils ne disposent d'aucune arme. Le droit de grève ne leur est pas reconnu, pas plus que celui de manifester.

Et pourtant, ils protestent. À leur manière.

En développant des maladies, qui ruinent leurs propriétaires.

En agressant l'environnement, qui, à son tour, se venge sur les humains.

En pénalisant les producteurs qui se moquent de leur clientèle en trichant un peu trop sur les origines.

1

À quoi sert la conscience ?

Le cochon, dont on connaît l'intelligence, sait-il ou pressent-il le triste sort que lui réservent les hommes ?

Tel est le thème de la fable suivante. Comme presque toujours, La Fontaine l'a empruntée à l'Antiquité, à Ésope (620-564 av. J.-C.) en l'occurrence. Preuve que, déjà, dans ces temps anciens, on s'interrogeait sur cette cruelle étrangeté de mettre à mort un aussi charmant compagnon de vie quotidienne.

Le Cochon, la Chèvre et le Mouton

Une Chèvre, un Mouton, avec un Cochon gras,
Montés sur un même char, s'en alloient à la foire.
Leur divertissement ne les y portoit pas ;
On s'en alloit les vendre, à ce que dit l'histoire :
Le Charton n'avoit pas dessein
De les mener voir Tabarin.
Dom Pourceau crioit en chemin
Comme s'il avoit eu cent bouchers à ses trousses :
C'étoit une clameur à rendre les gens sourds.

Les autres animaux, créatures plus douces,
Bonnes gens, s'étonnoient qu'il criât au secours :
Ils ne voyaient nul mal à craindre.
Le Charton dit au Porc : « Qu'as-tu tant à te plaindre ?
Tu nous étourdis tous : que ne te tiens-tu coi ?
Ces deux personnes-ci, plus honnêtes que toi,
Devroient t'apprendre à vivre, ou du moins à te taire :
Regarde ce Mouton ; a-t-il dit un seul mot ?
Il est sage. — Il est un sot,
Repartit le Cochon : s'il savoit son affaire,
Il crieroit comme moi, du haut de son gosier ;
Et cette autre personne honnête
Crieroit tout du haut de sa tête.
Ils pensent qu'on les veut seulement décharger,
La Chèvre de son lait, le Mouton de sa laine :
Je ne sais pas s'ils ont raison ;
Mais quant à moi, qui ne suis bon
Qu'à manger, ma mort est certaine.
Adieu mon toit et ma maison. »

Dom Pourceau raisonnoit en subtil personnage :
Mais que lui servoit-il ? Quand le mal est certain,
La plainte ni la peur ne changent le destin ;
Et le moins prévoyant est toujours le plus sage.

Notons que cette fable a dû être écrite par La Fontaine vers 1675, à une époque où s'empare du poète, ayant dépassé la cinquantaine, une terrible angoisse de la mort. Celle-ci le torturera jusqu'à son dernier jour.

Cette fable est donc autobiographique. Hélas, puisque nous sommes tous destinés à l'abattoir, que ne suis-je idiot comme le mouton ? Malheur aux conscients ! « Le moins prévoyant est toujours le plus sage. »

2

La question de la souffrance

Décidément, Montaigne vaut mieux que Descartes.

La rengaine du *Discours de la méthode*, le « je pense donc je suis », a, certes, permis le progrès, un progrès fondé sur la raison. Mais cette rengaine a aussi justifié les dérives de cette formidable avancée, toutes nées des vertiges de la maîtrise : seuls les êtres dont on considère qu'ils *pensent* sont habilités à dominer la Terre. Car les autres ne *sont* pas.

Et nulle part cette erreur de Descartes n'est plus éclatante que dans sa conception des animaux.

Dans une lettre au marquis de Newcastle (26 novembre 1646), il écrit :

> « Je sais bien que les bêtes font beaucoup de choses mieux que nous, mais je ne m'en étonne pas car cela même sert à prouver qu'elles agissent naturellement et par ressorts, ainsi qu'une horloge, laquelle montre bien mieux l'heure que notre jugement nous l'enseigne. »

Dépourvus de cette « pensée », les animaux n'existent qu'en tant que… machines.

Montaigne n'avait pas cette conception binaire et séparée de la vie. Dans ses *Essais* (II, 2), il fait l'apologie d'un certain Raimond Sebond. Ce médecin catalan, théologien et philosophe (1385-1436), avait dans son livre, *Théologie naturelle*, voulu libérer la science profane de la Révélation religieuse.

> « Nous ne sommes ni au-dessus ni au-dessous du reste : tout ce qui est sous le Ciel, dit le sage, court une loi et fortune pareille… il y a quelque différence, il y a des ordres et des degrés : mais c'est sous le visage d'une même nature. »

En cette sagesse, Montaigne ne fait que suivre Plutarque (« Il y a plus de différence de tel homme à tel homme qu'il n'y a de tel homme à telle bête »), et précède le résumé génial de Diderot, rappelons-le : [entre les animaux et vous] « vous ne supposez que de la contiguïté où il y a de la continuité ».

Digne successeur de ces grands anciens, Jean-Baptiste Del Amo (né en 1981) est un auteur qui se passionne pour la question de nos relations avec « les bêtes ». Non content d'avoir écrit sur le sujet un roman magnifique (*Règne animal*, 2016), il a souhaité s'impliquer davantage en racontant l'histoire de cette association, L214, qui s'est donné pour objet d'en finir avec la cruauté dont les animaux sont victimes.

Pour ceux qui l'ignoreraient, L214 est l'article du Code rural et de la pêche maritime :

« Tout animal étant un être sensible doit être placé par son propriétaire dans des conditions compatibles avec les impératifs biologiques de son espèce. »

Depuis leur plus jeune âge, Brigitte Gothière et Sébastien Arsac militent. La lecture du livre du philosophe australien Peter Singer *La Libération animale* (1975) les conforte dans leur détermination d'agir contre les élevages industriels. Ils sont de toutes les initiatives : les *Cahiers antispécistes,* Marche pour l'égalité animale, Veggie Pride, Estivales de la question animale, partenariat avec la PMAF (Protection mondiale des animaux de ferme), Stop Gavage (qui s'attaque aux producteurs de foie gras)…

Et c'est tout naturellement qu'en 2008 leur vient l'idée de créer L214, dont les méthodes vont se révéler beaucoup plus efficaces que les manifestations traditionnelles.

Depuis cette date, plus de quarante « enquêtes » ont été menées, dans tous les élevages, les petits comme les grands, chez les poules comme chez les porcs, chez les canards, les lapins, les dindons, les cailles, les chevreaux, les chevaux, sur les pratiques d'engraissage, de transport, d'abattage…

Le principe est simple et redoutable : filmer. Pénétrer dans les lieux, bien sûr sans autorisation, et, grâce à des caméras cachées, filmer. Filmer des faits, rien que des faits, mais tous les faits. Les répercussions ne se font pas attendre. Car les images sont souvent terrifiantes. Par exemple, celles de poussins mâles, donc inutiles, broyés ou jetés vivants dans des sacs-poubelle ; ces porcs poussés dans une fosse à CO_2 pour les « endormir »…

D'innombrables procès s'ensuivent. Plaintes des abattoirs, pour « intrusion et violation de la propriété privée », auxquelles répondent d'autres plaintes, celles des militants pour maltraitance.

Les réseaux sociaux contribuent à amplifier la prise de conscience. Des millions de personnes s'émeuvent des vidéos.

On peut comprendre la fureur d'une majorité d'éleveurs, étrangers à ces horreurs, et leur sentiment de profonde injustice. On peut s'indigner de ces agressions de l'association, qui ne craint pas de nommer ceux qu'elle juge responsables. Nommer pour faire honte. *Name and Shame.* Mais comment ne pas entendre sa défense ? C'est la violence qui répond à la violence. Le vacarme des médias qui compense le silence des bêtes. Surtout lorsque les autorités administratives tardent à le faire appliquer, ce fameux article du Code rural.

Douze ans après la naissance de L214, le bilan n'est pas mince : plus personne ne peut ignorer la question de la souffrance animale.

C'est ainsi qu'un mot ancien a retrouvé une actualité : la *sentience* (du latin *sentio*, « ressentir par les sens ») est la capacité d'éprouver par les sens.

Nous retrouvons la controverse millénaire évoquée plus haut sur la nature de l'animal : est-il machine ou vivant ?

On fait confiance aux philosophes pour continuer à débattre.

Et certains articles sur ce mystère qu'on appelle *la conscience* méritent le détour. Dont le texte de Thomas Nagel, qui prend tout son sel par nos temps épidémiques : « Quel effet cela fait-il d'être une chauve-souris ? » (*The Philosophical Review*, 1974.)

Jean-Baptiste Del Amo préfère nous rappeler l'importance de la Déclaration de Cambridge. Le 7 juillet 2012, des scientifiques du monde entier, à la pointe de toutes les neurosciences, s'accordent pour écrire :

> « L'absence de néocortex ne semble pas empêcher un organisme d'éprouver des états affectifs. Des données convergentes indiquent que les animaux non humains possèdent les substrats neuroanatomiques, neurochimiques et neurophysiologiques des états conscients, ainsi que la capacité de se livrer à des comportements intentionnels. Par conséquent, la force des preuves nous amène à conclure que les humains ne sont pas seuls à posséder les substrats neurologiques de la conscience. Des animaux non humains, notamment l'ensemble des mammifères et des oiseaux ainsi que de nombreuses autres espèces telles que les pieuvres, possèdent également ces substrats neurologiques. »

Ce point fondamental acquis, il est étrange, et sans doute pas innocent, que les chercheurs explorateurs de l'*intelligence animale* aient préféré se concentrer sur des bêtes telles que le chimpanzé, l'éléphant ou le dauphin. Comme si les animaux d'élevage étaient *tabous*. Il est vrai que plus on leur prêterait de qualités, plus on devrait les *identifier* comme des *individus* au lieu de les considérer comme des rôtis ou des jambons, et plus il deviendrait impossible de les maltraiter et… de les manger.

Le cochon aime *jouer*. Raison pour laquelle les plus attentionnés des éleveurs suspendent des figurines colorées au-dessus de leurs enclos et les parsèment de jouets d'enfants. Certaines expériences ont même prouvé son aptitude, et son goût, pour les jeux électroniques et pour les écrans.

Pour humer, creuser, porter et choisir ses relations, il sait également user de son groin bien mieux que nous de notre nez.

Comme nous l'apprennent Lori Marino et Christina Covin (*Thinking Pigs: Comparative Review Cognition, Emotion and Personnality in* Sus domesticus), il est capable d'identifier des objets et de se rappeler les lieux où ils ont été placés.

Il est prouvé qu'il sait différencier les personnes, montrer des préférences et manifester les plus vives affections.

Grâce au test du miroir, on a pu observer qu'il a également une certaine conscience de lui-même.

Et puis, tous les cochons ne sont pas identiques : dans leur courte vie, on peut reconnaître à chacun des traits caractéristiques, une ébauche de *personnalité*.

Sans ces qualités, pourquoi tant de gens, dont George Clooney, l'auraient-ils choisi comme animal de compagnie ? On sait qu'il vécut dix-huit ans avec Max, son cochon vietnamien. Une cohabitation que n'appréciaient guère, dit-on, les conquêtes féminines de l'acteur.

Déjà, le philosophe « utilitariste » Jeremy Bentham (1784-1832) avait posé le débat :

> « La question n'est pas : les animaux peuvent-ils raisonner ? Ni peuvent-ils parler ? Mais peuvent-ils souffrir ? »

Deux siècles plus tard, qui, riche des acquis de la science, aurait l'impudence de répondre non ?

Au-delà de cette « question de souffrance » se trouve posée celle de la *hiérarchie des espèces*.
Et ce sont aussi des Anglais qui ouvrent le débat.

3

Spécisme

Vers la fin des années 1960, un petit nombre d'universitaires d'Oxford se réunissent pour protester contre le sort réservé aux « animaux non humains ». Non contents de militer contre les mauvais traitements qui leur sont réservés, ils réfléchissent aux justifications, plus ou moins conscientes, de ces cruautés. Comment expliquer que certaines *espèces* soient plus respectées que d'autres ? Pourquoi devrait-on déduire de l'appartenance à telle ou telle *espèce* des manières différentes de se comporter avec elles ? L'une des raisons pour lesquelles les Anglais, par exemple, nous considèrent nous, Français, avec notre ignorance du cricket, comme des sauvages, c'est la présence obscène sur notre territoire de *boucheries chevalines*. Quelle atroce perversité nous pousse à manger notre meilleur ami, cet irremplaçable compagnon des chasses à courre, noble activité s'il en est, puisqu'elle ne s'attaque qu'au renard ou au cerf, *espèces* considérées, par ce fait, comme admises pour la torture ?

Le terme de *speciesism* aurait été employé pour la première fois par le psychologue Richard D. Ryder dans trois courriers au *Daily Telegraph* où il s'insurgeait contre l'expérimentation animale. Il expliquait qu'il n'était que temps de mettre fin à une longue tradition, lancée en Occident par Aristote, lequel ne s'était pas contenté d'affirmer la particularité absolue des humains, mais avait établi une hiérarchie stricte entre les animaux.

> « Depuis Darwin, écrit Ryder, les scientifiques admettent qu'il n'y a aucune différence magique entre les humains et les autres animaux… Si tous les organismes sont sur un seul continuum biologique, nous devrions aussi être sur ce même continuum. »

Plus tard, dans un recueil d'essais *Animals, Men and Morals,* édité avec trois autres membres du groupe d'Oxford (Stanley et Roslind Godlovitch, John Harris), Ryder enfonce le clou :

> « Les mots "races" et "espèces" sont aussi vagues l'un que l'autre pour classifier les êtres vivants principalement sur leur apparence… La discrimination sur la base de la race, bien que tolérée presque universellement il y a deux siècles, est maintenant largement condamnée. Il se pourrait qu'un jour les esprits éclairés abhorrent le spécisme comme ils haïssent aujourd'hui le racisme. »

4

Alerte rouge

Juin 2019.

Comment, dès la gare de l'Est, ne pas penser aux guerres successives du siècle passé ? Gravées en lettres d'or dans le marbre, de longues listes des morts nous les rappellent. Et les noms des villes et villages traversés, tout autour de Verdun, donnent à ce voyage le climat tendu d'une montée vers le front.

La peste porcine doit son qualificatif d'« africaine » au fait qu'elle prospère au sud du Sahara. Longtemps cantonnée sur ce continent, mais également en Sardaigne d'où elle n'est jamais sortie, elle se serait étendue par la faute de porcs contaminés en provenance de colonies portugaises, et débarqués à Lisbonne en 1957. L'ensemble de la péninsule Ibérique fut bientôt touché. Il fallut plusieurs années pour se débarrasser du fléau, au prix d'abattages massifs. Mais la maladie gagne bientôt divers pays d'Asie et l'Europe de l'Est au début des années 2000. Et maintenant, c'est la Chine qui se trouve frappée. Un cauchemar pour la principale éleveuse et dévoreuse de cochons, en cette année 2019 placée justement sous l'emblème de cet animal !

Si, par les hasards malheureux de la vie, vous appartenez à la famille des suidés et que le pavillon de vos oreilles se met à prendre une couleur rouge vif, acceptez mes condoléances désolées : vous n'avez plus que quelques jours à vivre. Le virus va s'en prendre à votre système immunitaire et déclencher des hémorragies vite mortelles. Chers cochons, chers sangliers, évitez absolument tout contact avec le sang, la salive, les excréments de vos frères infectés. Méfiez-vous aussi de la viande fraîche et des produits transformés. Car ce maudit virus a la capacité de survivre longtemps dans les tissus d'animaux morts. C'est ainsi que le mode de transmission le plus fréquent est la nourriture d'un élevage avec des restes d'aliments infectés.

Si vous appartenez à une autre espèce, l'espèce humaine par exemple, vous n'avez rien à craindre, la peste porcine africaine ne peut rien contre vous.

Étant donné les risques aigus de contagion entre cochons, il suffit d'un seul porc contaminé dans un pays pour interdire à ce pays toute exportation. Les enjeux économiques sont considérables. Une telle interdiction priverait la France d'une ressource de l'ordre… du milliard d'euros. Nombreux sont ceux qui critiquent ce critère de *nationalité.* Un porc alsacien malade ne signifie pas que la peste porcine africaine (PPA) aurait gagné la Bretagne.

Le 13 septembre 2018, en fin de journée, les autorités belges signalent la découverte de deux sangliers contaminés dans la commune d'Étalle, en Wallonie, à moins de trente kilomètres de la frontière française.

Notons que le 10 juin 1940, pour répondre à l'invasion allemande, c'est justement par Étalle que l'armée française entrait en Belgique avant de se faire balayer par les colonnes de panzers.

Deux origines de la contagion sont envisagées.

Soit l'achat, par les sociétés de chasse belges, de sangliers polonais. Pratique fréquente : les chasseurs paient fort cher leur passe-temps favori ; pour leur argent, ils veulent avoir du gibier à tirer.

Soit le mauvais geste d'un routier venu d'un pays de l'Est (ils sont nombreux à passer dans ces régions frontalières). Il aurait jeté un reste de sandwich contenant de la viande contaminée, dont se serait, pour son malheur, régalée une bête locale.

Alerte générale à Paris, au ministère de l'Agriculture (cabinet du ministre et direction générale de l'alimentation) et dans les quatre départements limitrophes de cette partie de la Belgique : la Moselle, la Meurthe-et-Moselle, la Meuse et d'abord les Ardennes. C'est à Charleville-Mézières que va s'organiser la défense sous la responsabilité du préfet Pascal Joly et de son DDCSPP, directeur départemental de la cohésion sociale et de la protection des populations, Hervé Descoins.

Lorsque je les rencontre, neuf mois plus tard, ils se rappellent la mobilisation générale. Dès le lendemain de l'alerte, le 14 septembre, les élus sont réunis, rejoints par les agriculteurs et les chasseurs. Une zone est définie qui ne concerne pas moins de quarante-trois communes. De strictes consignes devront y être respectées pour éviter à tout prix que les sangliers, potentiellement contaminés, n'entrent en relation avec les élevages. La filière porcine tremble, car déjà la Chine et l'Australie ont fermé leurs portes à toute importation de cochons belges.

La tension monte d'un cran quatre mois plus tard, exactement le 7 janvier 2019, lorsqu'on apprend la découverte de nouveaux cas de peste porcine sur deux sangliers abattus sur le territoire belge, à seulement… un kilomètre de la France (département de la Meuse). Nouvelle alerte générale. Nouvelle réunion d'urgence, à Sedan, cette fois sous la présidence du ministre. Deux décisions principales sont prises. D'abord la prolongation immédiate, sur… cent douze kilomètres, de la clôture déjà construite. Haute d'un mètre cinquante et prolongée sous la terre à une profondeur de cinquante centimètres. Coût : 5 millions d'euros. Ensuite, une ZOR est définie, zone d'observation renforcée. Cet emploi des acronymes, en usage fréquent dans l'armée, prouve que nous sommes entrés dans une phase militaire. Cette zone « blanche » doit être libérée de tout sanglier. Les grands moyens sont employés : allongement de la période de chasse, autorisation de l'agrainage, tirs de nuit guidés par un hélicoptère doté d'équipement laser… Je lève la main. Pardon, mais que signifie *agrainage* ? On me regarde, accablé. Et ça se prétend académicien, donc fabricant de dictionnaires ! Hervé Descoins, qui s'amuse fort, me donne la solution : agrainer, c'est affourager.

— Pardon ?

(Rires de l'assistance)

— Fournir du fourrage à des bêtes sauvages pour

les attirer plus facilement. Normalement, comme vous l'imaginez, c'est interdit.

À la mairie de Margut, où le conseil municipal accueille chaleureusement l'académicien-reporter (l'ignorant), je prends de plein fouet l'angoisse des éleveurs et le désarroi des chasseurs. Ce sont souvent les mêmes. Leurs interrogations se croisent. Nos troupeaux pourront-ils échapper à la contamination, mais aussi à l'abattage préventif ? Et nos forêts, une fois vidées de tous leurs animaux, combien de temps leur faudra-t-il pour se repeupler ? Une carte circule, parsemée de points rouges indiquant les lieux où ont été trouvées des bêtes contaminées. Les points s'étendent maintenant vers l'ouest. Depuis le matin, depuis mon départ de la gare de l'Est, j'ai beau lutter contre des images de guerre qui, décidément, ne veulent pas quitter ma tête, comment ne pas trouver de ressemblance entre la progression de l'épidémie et la course à la mer de l'armée allemande en juin 1940 ?

D'autant que nous voici maintenant *sur le terrain,* comme on dit, devant la fameuse clôture. C'est un grillage renforcé qui court, le long des champs, d'un bout à l'autre de l'horizon. Saluons la rapidité de l'entreprise pour implanter cette défense. On a pu croire, un moment, que notre planète, *mondialisée,* n'allait plus cesser de s'ouvrir. Il semblerait, bien au contraire, que la construction de murailles diverses devienne l'un des secteurs promis au plus lucratif des avenirs.

Nous montons vers l'abbaye de Saint-Walfroy. De son altitude de 350 mètres, elle domine la région.

Tout à l'heure, à la préfecture, un érudit local n'a pas manqué de m'indiquer que le mot *Ardenne* vient d'un mot d'origine mi-latine mi-gauloise, *arduo,* qui veut dire « élevé ». Cette appellation pourrait avoir aussi pour origine Ardua, divinité celtique. On la représente chevauchant un énorme sanglier noir. Devant nous s'étend ma chère Belgique, source présente de toutes nos inquiétudes. Mais l'essentiel des conversations concerne la Chine. Oui, la Chine, distante d'au moins dix mille kilomètres. Parlons franc. Que faut-il souhaiter ? Que l'épidémie continue de s'étendre là-bas et qu'ainsi le cours de nos porcs continue de grimper ? Savez-vous, d'ailleurs, lance un éleveur, que l'Asie tout entière pourrait être touchée ? On parle de cas au Vietnam, au Laos... Mais si ce grand pays puissant échoue dans son combat, ne pourrions-nous pas, de proche en proche, être atteints à notre tour ? Où en sommes-nous des vaccins ? Oh ! pas avant cinq ans, dans le meilleur des cas. Le virus est redoutable. Il mute et se dérobe. Comme celui du sida ? Pire encore, il paraît. Vous savez que là-bas ils ont déjà abattu plus d'un million de bêtes ?

— Monsieur Orsenna, vous nous avez annoncé continuer bientôt votre enquête à Pékin. Vous reviendrez nous raconter ?

— Juré !

Hervé Descoins, le DDCSPP, je vous le rappelle, me prend par le bras pour me libérer du groupe. Cet ingénieur des Ponts partage ma passion pour les fortifications, une obsession assez répandue chez les timides. Un jour, je lui avouerai peut-être que mon premier roman (642 exemplaires vendus depuis mon relevé de compte 2018) est un hommage à Sébastien Le Prestre, marquis de Vauban, celui qui voulait protéger la France par d'inexpugnables remparts.

— Vous voyez la butte, là-bas ?

— Je vois.

— C'est l'ouvrage de la Ferté, l'extrémité nord de la ligne Maginot. Durant la nuit du 18 au 19 mai 1940, les Allemands l'attaquèrent par l'ouest alors que nos stratèges l'avaient conçu pour se défendre contre l'est et le nord.

— Conclusion ?

— En deux heures, l'ensemble de la garnison fut anéanti.

« Au lieu de "peste", parlez plutôt de "fièvre", me conseillera plus tard Michèle Kirry, préfète de Bretagne, une dame qui n'a pourtant peur de rien, ni du réel ni des mots pour le dire. La référence à la peste pousse au désespoir et nous replonge dans des terreurs de Moyen Âge. »

Comme elle a raison, au moins dans le constat ! Ces vagues de maux incurables transmis par les bêtes nous rappellent la fragilité de notre modernité hyperconnectée. Les premières épidémies sont nées, voilà huit mille ans, à l'époque de la pierre nouvelle (le néolithique), lorsque des animaux, domestiqués, se sont mis à partager nos existences d'humains.

Si, avant de les abattre, on *confinait* les cochons dans la zone infectée, l'épidémie cesserait de s'étendre. De retour à Charleville, je me souviens, le préfet Joly me confiait cette analyse optimiste, que je partageais.

Quelle mouche nous piqua donc pour que, plombant l'ambiance, nous nous mettions soudain à envisager l'avenir ?

Avec la vague épidémique suivante, qui forcément arrivera, et qui cette fois touchera les humains, nos méthodes ne seront pas transposables. Tout le monde sait qu'en cas d'affluence à l'hôpital on *trie* discrètement les arrivants. Qui, de bonne foi, peut critiquer le médecin choisissant d'admettre d'abord en réanimation les plus résistants et les plus porteurs d'espérance de vie ?

Mais abattre les malades, nous n'en sommes pas encore là.

Quant à l'avantage des sangliers, c'est qu'ils prennent encore peu l'avion. La folie du tourisme ne les a pas encore touchés. Quand un pathogène nous concernera nous, les humains, atteints de bougeotte perpétuelle, ce sera une autre affaire…

Je nous entends encore, le représentant de l'État et moi, tirer de sombres plans sur la comète. J'ai rouvert mon carnet rouge. C'était le 3 juin 2019. Il y a juste un peu plus d'un an. Un an seulement avant l'apparition de la Covid-19 et le confinement d'une moitié de la planète.

Un autre monde.

Je veux dire le même.

Fermant les yeux, je revois la clôture ardennaise.

Voilà où nous en sommes : c'est autour de nous, de chacun d'entre nous, qu'il va falloir tendre des barbelés.

5

Alerte verte

Hommage à l'Éducation nationale !

Michel-Hervé Julien est professeur de musique, ornithologue passionné, correspondant du Muséum. Albert Lucas enseigne les sciences naturelles. Régulièrement, ils emmènent leurs élèves découvrir les trésors de l'Ouest : Audierne, le cap Sizun, la baie des Trépassés… Nulle remontrance à redouter de leur hiérarchie. Marcel Gautier, l'inspecteur d'académie, soutient pleinement leur pédagogie active et cheminante. Il faut dire que, géographe de formation, il a créé (dès 1952) un Cercle rassemblant tous ses confrères du Finistère.

À l'initiative du trio, une société voit le jour. Elle a pour (large) objet l'étude et la protection de la nature en Bretagne. Cette SEPNB, plus tard simplement appelée Bretagne Vivante, dépasse 3 000 adhérents en 1968. On les verra très actifs sur les plages pour tenter de venir en aide aux oiseaux mazoutés par le pétrolier *Erika* naufragé le 12 décembre 1999, au large de Belle-Île.

Bien avant cet événement dramatique et largement médiatisé, Bretagne Vivante avait lancé une autre alerte. Nos littoraux ne sont pas les seuls à être menacés ! Nos cours d'eau (douce) aussi sont malades. La preuve : les saumons les ont désertés, eux si nombreux avant la guerre que les garçons de ferme exigeaient par contrat de recevoir d'autres nourritures. Cette publication de 1968 (numéro spécial de la revue *Penn ar bed*) allait réveiller les esprits, bien au-delà des militants habituels de la cause environnementale. Dès l'année suivante, une association est constituée « pour la protection et la promotion des salmonidés en Bretagne ». Quatorze ans plus tard, elle changera de nom pour devenir Eaux et Rivières de Bretagne. Chers saumons, pardon ! Vous n'êtes pas oubliés. Mais le problème vous dépasse.

Ainsi, en même temps qu'elle entrait, à marche forcée, dans la « modernité », la Bretagne se trouvait, en raison de sa géographie, plus atteinte que d'autres régions par ses conséquences. Alors que la France entière recevait toute l'essence dont elle avait besoin, à domicile et sans dommage, et quel que soit le temps, la Bretagne était frappée sur ses côtes par deux naufrages, celui de l'*Amoco Cadiz*, puis celui de l'*Erika*. Quand partout ailleurs les produits toxiques s'infiltraient dans la terre et se perdaient, ni vu ni connu, dans les nappes phréatiques, le socle granitique breton interdisait ses camouflages. « Chez nous, tout se voit. La moindre molécule de nitrate épandue sur un champ se retrouve dans le petit fleuve côtier, lequel se déverse potentiellement dans une baie, pourvu qu'elle soit peu profonde, faiblement traversée de courant et généreusement visitée par le soleil, riche en algues malicieuses. » Si celles-ci étaient dépourvues d'humour, auraient-elles choisi pour couleur le vert de l'écologie ?

Le 19 octobre 1979, une bombe éclate dans un ciel plutôt serein. Un article du quotidien *Ouest-France* révèle que l'eau distribuée dans le Finistère Nord contient 100 milligrammes de nitrate par litre, 120 fois plus que l'eau disponible au cœur de la Bretagne, dans ces monts d'Arrée libres de tout élevage. Dans le même temps, de nouvelles algues apparaissent et commencent à prospérer dans certaines baies jusqu'alors appréciées des touristes : on a beau leur faire valoir que cette belle couleur de laitue accroît le charme de la plage, ils ne semblent pas convaincus...

Quelques amis de l'environnement exceptés, personne ne semble s'en émouvoir.

Et pourtant, en juillet 1989, un joggeur est retrouvé mort sur la plage de Saint-Michel-en-Grève (Côtes-d'Armor). Malgré ses demandes répétées, jamais Pierre Philippe, le jeune médecin de garde à l'hôpital de Lannion, ne parviendra à se faire communiquer les résultats de l'autopsie. Dix ans plus tard, c'est au tour d'un conducteur de travaux d'être retrouvé inconscient sur cette même plage, au milieu des algues qu'il ramassait.

En juillet 2008, deux chiens qui gambadaient sur une autre plage du même département (Hillion) meurent subitement.

André Ollivro, qui vient de créer l'association Halte aux marées vertes ! alerte Georges Pernoud, producteur de la célèbre émission « Thalassa »

(France 3). Une enquête est menée. L'émission diffusée le 10 avril est accablante. Tous les responsables, économiques et politiques, s'indignent d'une telle agression des rivages de la Bretagne.

Mais les faits sont têtus. Le 28 juillet 2009, l'hôpital de Lannion reçoit en urgence un cavalier de 27 ans, victime d'un malaise sur la plage de… Saint-Michel-en-Grève. Il a perdu connaissance et souffre de troubles divers dont des convulsions. Son cheval est mort ? Le diagnostic ne tarde pas : intoxication par l'hydrogène sulfuré, un gaz très toxique, libéré par la putréfaction des algues vertes. Il faut dire que le médecin de garde n'est autre que… Pierre Philippe, le premier lanceur d'alerte.

Cette fois, l'État s'émeut, et quatre ministres interrompent leurs vacances pour venir annoncer un plan « Algues vertes ». Ce plan, assorti de financements conséquents, permettra d'évaluer la situation de chacune des baies touchées. Des solutions seront proposées avec des agronomes. Et des premiers résultats sont constatés avec une baisse des nitrates ; certes, insuffisante, mais significative.

Et pourtant, étrangement, le déni continue. Enrobé dans d'invraisemblables raisonnements. Ayant été plus de vingt ans magistrat au Conseil d'État, je salue en connaisseur un véritable chef-d'œuvre : l'arrêt de la cour d'appel de Nantes (21 juillet 2014) : certes le cheval précité est bien mort d'émanations toxiques venues des algues toxiques, mais comme son cavalier était vétérinaire, il ne pouvait ignorer les risques d'une telle promenade. En conséquence, nous le considérons comme responsable aux deux tiers…

Et la bande dessinée tirée de cette histoire par Inès Léraud et Pierre Van Hove est un (glaçant) délice (Delcourt, 2019).

Lorsque l'environnement est agressé, il se venge, d'une manière ou d'une autre.

Corée 1950.

Une grande campagne est lancée pour accroître la production de riz. S'ensuit une terrible épidémie de fièvres hémorragiques. Avant que les scientifiques ne résolvent l'énigme, des voix s'élèvent pour évoquer la colère de la nature. Avec tous vos engins de malheur, vous l'avez agressée : elle se venge.

On connut rapidement la *vraie* raison du mal. Dans la zone vivaient des rongeurs. Depuis la nuit des temps, ils s'étaient accoutumés à vivre en bonne intelligence avec des virus mortels pour n'importe qui d'autre. En débroussaillant, les machines avaient broyé tous ces petits animaux, dont les morceaux, riches en virus, avaient été projetés dans l'air puis inhalés par les travailleurs agricoles. Les rendements s'accroissant, du fait de ces travaux, une foule d'autres rongeurs étaient accourus, tous habités de virus, donc tous contaminateurs potentiels. La mécanique maléfique était enclenchée. Et comme des militaires américains se trouvaient là, par centaines de milliers, pour mener la guerre contre le communisme, ils furent infectés sur place, avant de revenir rapporter chez eux le vilain cadeau…

Ce virus, considéré comme *nouveau* alors qu'il

existe depuis toujours, a été baptisé Hantaan, du nom de la rivière qui sépare les deux Corée.

> « Qu'est-ce qu'une *maladie émergente* ? Une maladie qui commence à concerner des pays riches. »

Merci à Jean-François Saluzzo, Pierre Vidal et Jean-Paul Gonzalez. Nous leur devons cette définition imparable, ainsi que bien d'autres passionnants voyages aux pays des virus.

Car l'histoire coréenne se retrouve partout dans le monde.

Trois ans plus tard (1953) éclate en Argentine une autre fièvre hémorragique. Les porteurs du virus sont vite identifiés : les hôtes réservoirs sont des rats, du genre *Calomys.* La culture du maïs ayant été développée, les rongeurs avaient accouru.

Dans le même temps, l'Union soviétique (Crimée) et l'Afrique (Congo) sont frappées de fièvres tout aussi meurtrières. Mais cette fois, le vecteur est une tique. Elle s'est mise à pulluler à la suite des travaux entrepris pour réguler le cours des fleuves.

En Inde, les singes se mettent à mourir en masse lorsque rétrécit leur forêt de Kyasanur, dévorée par les paysans qui veulent agrandir leurs champs. Un cycle complexe est mis au jour, qui fait intervenir une autre espèce de tique et, comme réservoirs, divers mammifères.

L'histoire d'une autre fièvre, dite de « la vallée du Rift », est particulièrement exemplaire. Depuis les temps les plus reculés, les troupeaux étaient, de temps à autre, frappés de maladies, lesquelles duraient peu et ne s'étendaient pas. La construction de barrages, notamment celui d'Assouan sur le Nil, va entraîner l'apparition d'un gigantesque lac de retenue, paradis des pathogènes potentiels. À l'autre bout de l'Afrique, le barrage de Diama, sur le fleuve Sénégal, aura de semblables conséquences sanitaires : pertes de bêtes et décès humains.

L'évolution du climat joue aussi son rôle.

Pour comprendre l'interaction de ces mécanismes, rien ne vaut le récit de Saluzzo, Vidal et Gonzalez :

> « Les causes de l'épidémie furent à la fois climatiques et humaines. La sécheresse qui perdurait depuis dix ans dans cette région du Sahel et une végétation raréfiée par le surpâturage et la consommation toujours croissante des rares arbustes comme bois de construction et de cuisine avaient conduit les éleveurs à rejoindre le fleuve plus tôt dans la saison, dans les zones récemment irriguées. Mais, cette année-là, les pluies furent en avance et de grosses averses mirent en eau les gîtes de ponte des moustiques. Le virus qui, habituellement, circulait à bas bruit dans quelques troupeaux disséminés fut transporté de troupeau en troupeau par le vecteur devenu abondant. Les premiers moutons malades furent sacrifiés et consommés, les femelles ayant avorté furent épargnées ; et les humains furent contaminés plus sûrement par les produits des bêtes infectées que par le vecteur du virus. Les éleveurs fuirent les lieux "où les brebis avortaient" et dispersèrent les troupeaux. Ils revinrent, comme à l'accoutumée, les années suivantes ; mais des pluies moins abondantes et l'im-

munisation d'une grande partie de la population contre le virus firent que la maladie ne se manifesta plus que de façon sporadique, avant de sembler s'éteindre (nous n'isolâmes le virus qu'une seule fois, dans un troupeau qui n'avait pas été touché en 1987). Le virus est donc entré dans une phase silencieuse, interépizootique, mais il est prêt à resurgir quand les facteurs favorisants seront à nouveau réunis.

Il est probable que des situations identiques surviendront dans le cadre de la réalisation de nombreux projets d'irrigation, pourtant indispensables au développement agricole (projets en cours au Burkina Faso, en Guinée, en Gambie). »

On pourrait multiplier les exemples d'épidémies liées aux changements de l'environnement. La nature est un équilibre, instable et fragile : chaque atteinte à cet équilibre entraîne des réactions en chaîne pas toujours contrôlables.

Comme nous l'avons vu pour les moustiques, avec le théorème de Didier Fontenille, nous ne sommes frappés par les virus que pour une seule raison, toujours la même : nous sommes allés les déranger chez eux.

Et inutile de plaider près d'eux notre cause : n'étant pas doté de raison mais seulement d'un peu d'ARN, ils resteront sourds à nos justifications, même les plus légitimes.

6

Se faire voler son nom

Quelle réalité pour qui n'a pas de nom ?

La Genèse, ouverture de la Bible, raconte comment les éléments surgissent un à un de l'indistinct originel après avoir été « appelés ».

> « Dieu vit que la lumière était bonne, et Dieu sépara la lumière et les ténèbres.
>
> Dieu appela la lumière "jour", Il appela les ténèbres "nuit". Il y eut un soir, il y eut un matin : premier jour. »

En mode plus mineur, Albert Camus précise :

> « Mal nommer les choses ajoute au malheur du monde. »

Si l'on considère, avec humilité, que nous sommes d'abord le produit de ce que nous mangeons, mal ou ne pas nommer ce qui nous alimente est ainsi non seulement un péril potentiel pour notre santé, mais une atteinte grave à notre identité. Sans compter le mépris envers les animaux et les végétaux qui ont payé de leur vie l'honneur de nourrir nos augustes personnes.

Après avoir dirigé le cabinet de Claude Cheysson, commissaire européen au développement, Jean-Louis Giraudy a reçu la mission, hautement délicate, de gérer les relations avec les organisations agricoles. C'était un moment, au début des années 1990, où l'Europe voulait mettre un peu d'ordre dans le chaos des « appellations ». Les souvenirs de l'ancien Bruxellois ne manquent pas de sel.

> « Il faut se souvenir de la France du cochon du début des années 1990. Dans la course effrénée à la productivité, des grands groupes (Cochonou, Justin Bridou, etc.) dominent totalement le marché français. L'heure est à la Bretagne et à ses méthodes d'élevage souvent choquantes. Les productions artisanales disparaissent, notamment dans le Massif central (Auvergne, Cantal, Aveyron, etc.). Seules quelques entreprises de salaisons font encore vivre la légende en transformant des carcasses venues le plus souvent de... Bretagne. Il y a encore le jambon de Bayonne, mais à défaut d'un cahier des charges précis, le meilleur côtoie souvent le plus banal.
>
> La mode en France est aux jambons italiens. Leurs noms caressent l'oreille : Parme, San Daniele... Dans un dîner, c'est l'entrée la plus facile, en y ajoutant du melon, des kiwis, des figues, selon le goût. Le groupe français Aoste, filiale d'une multinationale américaine, perçoit rapidement le créneau porteur. La demande est forte. L'imaginaire fera le reste. Le coup de génie (ou l'arnaque) : lancer avec un matraquage publicitaire gigantesque le "jambon d'Aoste", nom d'une bourgade

de 2 500 habitants, située… dans l'Isère où se trouve la principale usine du groupe. Musique de Verdi, maison patricienne, fille du genre Sophia Loren pour présenter la découpe avec l'accent italien. La France entière tombe dans le panneau. Le discours est le même chez le charcutier : Madame, je vous mets du Parme, de l'Aoste ou du San Daniele ? Certaines étiquettes vont même jusqu'à préciser pour les initiés “Véritable jambon d'Aoste” !

À Bruxelles, personne ne moufte. […]

La discussion interne est très animée. Pour convaincre mes collègues, je cite la réussite des AOC pour les fromages, la politique de qualité pour l'*Angus beef* en Écosse, les jambons d'Andalousie, la charcuterie italienne qui connaît un succès supplémentaire, par exemple avec le jambon d'Aoste. Personne ne remarque que le *vrai* Val d'Aoste est une zone d'alpage pour les fromages. Il y a bien une petite entreprise de charcuterie, mais elle est artisanale. On appelle cela le jambon de Bosses…

Le temps passe et la Commission décide d'adopter le projet et de le proposer aux États membres sans se douter de la bagarre qu'elle va déclencher. Et on oublie le jambon italien. Les vacances de Pâques approchent. Je prends la route pour rejoindre mon chalet en Savoie. Près de Lyon, la circulation devient difficile. Les bouchons vers les stations s'éternisent. Je décide de prendre un itinéraire *bis* via Bourg-en-Bresse, en direction de Chambéry. Peu avant de rejoindre l'autoroute A43, les localités défilent : Ambérieu, Maximieu, Crémieu, Aoste… je ne fais aucun rapprochement. Je me dis tout au plus : c'est drôle de traverser une bourgade qui a un nom italien. La route passe par le centre et longe une usine. Je me demande un instant s'il ne s'agit pas de la centrale nucléaire Superphénix qui se trouve dans le coin. Je ne rêve pas : sur la façade apparaît en grandes lettres le nom de l'entreprise “Jambon d'Aoste”.

Retour à Bruxelles. Je rencontre l'attaché agricole de la représentation de la France pour lui présenter nos propositions. Il trouve l'idée excellente. Je lui explique que la bataille sera rude. Les lobbies anglo-saxons ne connaissent que le *droit de marques* et n'acceptent pas cette histoire d'origine contrôlée. [...] J'ajoute : il faudra arrêter vos conneries, vous allez perdre le soutien des Italiens avec votre soi-disant jambon d'Aoste. De leur côté, les Grecs sont furibards avec votre féta fabriquée avec les surplus du lait du Larzac par le groupe Lactalis, et ainsi de suite. Bravo, le pays des AOC !

Quelques semaines plus tard, ma secrétaire m'appelle : il y a quelqu'un qui voudrait vous voir. Il s'agit du directeur général des Jambons d'Aoste. De mémoire, il s'agissait de Michel Reybier, un homme très sympathique et plein d'humour. Je lui explique que nous sommes un peu contrariés, une plainte de l'Italie ne va pas tarder. Puisque vous êtes à Bruxelles, sachez que 60 % des jambons de Parme vendus dans le royaume viennent de... Flandre. Faites-vous des amis, vous en aurez besoin dans la bataille !

Quelques mois plus tard, le Jambon d'Aoste perd discrètement son D apostrophe et devient une simple marque commerciale sous le seul nom de « Aoste ». La publicité change. *Exit* la musique de Verdi, la pulpeuse Sophia Loren devient une sage grand-mère réunissant ses petits-enfants autour d'une joyeuse fête familiale avec des tranches de jambon au milieu de pain de campagne. »

Jean-Louis Giraudy se souvient de bien d'autres guerres, notamment celle qui, vingt ans durant, divisa l'Europe sur la question cruciale de la… composition du chocolat. Les Hollandais voulaient avoir le droit, sans perdre le nom de chocolat, de remplacer 10 % du cacao par du beurre de karité, beaucoup moins cher.

Protestations scandalisées des Français, défendus par l'association des puristes « croqueurs de chocolat » (présidée alors par Sonia Rykiel).

Ne nous y trompons pas, derrière ces discussions sans fin, byzantino-gastronomiques, les enjeux étaient et demeuraient graves :

– la nécessité de protéger les producteurs, principalement africains, de cacao ;

– et l'affrontement entre deux conceptions, celle de la marque (donc de l'industriel) et celle du produit.

Dans la nouvelle Bible, celle du commerce, le Verbe s'est fait marque. Ce qu'elle vend n'a plus besoin de nom.

Il reste encore du travail. Les appellations se sont foutues du monde.

Un nom est une signature, qui engage la confiance.

Toutes les civilisations punissent sévèrement les faux et usages de faux, parfois de prison, voire de mort.

Pourquoi, dans le domaine pourtant essentiel,

essentiel au sens strict, de l'alimentation, perdure une telle organisation, LÉGALE, de la tromperie ?

De nouveau, bravo les lobbies ! Rarement leurs manigances ont abouti à de telles décisions si contraires à la raison et à l'intérêt bien compris des sociétés qu'ils sont censés défendre.

Les marques pleurent, vitupérant l'époque et sa manie du soupçon.

Comment osent-elles verser ces larmes de crocodile, elles qui ont payé pour tromper, qui ont versé pour corrompre ?

Comme l'écrit si bien Antoine Marzio :

> « Lorsqu'une saucisse sèche d'Ardèche peut tout à fait LÉGALEMENT être élaborée avec de la viande espagnole, ou bretonne, ou allemande, ou les trois mélangées, enrobée dans un boyau roumain, avec des aromates de provenances diverses et des E249/250/251/252 comme conservateurs (les sels nitrités et autres nitrates), il est difficile, sans tordre le bras à la réalité, de mettre en avant la qualité artisanale d'un produit de terroir. »

Le plus terrible de cette citation est l'adverbe LÉGALEMENT. Quand les lois elles-mêmes non seulement admettent l'escroquerie, mais la suggèrent et la mettent en œuvre, quels repères peut-il rester à une société ?

7

La Ferme des animaux

George Orwell, de son vrai nom Eric Blair, est une sorte d'André Malraux britannique : moins de déferlement culturel, aucune pompe ministérielle et beaucoup plus d'humour. Pour le reste, une vie tout aussi aventureuse et semblablement engagée dans la lutte contre le fascisme.

Il naît en 1903, dans l'est de l'Inde. Après des études en Angleterre dans le prestigieux collège d'Eton, et désireux de retrouver son Asie natale, il se fait embaucher par… la police de Birmanie. Après six ans de bons et loyaux services (six années, tout de même !), il démissionne et regagne Londres où, sans le sou, il commence à rédiger ses premiers articles sur le chômage et la vie misérable des classes populaires. En 1936, il part en Espagne rejoindre les rangs du POUM (*Partido obrero de unificación marxista*), en lutte contre le général Franco soutenu par l'Allemagne hitlérienne.

De retour en Angleterre, il travaille à la BBC, puis collabore à divers journaux. Occasions pour cet homme essentiellement libre de dénoncer, outre le nazisme, les pratiques de Staline qui sacrifie la démocratie à la révolution. En 1948, il publie *1984,* un livre qui le rendra célèbre, fable visionnaire sur l'avenir de nos sociétés. Trois ans auparavant était parue *La Ferme des animaux*, autre texte terrible sur la montée des totalitarismes.

Nous sommes dans la ferme du Manoir, et la colère monte parmi les animaux. Ils ne supportent plus les conditions de travail imposées par le propriétaire, Mr Jones, et les punitions qu'il inflige aux récalcitrants. Un certain Sage l'Ancien, verrat de son état et riche d'expérience, prêche la révolte. Il est entendu. Mr Jones est chassé.

La liberté commence dans la joie et les chansons :

Bêtes d'Angleterre et d'Irlande
Animaux de tous les pays
Prêtez l'oreille à l'espérance
Un âge d'or vous est promis.

Étant les plus instruits, les cochons rédigent une charte, que, de la basse-cour aux écuries, tout le monde acclame.

1. Tout deux-pattes est un ennemi.
2. Tout quatre-pattes ou tout volatile, un ami.
3. Nul animal ne portera de vêtements.
4. Nul animal ne dormira dans un lit.
5. Nul animal ne boira d'alcool.
6. Nul animal ne tuera un autre animal.
7. Tous les animaux sont égaux.

Le lendemain, la fête achevée, le plus difficile commence : il faut gérer la ferme.

Très vite, on s'aperçut que les cochons ne travaillaient pas. Plus malins, ils se contentaient de distribuer les tâches.

« Les moutons étaient tout juste de retour que, dans la douceur du soir – alors que les animaux regagnaient les dépendances, le travail fini –, retentit dans la cour un hennissement d'épouvante. Les animaux tout surpris firent halte. C'était la voix de Douce [la jument]. Elle hennit une seconde fois, et tous les animaux se ruèrent dans la cour au grand galop. Alors ils virent ce que Douce avait vu.

Un cochon qui marchait sur ses pattes de derrière.

Et, oui, c'était Brille-Babil [le chef des cochons]. Un peu gauchement, et peu accoutumé à supporter sa forte corpulence dans cette position, mais tout de même en parfait équilibre, Brille-Babil, déambulant à pas comptés, traversait la cour. Un peu plus tard, une longue file de cochons sortit de la maison, et tous avançaient sur leurs pattes de derrière. Certains s'en tiraient mieux que d'autres, et un ou deux, un peu chancelants, se seraient bien trouvés d'une canne, mais tous réussirent à faire le tour de la cour sans encombre. À la fin, ce furent les aboiements formidables des chiens et l'ardent cocorico du petit coq noir, et l'on vit s'avancer Napoléon lui-même, tout redressé et majestueux, jetant de droite et de gauche des regards hautains, les chiens gambadant autour de sa personne.

Il tenait un fouet dans sa patte.

Ce fut un silence de mort. Abasourdis et terrifiés, les animaux se serraient les uns contre les autres, suivant des yeux le long cortège des cochons avec lenteur défilant autour de la cour. »

Le lendemain, on put voir les cochons jouer aux cartes avec les fermiers des alentours.

> « Dehors, les yeux des animaux allaient du cochon à l'homme et de l'homme au cochon, et de nouveau du cochon à l'homme ; mais déjà il était impossible de distinguer l'un de l'autre[1]. »

Pauvres cochons ! Hier maltraités et tombés dans le piège de ressembler à leurs anciens tortionnaires ! Dans l'espèce humaine, le cas est fréquent. Chez les animaux, la route du droit est encore longue avant que surviennent de tels retournements.

1. Citations issues de George Orwell, *La Ferme des animaux*, Gallimard, traduction Jean Queval, 1984.

8

Une inquiétante prolifération

Le texte suivant, assez terrifiant de pertinence, a été écrit par Claude Lévi-Strauss à partir d'une étude d'un médecin américain. Il a été présenté dans le formidable numéro 8 des *Cahiers d'anthropologie sociale*, « Des hommes malades et des animaux » (*L'Herne*, 2012).

> « J'ai rencontré récemment une théorie, sous la plume d'un professeur de médecine américain, selon laquelle on pourrait assimiler la prolifération de l'espèce humaine à un cancer du globe terrestre[1]. [...]
>
> Au début du quaternaire, explique-t-il, en Afrique, des cellules souches issues d'une lignée de vertébrés terrestres, et plus spécialement de primates donnèrent naissance à des tissus humanoïdes. Sains tant qu'ils restèrent sur place, ils prirent au Proche-Orient un caractère malin par contact dermique avec des substances alimentaires plus riches et diversifiées, puis franchement tumoral suite à l'absorption de tissus végétaux et animaux obtenus par domestication.
>
> Ces cellules malignes migrèrent sous la forme de

1. D. Wilson, « Human Population Structure in The Modern World », *Anthropology Today*, volume XV, décembre 1999.

micro-satellites agricoles dans des régions sous-muqueuses d'Europe méridionale et d'Asie. Au Proche-Orient même, des métastases se développèrent sous l'aspect d'épaisses plaques "urbanoïdes" présentant de nombreuses inclusions lithiques suivies d'autres cuivreuses et ferreuses.

Longtemps cantonnées dans l'hémisphère oriental, ces tumeurs agrégées déclenchèrent la malignité, peut-être déjà latente, de cellules analogues de l'hémisphère occidental. Ce phénomène, connu sous le nom de "progression colombienne", fit apparaître par recombinaison cellulaire des clones hispaniques et anglo-saxons.

En s'aggravant, la maladie se manifesta par un état fébrile généralisé et une détresse respiratoire aiguë sous l'action de facteurs culturels : inhalation de distillats du pétrole, diminution de la quantité globale d'oxygène, formation de cavités dans le poumon forestier. Le stade préterminal s'annonça par des niveaux élevés de métabolites toxiques dans le sang, des taux anormaux de corps chimiques étrangers provenant d'insecticides organiques et de nappes d'hydrocarbures à la surface des océans, des embolies de matières métalliques ou plastiques. Une vascularisation déclinante provoqua la nécrose des excroissances tumorales, principalement celles datant de plusieurs siècles avec une numération cellulaire dépassant 6 000 000 000. Leurs noyaux urbains se creusèrent par le dedans et s'effondrèrent, ne laissant derrière eux que des kystes endotoxiques et stériles.

Tels seraient le diagnostic et le pronostic qu'un médecin venu d'ailleurs pourrait porter sur notre planète globalement perçue comme un écosystème. Mais même si l'on ne voyait dans le tableau précédent qu'une métaphore ingénieuse, il serait riche d'enseignements que le même langage puisse décrire jusque dans les détails des phénomènes tous deux vitaux, certes, mais relevant de l'histoire individuelle ou de l'histoire collective. »

VI

Un monde sans animaux

Puisque la plupart des épidémies frappant les êtres humains sont transmises par des animaux, la solution s'impose, radicale : débarrassons-nous de ces malfaisants !

Trois méthodes s'offrent à nous : l'éradication, la concentration et la substitution.

1

Les chemins de l'éradication

Autrefois, des millions de morts, aujourd'hui, bon an mal an, plus de 750 000, en priorité des enfants. On comprend l'animosité qui entoure les moustiques responsables de ces massacres, et le désir général d'en finir une bonne fois pour toutes avec eux.

Dans mon livre précédent, *Géopolitique du moustique*, j'avais montré qu'une telle éradication était aujourd'hui rendue possible grâce aux manipulations et aux forçages génétiques. Alors, devait-on, ou non, utiliser ces nouvelles armes ? Je garde encore en mémoire la réponse de Frédéric Simard, directeur à Montpellier d'un laboratoire dont le nom est tout un programme : MIVEGEC – Maladies infectieuses et vecteurs : écologie, génétique, évolution et contrôle.

> « Lâcher dans la nature des mâles stériles ? Pourquoi pas ? C'est une méthode sur laquelle nous travaillons. Dans certains contextes (îles, villes, camps de réfugiés…) et à certaines périodes, elle pourrait bien permettre de faire la différence. Après tout, les mâles stériles n'ont, par définition, pas de descendance : ils ne risquent donc pas d'envahir la planète, pas plus qu'ils

ne menacent l'espèce d'extinction. En combinaison avec d'autres méthodes de lutte (insecticides, répulsifs, destruction des gîtes larvaires…), ils peuvent nous aider à limiter les risques d'épidémie, là où c'est le plus nécessaire.

En revanche, jouer avec les lois de l'hérédité, je ne nous y lancerais pas. Donner sciemment au moustique le pouvoir de modifier lui-même, et avec une telle efficacité, son propre patrimoine génétique en pensant qu'on en restera là, c'est bien mal connaître les mécanismes de la vie. Notre histoire, et celle, beaucoup plus vaste, des moustiques et des parasites prouvent que rien ne s'arrête jamais. La probabilité est forte qu'un jour le "kit" du forçage déraille. Un monstre en surgira, doté d'un gène avec une malfaisance inconnue contre laquelle nul ne pourra rien. Et je ne crois pas aux discours de ces bricoleurs qui nous promettent de toujours "pouvoir revenir en arrière". »

Cette réponse ne vaut pas seulement pour les moustiques. Oublions le rêve d'une « balle en argent » capable de nous débarrasser « une bonne fois pour toutes » de toutes les bêtes malfaisantes, ne serait-ce que parce qu'elles sont aussi des bienfaitrices. La vie n'est ni toute blanche, ni toute noire, elle pullule de Dr Jekyll qui sont *en même temps* des Mr Hyde.

Contrôler et se protéger, plutôt qu'éradiquer, la stratégie la plus raisonnable paraît s'imposer. Ajoutons une dernière raison à ce refus des solutions extrêmes, peut-être la principale. Éradiquer, surtout les chauves-souris, c'est se priver à jamais de percer (pour l'imiter) l'un des plus grands mystères de la nature : leur génie immunologique, leur capacité à vivre sans aucun dommage avec quarante des virus les plus redoutables. Au lieu d'éradiquer, comprendre. Pour comprendre, chercher. Pour chercher, financer.

2

La colline de Guifei

ou la concentration

Je plaide coupable.

Mais je rappelle que l'article 463 du Code pénal autorise le juge à atténuer la peine prévue par la loi dans tous les cas où il existe des circonstances atténuantes en faveur du délinquant.

En conséquence, j'avoue ne pas avoir visité *personnellement* l'élevage qui, aujourd'hui, fait référence dans le monde en matière de production industrielle de viande porcine (28 000 truies, 13 575 porcelets par semaine).

Pour tout reporter, l'absence d'enquête *sur le terrain* est de nature à disqualifier son travail. Mais le 11 mars 2020, l'Organisation mondiale de la santé déclarait l'état de *pandémie* planétaire.

C'est en effet la Covid-19, et elle seule, qui m'a interdit une mission dont j'espérais beaucoup et que j'avais minutieusement, c'est-à-dire administrativement (dans une pochette spéciale, toutes les autorisations attendaient d'être produites à qui de droit), médicalement (dans une autre pochette, pas moins de sept médicaments se préparaient à venir en aide au voyageur stressé), et techniquement (j'avais relu, et souligné de vert, tous les dossiers fournis par notre toujours serviable Institut du porc) préparée.

Cette expérience extrême de l'élevage ne pouvant être ignorée, je m'appuierai sur les reportages disponibles, sans me permettre, il va sans dire, le moindre commentaire. Merci à Javier Lorente Martin. Merci à Patrice Moyon (*Ouest-France*). Je suis jaloux de vous.

Sachez d'abord qu'il faut vous rendre dans le sud de la Chine, province de Guangxi. C'est là, non loin de la ville de Guigang (8 millions d'habitants), que se trouve le siège de la société Yangxiang.

Les premiers contacts vous convainquent de l'extrême attention portée à la sécurité sanitaire. C'est pour répondre aux ravages de la peste porcine que de telles installations ont été conçues. Mais aussi pour pallier le manque d'eau, de terres et de main-d'œuvre à la campagne. Comme dans nos temps européens les plus anciens, les cochons complétaient dans les campagnes chinoises les revenus des paysans. Sans aucun contrôle possible. Cette époque doit être révolue. Au revoir, les troupeaux de quelques animaux ! La concentration est en marche. Et ne s'arrêtera plus. En Chine comme ailleurs. Patrice Moyon raconte volontiers sa découverte près de Chicago d'une ferme de 40 000 vaches.

Mais en Chine, à la croyance dans les pouvoirs infinis de la science se mêle la passion du contrôle. N'y a-t-on pas lancé des programmes de reconnaissance faciale des… cochons (pour mieux surveiller leur santé) ?

Quant au visiteur, pour s'assurer qu'il n'apporte avec lui aucun pathogène, il est prié de rester trois jours dans l'une des chambres prévues pour les visiteurs.

Votre bonne santé ayant été vérifiée, vous enfilez des vêtements de l'entreprise, vous embarquez dans des véhicules (de l'entreprise) soigneusement désinfectés, et vous roulez dans un paysage de petite montagne.

Romancier, je m'installe volontiers dans la vie des autres. Et comme je connais un peu la Chine, j'imagine la route, la forêt de bambous, les collines dans le brouillard, une paix de la campagne comme on en éprouve rarement ailleurs. Je rêve à cette Guifei (719-756), l'une des beautés légendaires, concubine pour laquelle bien des hommes moururent. C'est le nom que la société Yangxiang a choisi pour sa « ferme » : Guifei Mountain Sow Farm.

Premier arrêt, quelques kilomètres plus tard, pour un nouveau nettoyage, interne et externe, de la voiture.

Nouvel arrêt avant de franchir la porte. Tout le monde descend et part se laver. Puis chacun revêt une combinaison de protection. Changement de véhicule. Et la montée continue. On vous explique que tous les camions apportant les matières premières doivent franchir les mêmes barrières et que leurs parcours est organisé pour empêcher tout risque de contagion.

Les bâtiments commencent à se discerner dans

le brouillard. Des immeubles en barre, entre sept et neuf étages, typiques de nos années 1960. Une banlieue pour porcs. On y a bien entassé des humains, alors pourquoi pas leurs frères à groin ? Un peu plus loin, d'autres blocs de béton : l'usine d'aliments, plus de 5 000 tonnes produites par mois.

La voiture s'arrête enfin. Bienvenue dans l'élevage lui-même !

Une dernière épreuve vous attend. On ne vous donnera le droit de pénétrer dans les bâtiments eux-mêmes qu'après une « quarantaine » supplémentaire. C'est pour résister à ces terribles deux jours que j'avais prévu ces drogues fraternelles au voyageur, celui qui se retrouve, plus souvent qu'à son tour, dans des lieux improbables : Tranxène contre l'angoisse prévisible, Cardensiel 2,5 mg contre l'hypertension probable, Stilnox (zolpidem) contre l'insomnie certaine, Inipomp 40 mg contre les remontées gastriques, Imodium contre les dérèglements intestinaux subséquents, Voltarène 50, plus Myolastan si le dos venait à se bloquer…

Enfin, vous êtes admis.

Le principe est simple : pour limiter les risques, divisons ! Chaque bâtiment est autonome, de même que les étages. Chacun accueille 1 086 truies, pas une de plus. Les deux derniers étages sont réservés aux reproductrices.

Élevage : le mot est pris ici au pied de la lettre. On s'éloigne du sol chaque jour davantage.

Environnement high-tech : clarté, métal, automaticité, propreté rigoureuse, des tuyaux courent partout, de toute taille. Les bébés cochons grouillent et tètent sans désordre, ni bataille, ni couinements excessifs.

Une fois sevrés, ils sont poussés vers l'ascenseur qui les conduira vers l'engraissement. D'où ils partiront, toujours par l'ascenseur, jusqu'à l'abattage.

Quand une mort survient trop tôt, l'animal est prestement évacué par une conduite spéciale.

M. Liu, le P-DG, vous explique la rotation, sévère, du personnel. Toujours pour éviter les contacts et limiter les risques. Après leur quarantaine, les ouvriers demeurent sur place trois mois, six jours par semaine. Je n'ose imaginer l'ennui du septième. Baby-foot, jeux électroniques, karaoké, vidéos pornos… Dans le « bien-être animal », il faut aussi compter les ouvriers.

M. Liu égrène les avantages de ces *Hog hotels*, ces « hôtels pour cochons » : sécurité sanitaire absolue, gestion contrôlée des effluents, économie d'énergie et de terrain. En résumé, des coûts diminués, donc une rentabilité accrue, et la fierté de pouvoir offrir au peuple chinois la viande qu'il aime à des prix imbattables.

D'après mes dernières informations, la Guifei Farm continue de grandir. Ici et ailleurs, on élève ce genre d'hôtels jusqu'à treize étages. Sans écouter les alertes, la possibilité, la probabilité, malgré toutes les précautions, de voir un jour une épidémie déferler sur ces immeubles. D'autant que la diversité des porcs diminue rapidement en Chine. De croisement en croisement, conseillers génétiques aidant, il ne restera plus qu'une seule race. Quant à l'environnement… On vient d'achever une usine pour traiter les déchets des trente mille truies (bientôt soixante mille) et des huit cent mille porcelets annuels (bientôt le million) ! La partie « solide » est vendue comme engrais. Les liquides aspergeront les forêts voisines. Comment réagira Guifei, la belle concubine ? D'après ses contemporains, son caractère la portait souvent à des réactions violentes.

Refermant un à un tous ces documents que j'avais pu rassembler sur la colline de Guifei, autant de portraits d'une des possibilités de notre « modernité », je ne pouvais qu'applaudir la viande « artificielle ». Que demeure-t-il de « naturel » dans toutes ces usines à élever, à engraisser et à tuer ? Pourquoi passer par l'animal si c'est pour le nier à ce point ? Mieux vaut faire confiance au soja.

Et à génétique, génétique et demi. Au lieu de nous acharner à fabriquer des *bêtes* qui répondent à nos besoins, gagnons du temps, réduisons les étapes, remontons à la source : sélectionnons, puis *élevons,* sur autant d'étages que vous voulez, un peuple innombrable de cellules souches.

À cette démesure des constructions s'ajoute, dans la même région du même pays, une autre folie, celle du gigantisme. Comment offrir la même quantité de viande en diminuant le nombre des animaux ? Rien de plus simple, grâce aux manipulations génétiques. Il suffit d'augmenter les tailles et les poids. Ainsi voient le jour des cochons gros comme des ours : de 750 à 800 kilos !

3

La substitution
La viande sans viande

Puisque personne ne peut jurer que les animaux soient heureux dans les élevages, puisque chacun reconnaîtra que venir au monde pour y être abattu n'est pas un destin enviable, puisque les flatulences de la plupart de ces animaux, non contentes d'empuantir l'atmosphère, y émettent du méthane, bien plus redoutable pour le climat de notre pauvre planète que ce bon vieux CO_2, puisqu'il est prouvé que les protéines d'origine animale, du moins consommées en excès, se révèlent mauvaises pour la santé, puisqu'enfin notre Terre surpeuplée manque d'espace et que les pâturages en occupent une bien trop large part, une solution s'impose.

Une solution de nature à calmer tant les scrupules moraux que les inquiétudes écologiques et sanitaires.

Cette solution est aussi simple que radicale : en finir avec les animaux (du moins ceux dont la seule et triste fonction est nous fournir de la nourriture).

Il va donc s'agir de remplacer leur chair par… autre chose. Une viande « moderne » qui ne serait *pas* de la viande. Une viande *au-delà* de la viande. Ou, pour parler anglais, *meat beyond meat*.

Depuis une quinzaine d'années, l'imagination

des hommes, toujours taraudés par une ambition de Créateur, s'est déchaînée pour trouver des *substituts* aux animaux.

La description de tous ces projets pourrait faire l'objet d'un autre livre, plutôt indigeste.

Sachez seulement que ces inventions mobilisent de plus en plus de milliards d'euros et suivent deux voies principales.

La première est de faire appel aux végétaux. Ainsi le *beyond burger* (fabriqué par Beyond Meat) est aujourd'hui proposé dans d'innombrables fast-foods, dont la chaîne Buffalo Grill (dont le nom, Buffalo, devient ainsi mensonger). Vous y dégusterez un mélange de pois (apport de protéines), de betterave (pour imiter le rouge du sang), de fécule de pomme de terre et d'huile de coco. Pour répondre à ses besoins croissants en… pois, Beyond Meat vient de signer un accord de livraison avec la multinationale française Roquette, l'un des leaders mondiaux dans les ingrédients d'origine végétale (8 500 salariés, près de quatre milliards d'euros de chiffre d'affaires). Le pois (*pisum sativum*), sec ou frais, devient une vedette de la nouvelle alimentation car il est particulièrement riche en énergie (amidon) et en protéines. D'autres plantes oubliées, tels le lupin ou la fève, pourraient participer à cet engouement. Rappelons qu'un Groupement d'études des protéines végétales a été créé en France dès… 1976, avec l'appui de la filière protéagineuse. Le soja n'a pas le monopole des légumineuses !

Le deuxième chemin pour remplacer les animaux est d'utiliser quelques-unes de leurs *cellules souches.*

Cette aventure fut lancée en Hollande, à Maastricht pour être précis. Un professeur de physiologie vasculaire, Sergey Brin, y présente en 2013 le premier hamburger issu de cellules souches de vache.

Comme l'explique Jean-François Hocquette, directeur de recherches à l'INRA, cette technique n'est pas aussi miraculeuse et simple qu'il paraît. Le milieu de culture pouvant permettre cette prolifération doit contenir quantités d'ingrédients divers, dont des hormones, des facteurs de croissance, des antibiotiques, des fongicides… Et « on sera encore loin d'un *vrai* muscle qui mêle des fibres organisées, des vaisseaux sanguins, des nerfs, du tissu conjonctif, des cellules adipeuses… ».

Quoi qu'il en soit, depuis 2013, des centaines de start-up se sont lancées. Pour proposer toutes les synthèses possibles, dont celle du foie gras, avec la toute jeune société Gourmey.

Un bel avenir est promis à la chair synthétique, végétale ou cellulaire.

Si la consommation de viande « normale » continuera probablement d'augmenter pour atteindre 500 millions de tonnes annuelles en 2050 (350 aujourd'hui), les produits « alternatifs » devraient en représenter 10 % vers 2030 (seulement 1 % aujourd'hui). Toutes les études se préoccupant de notre santé convergent (Agence nationale de sécurité sanitaire, enquête de Nutrinet, articles de la revue *The Lancet* rendant compte d'innombrables travaux…). Les deux tiers des protéines que nous consommons viennent encore des animaux. Pour lutter contre l'explosion de diabètes, d'obésité et du cortège des maladies cardio-vasculaires qui s'ensuivent, il nous faut rééquilibrer notre alimentation au profit des végétaux.

Cette certitude intégrée, faut-il aller vers une planète 100 % vegan ?

Ou, pour être plus brutal, devons-nous vider nos campagnes de tous les animaux d'élevage ?

Par cette éradication nous garantirions-nous un avenir enfin DURABLE ?

Après diverses consultations, ma conviction est une confirmation : nous avons BESOIN des animaux.

Résumons. Merci à Thomas Nesme (professeur d'agronomie à Bordeaux). Merci à Francois Léger (directeur de recherches, Agro ParisTech). Merci à Bertrand Dumont (INRA). Merci à Frank Niedercorn (*Les Échos*).

1. Certes les animaux *consomment*
   – de l'espace : 75 % des surfaces agricoles ;
   – des céréales : plus du tiers de la production mondiale.

2. Certes les animaux *polluent*
   – l'eau
   – et l'air, par le méthane qu'ils rejettent.

3. Mais les protéines végétales ou les steaks synthétiques ne surgissent pas du bon-vouloir du Saint-Esprit, d'une angoisse soudaine du Tout-Puissant voulant sauver Sa Création.

Pour produire ces substituts, il faut aussi *consom-*

mer (et aussi des céréales, beaucoup ; et aussi de l'eau, beaucoup), et aussi *polluer.* Si, sans contestation possible, les troupeaux sont responsables d'une grande quantité de gaz à effet de serre (peut-être 18 % du total des émissions), il faudra tenir le compte exact du CO_2 issu des filières concurrentes, lequel CO_2, lui, s'accumule pour longtemps dans l'atmosphère.

4. Et n'oublions pas que les animaux, outre leur *production* de viande, rendent une multitude d'*autres services* :

– ils s'occupent de l'herbe (que nous, humains, ne savons pas digérer) ;
– ce faisant, ils valorisent les prairies, notamment dans les zones les plus difficiles (montagnes) ;
– ce faisant, ils stockent du carbone, contribuant ainsi à lutter contre le dérèglement climatique ;
– par leurs déjections, ils fabriquent des fertilisants ;
– ce faisant, ils participent activement à la diversité de la vie.

Toutes les expériences le prouvent : l'agriculture la plus « bio intensive » combine élevage et agriculture. Pour une raison simple : elle respecte la règle de base du Vivant : l'INTERDÉPENDANCE.

VII

Une planète d'associés

Une fois de plus, mes amis cochons vont être jaloux. Ils vont une fois de plus grommeler : « Décidément, tu ne nous *préfères* pas, Erik ! Tu n'arrêtes pas de parler des autres animaux ! Aimer, aimer, aimer vraiment, c'est *préférer* ! »

Chers cochons, je les comprends ! Longtemps si méprisés, on excuse leur susceptibilité. Mais ils doivent une bonne fois pour toutes comprendre :

1. qu'ils ne sont pas seuls sur Terre ;
2. et que pour leur réserver une juste place, ils doivent connaître, et accepter, les bonnes règles de la cohabitation.

La vie ayant fait ses preuves, depuis quatre milliards d'années qu'elle existe, certaines de ses stratégies méritent d'être méditées…

Le principe est celui d'une association. Tantôt douce, souvent violente.

Pour continuer à vivre, les êtres vivants ont besoin d'avaler d'autres êtres vivants, animaux ou végétaux : ceux-ci leur apportent les éléments nutritifs nécessaires.

Innombrables sont les formes de cette association. Des plus intimes aux plus distantes. Des mieux partagées, dans la répartition équitable des bénéfices et des pertes, aux plus inégalitaires.

On sait que dans toutes les sociétés, y compris celles régies par l'amour, il y en a toujours, presque toujours, un qui gagne plus que l'autre.

C'est ainsi que dans ces accords de la vie, aussi divers (infiniment) que changeants (en permanence), on distingue, pour tenter de s'y retrouver un peu, la symbiose, le mutualisme et le parasitisme.

La *symbiose* est une association obligatoire et plus qu'harmonieuse entre deux organismes : ils ne peuvent vivre l'un sans l'autre ou les uns sans les autres, car la vie, moins hypocrite que nous, n'a pas la religion des couples.

Qu'est-ce qu'un lichen, par exemple ?

Pour résister à des milieux hostiles (froid, sécheresse…), un champignon décide de s'associer à une algue.

Le champignon fournit le support, la protection, la réserve d'humidité ; en excrétant des acides, il peut dissoudre des minéraux pour les absorber

L'algue apporte en échange les nutriments issus de la photosynthèse, principalement des sucres. Cette union a fait ses preuves : il existe plus de vingt mille espèces de lichens ! Nous y avons gagné de belles couleurs : ah, ces plages orangées le long du canal de Beagle ! Ah, ces petites taches rouges perçant soudain la neige glacée de l'Antarctique !

Cette union est durable, nécessaire, au sens strict

de « pour la vie ». Tout divorce impliquerait la mort de l'un et de l'autre. Une telle menace dissuaderait la plupart d'entre nous d'aller chez le juge.

Le *mutualisme*, c'est l'association libre. Sans obligation, deux organismes décident d'unir leurs forces pour survivre dans ce monde impitoyable.

On pourrait écrire le plus épais des livres, et sans doute l'un des plus merveilleux, si on se contentait de raconter la diversité, et l'efficacité, de ces entreprises communes.

Au lieu d'affronter seul les férocités de l'existence, pourquoi ne pas s'installer chez un voisin ? Celui qui va vous accueillir – le plus souvent sans le savoir, appelons-le *hôte* –, vous offrira le gîte, le couvert et le transport, puisque vous l'accompagnerez dans tous ses déplacements sans qu'il ait aucun effort à fournir.

On comprend que cette stratégie paresseuse ait connu un tel succès.

On devine qu'elle remonte à l'aube des temps. Ce n'est pas d'aujourd'hui que beaucoup d'entre nous préférons le confort à l'indépendance.

Mutualisme et symbiose reposent sur le principe de *réciprocité*.

À la différence du *parasitisme*. Le mot vient du grec *para*, qui veut dire « à côté, auprès de », et *sitos*, qui signifie « nourriture ».

Dans l'Antiquité, les riches avaient coutume de convier à leur table celles et ceux qui pouvaient les divertir : poètes, musiciens, amuseurs, courtisanes.

C'est ainsi que ces *parasites* payaient leurs repas, avec leur propre monnaie : poèmes, mélodies, bons mots ou caresses. La pratique n'a jamais cessé ; seuls les mots ont changé. Pour parler d'un parasite, on usait jadis du joli mot d'*écornifleur*. Aujourd'hui, la très pertinente expression de *pique-assiette* est toujours employée.

Pour se donner les meilleures chances de développement, les parasites déménagent tout le temps.

Claude Combes, l'un des spécialistes mondiaux des parasites, donne mille exemples de leurs *délocalisations*[1].

Les trématodes sont de tout petits vers parasites. L'*Halipegus ovocaudatus*, une de leurs espèces, qui voulait de la protection, de la chaleur et de l'humidité, a choisi de vivre… sous la langue des grenouilles vertes, un domicile convenant à ses attentes.

Mais, pour que s'enclenche le cycle de la reproduction, il faut bientôt quitter ce logement douillet. Le bébé nématode (une larve) est chassé sans ménagement et se retrouve dans l'eau. Détestant la solitude, cette larve s'empresse de parasiter quelqu'un d'autre : un mollusque. À la suite de quelque brouille, ou par simple incompatibilité d'humeur, nouveau déménagement, retour à l'eau. Où resurgit la même angoisse de la solitude. Donc nouvel emménagement, le plus vite possible, cette fois chez un minuscule

1. Voir *L'Art d'être parasite, les associations du vivant*, Paris, Flammarion, 2010.

crustacé. Quitté sans tarder au profit d'une… libellule, elle-même à l'état de larve.

Comme prévu, la libellule paraît. Entre-temps, la larve du ver est devenue ver. Tout irait pour le mieux si, un beau jour, un batracien ne passait par là. Il a tôt fait de gober le couple. Et c'est ainsi qu'*Halipegus* revient au berceau de la famille, sous la langue d'une grenouille verte.

Une minuscule araignée, *Histiostoma laboratorium*, apprécie une certaine espèce de mouche. Pour demeure et alliée, elle ne veut personne d'autre. Alors elle n'hésite pas à bondir pour rejoindre sa mouche. Son saut peut atteindre cinq centimètres. Une hauteur qui, toutes proportions rétablies, correspondrait à plus de trois cents mètres chez nous. Quelle dame, présente au sommet de la tour Eiffel, résisterait à un soupirant capable de s'élever de la sorte pour déclarer sa flamme ?

Darwin n'a pas tout expliqué. La concurrence farouche est loin d'être la seule « manière d'être vivant », pour reprendre le si beau titre du livre de Baptiste Morizot. L'Évolution est *aussi* née d'alliances.

Encore faut-il prêter attention à ces autres « manières ». Et pour ce faire, emprunter d'autres points de vue. Par exemple, « habiter en oiseau », comme le propose Vinciane Despret. Ces deux auteurs publient chez Actes Sud, dans la même magnifique collection « Mondes sauvages », animée par Stéphane Durand.

1

Un trésor à Petit-Saut

Long de 260 kilomètres, le fleuve Sinnamary prend sa source dans le massif central guyanais. Traversant une (toute petite) partie de la *forêt amazonienne tropicale humide,* il irrigue une des zones les plus riches de la planète en biodiversité.

Il me rappelle ma première arrivée à l'aéroport de Manaus. Sitôt débarqué, je croisai un groupe de Français dont l'accent fleurait bon ma Bretagne Nord. Le contact ayant été établi, ils m'expliquèrent qu'ils étaient médecins et infirmiers, appartenaient à une ONG dont l'un des objectifs était de venir en aide à des lépreux, oui des lépreux, encore aujourd'hui ! Ils vivent au cœur de la forêt pour entailler les hévéas et en recueillir le sang blanc, c'est-à-dire le caoutchouc. On vous emmène ?

Pourquoi pas ?

Et c'est ainsi que je passai près d'un mois dans des villages perdus le long du Rio Branco en compagnie de pauvres *seringueiros* dont la maladie avait rongé le nez et les doigts. Et en complète intimité avec un nombre infini d'espèces animales, oiseaux, reptiles, rongeurs, félins, insectes, la plupart invisibles, les autres sublimes (comme les enchanteurs papillons

Prepona meander : bandes bleues sur fond noir) ou terrifiants (ah, la première fois qu'une mygale vous monte sur la jambe !). On les entendait hurler leur terreur, chacun dans sa langue, quand tombait le jour. Et chanter de joie lorsque se levait la première lueur de l'aube. Le reste de la nuit, ils semblaient s'être tous donné rendez-vous près de mon hamac. Ils n'arrêtaient pas de me passer par en dessous et par-dessus, comme pour bien me transmettre le message qu'habitant des régions tempérées je n'avais jusqu'alors connu de la vie qu'un misérable et morne petit échantillon de l'univers.

Revenons à la Guyane et au fleuve Sinnamary. À hauteur de Petit-Saut, l'un des trente-neuf rapides, EDF avait décidé de construire un barrage. Qu'allait-il advenir des animaux habitant les 365 kilomètres carrés destinés à être inondés ?

Une grande opération de « sauvetage » est décidée entre janvier 1994 et juillet 1995.

La France avait pris du retard ! Elle se désintéressait totalement du trésor qu'elle possédait avec ce morceau d'Amazonie. La forêt paraissant inépuisable, aucune zone protégée n'avait été créée, pas la moindre politique de chasse mise en œuvre… Petit-Saut va réveiller les consciences, mobiliser les énergies et recueillir quelques financements.

On imagine l'enthousiasme et la détermination de jeunes chercheurs débarquant dans ce paradis menacé. Anne Lavergne et Benoît de Thoisy font partie du commando. La première venait de finir sa thèse à Montpellier : « Biologie et structure génétique d'un opossum du genre *Didelphis* ». Le second, arrivé à l'âge de 2 ans dans cette Guyane, ne l'avait quittée que pour suivre à Toulouse des études de… vétérinaire. Son diplôme en poche, il s'était empressé d'y retourner.

J'aurais donné cher pour participer à cette bataille contre cette nouvelle version du Déluge. Dans le *Journal d'agriculture traditionnelle et de botanique appliquée*, Jean-Christophe Vié raconte. Il était responsable de l'opération.

La froideur, toute scientifique, de son compte rendu n'empêche pas d'imaginer l'extraordinaire de l'aventure ! Dix-huit mois au plus profond de la jungle, face à une eau qui ne cessait de monter. L'expérience, avant l'heure, d'une des conséquences du dérèglement climatique…

Trente-cinq personnes impliquées (chasseurs, étudiants, biologistes, vétérinaires). Repérage des îlots qui surnageraient le plus longtemps. Capture après exploration systématique des abris potentiels (troncs creux, terriers, sommet des arbres). Identification, examen et prélèvements biologiques, marquages, suivis télémétriques.

3 278 mammifères (47 espèces) ont non seulement été « sauvés » de la noyade, mais observés sous toutes les coutures, ainsi que 799 serpents (68 espèces) et 1 386 tortues.

Une nouvelle espèce de rongeur arboricole, baptisée *Isothrix sinnamariensis,* a été découverte, et bien d'autres, très rares, minutieusement décrites. La taxonomie traditionnelle a pu être soit confirmée, soit remise en cause. Une banque d'information génétique a été constituée à partir de cellules et tissus délicatement prélevés sur les animaux vivants.

Et la connaissance des maladies a formidablement progressé. Par exemple, on a pu découvrir que 25 % des individus et 90 % des mammifères étaient porteurs de trypanosomes et de microfilaires. On a établi une liste des puces, vecteurs potentiels de la peste. De nouveaux parasites ont été identifiés chez les serpents, les opossums et les porcs-épics. Et, grâce à des tests sérologiques, Benoît de Thoisy et son équipe ont avancé dans la compréhension du rôle des mammifères, et notamment des singes, dans le cycle de certaines arboviroses (virus transmis par des arthropodes).

Il aura donc fallu ce barrage, et donc cette agression du milieu, pour commencer à s'intéresser aux trésors qu'il contenait.

Journal de Benoît de Thoisy
(extrait)

« *Les premières captures*

L'imagination nous avait laissé entrevoir de folles captures de jaguars, tapirs, singes atèles… les premiers mois, la première année, on a déplacé des tonnes de pièges, capturé rongeurs et marsupiaux en quantités, mais les grandes bêtes pour la plupart avaient fui bien avant que nous arrivions…

On y mettait du cœur pourtant… tentatives de battue à la recherche de petits cervidés qui, d'un bond, sautaient par-dessus nos filets, poses infructueuses de divers pièges ayant pourtant fait leurs preuves dans les Pyrénées et en forêt de Fontainebleau, nous juraient les "spécialistes". Des dizaines d'arbres escaladés avec des moyens de sécurité relativement inexistants pour que, arrivés à un mètre d'un paresseux, celui-ci attrape nonchalamment l'extrémité d'une branche sur l'arbre d'à côté...

Et puis, l'eau montait doucement, saison des pluies capricieuse, ou toujours ces reliefs mal évalués, alors le volume d'eau n'est pas celui calculé. La conséquence, inattendue : les arbres ont les pieds dans l'eau seulement, et le stress fait qu'ils fructifient plus qu'à l'accoutumée, conséquence : des ressources alimentaires en abondance, partout, cela ne facilite pas le piégeage.

Mais le temps passe, la forêt se noie doucement, et on apprend. L'hôpital vétérinaire n'est jamais vide, un par un, les animaux sont prélevés puis relâchés. Peu à peu, les anesthésies et prises de sang s'enchaînent, les centrifugeuses, qui séparent sang et sérums, dont on ne soupçonne pas encore la richesse, tournent en permanence. Quelques mois plus tard, les premiers singes, une victoire, puis des groupes entiers, les derniers rescapés. »

2

Éloge des chauves-souris

La naissance d'une passion

Notre rencontre avait pourtant mal commencé. Elle a failli s'achever à l'hôpital de la plus mortelle des manières à peine nous étions-nous rencontrés !

Le parcours vers la Connaissance d'un non-scientifique suit souvent des chemins sinueux.

Jusqu'alors je ne savais des chauves-souris que les deux versants de leur mythologie, Batman pour le Bien, les vampires pour le Mal. Et j'avais le souvenir de dîners d'été perturbés par quelques vols effleurant parfois la chevelure des dames. Mon crâne à moi brillant par l'absence de toute végétation, je m'amusais plutôt des cris d'effroi de mes commensales.

Or, voici que ce jour-là, visitant une pagode dans le village de Sar Kor, cent kilomètres au sud de Phnom Penh, je ne fus sauvé de ces volatiles qu'au tout dernier moment par Didier Fontenille. Par amitié, il avait bien voulu m'accompagner. Il faut dire que ce grand spécialiste des moustiques, longtemps directeur de l'Institut Pasteur local, n'a jamais manifesté beaucoup d'affection pour ces petits mammifères ailés. Chassés un peu partout, ils ont depuis longtemps pris l'habitude de se réfugier dans les jardins des lieux saints où nul n'a le droit de leur chercher noise. Ce jour-là, alors que je m'approchais d'un groupe particulièrement dense, perché têtes en bas au sommet d'arbres de Bouddha, j'entendis quelqu'un se précipiter vers moi, c'était Didier, qui me tira aussitôt en arrière, me sauvant d'une pluie de déjections verdâtres.

— Un peu plus, et tu recevais ta dose de coronavirus !

Le temps de reprendre mes esprits, je lui posai LA question :

— Mais elles ? Comment font-elles pour s'en accommoder ?

— C'est l'un de leurs mystères. Je dois reconnaître que ces animaux répugnants ne manquent pas d'intérêt.

J'ai donc commencé à m'informer, d'abord en lisant une succession de records scrupuleusement recensés dans l'une des bibles essentielles aux amis de la nature, un guide Delachaux[1] :

1. Christian Dietz, Andreas Kiefer, *Chauves-souris d'Europe, Connaître, identifier, protéger*, Guide Delachaux et Niestlé, 2015.

Records chez les chauves-souris

La plus petite
Craséonyctère (*Craseonycteris thonglongyia*), longueur tête-corps : 29-34 mm, envergure : 12 cm et poids : 2 g.

La plus grande
Grand renard volant *(Pteropus vampyrus)*, jusqu'à 1,2 kg et 1,5-1,7 m d'envergure ; d'autres ptéropodidés, comme le faux-vampire lyre *(Pteropus giganteus)*, peuvent peser jusqu'à 1,6 kg.

Âge maximal
Murin de Brandt en Sibérie, 41 ans.

Plus vieux fossile
52,5 millions d'années *(Onychonycteris finneyi)* provenant de la Green River Formation au Wyoming (États-Unis).

Battements du cœur en vol
> 1 000 coups/minute.

Battements du cœur en hibernation
12 coups/minute.

Muscle le plus rapide
Muscle du larynx avec 200 contractions/seconde.

Plus haute fréquence de l'écholocalisation
212 kHz.

Plus forte intensité des cris
137 dB (les deux noctilions).

La plus rapide
Molosse du Brésil, 65km/h, en piqué jusqu'à 100 km/h.

Altitude de vol maximale
Molosse du Brésil, 3 300 m.

Plus grande colonie de mammifères
Molosse du Brésil, jusqu'à 40 millions d'individus (Bracken Cave, Texas).

Une telle fiche, avouez-le, aiguise la curiosité. Dans les sites de rencontre, on vous propose rarement de tels personnages.

À cette époque, je devais choisir une profession pour Suzanne, l'héroïne de mon roman d'amour[1], je l'ai donc imaginée vétérinaire et chercheuse, engagée dans le plus fascinant des mystères évoqués ci-dessus : le génie immunologique des chauves-souris et leur capacité à survivre aux plus meurtriers de leurs locataires corporels. Il me semblait qu'au-delà de la curiosité scientifique on pouvait tisser une allégorie : nous aussi, nous résistons, parfois, à l'amour fou, un autre type de virus contre lequel aucun vaccin n'a encore été découvert.

J'ai approfondi mes recherches, toujours plus passionné.

D'abord, le nom de leur ordre ne pouvait qu'émerveiller : les *chiroptères,* ceux qui ont des ailes (*ptères*) en guise de mains (*chiro*). Ou mieux, « ceux qui volent avec les mains ». Ensuite, le nombre de leurs espèces, plus de 1 300, non pas une petite peuplade exotique, mais le *quart* des mammifères connus ! Et puis, leur façon de voir avec les oreilles, grâce à un système interne de radar… Sans oublier leur pratique si maîtrisée de l'hibernation : accouplées en fin d'été, les chauves-souris conservent les spermatozoïdes et diffèrent la fécondation de l'ovule jusqu'au printemps suivant, lorsque les conditions sont optimales pour la gestation et la mise bas… Décidément, cette capacité de cohabiter sans dommage avec les pires virus n'était pas leur seul talent.

---

1. *Briser en nous la mer gelée*, Gallimard, 2020.

Si vous ajoutez à tout cela l'opérette *La Chauve-Souris*, l'histoire d'un amour impossible, chef-d'œuvre de Johann Strauss fils, vous pouvez comprendre que j'étais très fier du métier que j'avais choisi pour mon héroïne.

J'entends encore les ricanements de critiques peut-être un peu paresseux : « Et cette Suzanne, vétérinaire ! Quelle activité ridicule ! Et de chauves-souris en plus, quelle invraisemblance ! Qui donne bien le ton, grotesque, du livre. » Deux mois plus tard déferlait le virus SARS-CoV-2, responsable de la Covid-19, sans doute apporté par ces mêmes chauves-souris. Silence des anciens goguenards.

Les bombes à chauves-souris

La *cristallisation* était lancée, ce processus mental que décrit Stendhal pour expliquer la naissance de l'amour. Je ne pensais plus qu'à elles, tout convergeait vers elles. Écoutant, à l'École de guerre, une conférence sur la géopolitique des fleuves, un général s'approcha de moi durant l'entracte : savez-vous que pour vaincre les Japonais, les Américains projetaient de lancer sur eux des *bombes à chauves-souris* ?

L'engin était constitué de plusieurs réservoirs, chacun contenant une chauve-souris de l'espèce *Tadarida brasiliensis*. Largué par un bombardier et portant un parachute, il s'ouvrirait à mi-pente pour libérer les chauves-souris. Lesquelles iraient se nicher dans leurs endroits favoris : greniers et corniches. À peine installées, se déclencherait la minibombe incendiaire fixée à chacune des petites bêtes. Construites en bois et en papier, les villes nipponnes n'y résisteraient pas.

— Ce beau projet n'a jamais vu le jour ?

— Les ingénieurs atomistes ont été plus rapides. Grâce aux chauves-souris, on aurait pu éviter Hiroshima et Nagasaki.

Je remerciai vivement le trois-étoiles pour cette information. Mais pourquoi m'avait-il choisi ? Existe-t-il des signes physiques qui permettent de reconnaître à coup sûr chez quelqu'un son intérêt pour les chiroptères ? Sans savoir lesquels, un éclat un peu fou du regard ? des doigts trop écartés les uns des autres ? Mystère.

Un peu plus tard, me trouvant au ministère de l'Agriculture pour une réunion sur la peste porcine, un vétérinaire de mes connaissances (Jean-Luc Angot, pour ne pas le nommer) me fit passer un mot : « À propos de tes nouvelles chéries et de leur utilité, on vient de me communiquer un chiffre qui pourrait t'intéresser. En une seule nuit, les vingt millions de molosses brésiliens accrochés au plafond de la grotte Bracken Cave au Texas dévorent deux cents tonnes de tes autres amis, les moustiques. Pardon, mais je ne dispose pas de données fiables sur la quantité de guano, et donc d'engrais, qui en résulte, mais je vais me renseigner ! »

Je collectai, ravi, ces renseignements épars, mais il fallait passer aux choses sérieuses et en savoir plus sur elles. D'autant que ceux qui s'intéressaient à ces petits mammifères ailés, avaient, grâce à la pandémie, soudain changé de statut. De ridicules, nous étions devenus visionnaires.

Je m'apprêtais à m'envoler vers la Guyane retrouver Anne et Benoît, que j'avais rencontrés du temps où je commençais à m'intéresser aux moustiques, lorsque le confinement covidien fut décidé. C'est donc à distance, par les divers moyens de la technique moderne (merci à elle), que j'accrus, chaque jour, mon expertise chiroptérologique.

Aujourd'hui, Anne et Benoît animent à Cayenne, au sein de l'Institut Pasteur, le Laboratoire des interactions virus-hôtes. À une lettre près, c'est, en anglais, le nom pour dire « vivre » : *to live.*

Leurs recherches visent à explorer la diversité des parcours des pathogènes pour comprendre comment les relations hôtes/micro-organismes expliquent l'émergence et la circulation des épidémies. Plusieurs virus ont été choisis (dont les Hanta virus, les Arena virus et le virus de la rage), associés aux hôtes principaux (rongeurs, chiroptères et oiseaux). Il s'agit de repérer l'influence des changements dans les écosystèmes (par exemple l'urbanisation) sur ces interactions hôtes/pathogènes et donc sur l'apparition des maladies et leur gravité.

3

Éloge des chauves-souris (2)

Dracula est brésilien

Je devais d'abord clarifier l'affaire des vampires.

Mauvaise nouvelle : je reçus confirmation que certaines de mes récentes amies suçaient le sang.

Et le fait que, parmi toutes les espèces, ces « hématophages » soient peu nombreuses n'était pas de nature à me rassurer. Elles constituent la sous-famille des *Desmodontinae*, un nom qui, sans parano excessive, a un parfum de démon. Aujourd'hui, trois espèces sont qualifiées de vampires.

Desmodus rotondus, autrement appelé « vampire commun », n'a rien d'effrayant au premier abord. Neuf centimètres de long, dix-huit d'envergure, pour une trentaine de grammes. Et pourtant, elle se nourrit de tous les sangs disponibles, avec une préférence pour les bovins, sans dédaigner toutefois celui des humains, s'il s'en présente. Notons deux particularités qui pourraient vous intéresser. La première est que leur salive contient une protéine au nom évocateur, la *draculine*, un anticoagulant permettant l'écoulement continu du sang qu'elles lapent. Seconde caractéristique : une vie sociale très organisée. Ces petites bêtes vivent en colonies de plusieurs milliers d'individus, répartis en petits harems, un ou deux mâles régnant sur plusieurs femelles.

Du fait de leur nombre et de leurs habitudes alimentaires, les *rotondus* jouent un rôle majeur dans la transmission et le maintien de la rage. *Diaemus youngi* (« le vampire aux pattes velues ») et *Dyphalla ecaudata* (« le vampire à ailes blanches ») sont les autres vampires, plutôt portés sur le sang des oiseaux.

Considérant cette première leçon achevée, je remerciai mon enseignante, quittai à regret la Guyane pour retrouver mon confinement parisien.

Honte à moi, j'étais rassuré : si la Covid-19 frappait malheureusement partout, ces trois vampires épargnaient l'Europe. Ils ne vivaient que dans les zones tropicales du continent américain. Alors même que c'est au cœur de notre vieux continent, plus précisément dans la culture slave, qu'était née la légende des morts vivants, ces êtres qui flottent entre les deux états. Le roman de Bram Stoker me tendait les bras. Je n'en avais gardé que de vagues souvenirs.

J'ai passé la nuit entière chez Dracula.

Non sans frémir, car l'auteur sait y faire. Mais avec grand profit pour qui veut s'interroger sur l'unité de la vie.

Ce personnage incarne la négation des limites. Il n'est ni pleinement vivant, ni tout à fait mort. C'est un errant atteint par la malédiction de l'immortalité. Être humain, il peut aussi bien se métamorphoser en divers animaux (dont le loup et la chauve-souris) qu'en forces de la nature (tempêtes, pluies et vent). Il est le Mal, mais peut faire pitié. Ancien savant, il représente les deux visages de la science, le bénéfique et le néfaste. Quand il embrasse, il tue : Éros et Thanatos l'habitent.

Et ce n'est pas un hasard si son château est perdu quelque part en Transylvanie, l'extrémité orientale de l'Empire austro-hongrois, pays d'innombrables frontières internes, en bordure de l'immensité russe.

Cinq ans avant *Dracula* (1897), dans la même veine, dite « gothique » (thématiques infernales, phénomènes ésotériques), Jules Verne y avait situé son *Château des Carpathes*.

4

Éloge des chauves-souris (3)

Voler, rien de meilleur pour la santé !

Dès les premières lueurs du jour, il me fallut revenir à la réalité. Sur toutes les radios, on entendait claironner l'anagramme de chauve-souris : « souche à virus »… Et l'on répétait qu'aucun autre animal ne portait autant de coronavirus, sans jamais rappeler le nombre d'espèces de ces chauves-souris. Lesquelles étaient porteuses ? Une fois encore, cette imprécision me sidérait, et cette illusion maintenue d'une vie simple et stable, où n'aurait vécu qu'*une seule sorte* de chiroptère.

Cela pour vous dire avec quelle impatience j'attendais la leçon d'Anne Lavergne.

> « Du fait de leur capacité à héberger un nombre important de virus, dont certains fortement pathogènes pour l'homme, et ce sans développer de signes cliniques, différentes hypothèses ont été avancées afin d'expliquer cette “résistance” ou “adaptation” à l'infection.
>
> 1. *Une longue coévolution*. La capacité des chauves-souris à évoluer dans un état *a priori* asymptomatique serait le fruit d'un équilibre induit par une longue histoire évolutive entre les chauves-souris et

les virus. Il en résulterait une relation de type symbiotique dans laquelle les micro-organismes ayant coévolué avec les chauves-souris leur conféreraient une protection contre d'autres agents. Par ailleurs, le caractère ancien des virus de chauves-souris par rapport aux virus d'autres mammifères semble corroborer cette hypothèse.

2. *Un système immunitaire inné performant.* Première ligne de défense de l'hôte, l'immunité innée est hautement conservée, même chez les organismes les plus simples. Elle préexiste à toute exposition aux agents infectieux, c'est-à-dire que ces effecteurs sont présents spontanément dans l'organisme. L'immunité innée est ainsi activée dans les minutes qui suivent l'infection par le pathogène. Son rôle principal est d'empêcher la propagation de l'infection et de permettre l'élimination rapide de l'agent responsable dans l'organisme. Il a été suggéré que le système immunitaire inné (dont les interférons) des chiroptères contrôlerait rapidement la réplication virale, les virus étant rapidement éliminés ou bien maintenus à bas bruit chez l'hôte sans développement de signe clinique.

3. *Un métabolisme élevé pendant le vol.* Les chiroptères sont les seuls mammifères capables de vol actif. [...] Ces exigences métaboliques élevées du vol des chauves-souris entraînent des températures corporelles qui atteignent généralement les plages de températures typiques d'une fièvre (de l'ordre de 38° à 41 °C). Ces fortes températures au cours du vol auraient donc induit une pression de sélection importante permettant une acti-

vation de la réponse immune innée et adaptative. Dès lors qu'une infection virale se produit et que des fièvres peuvent survenir, le système immunitaire est déjà soumis à une sélection lui ayant permis de répondre directement. L'évolution de cette réponse aurait en parallèle permis aux virus ayant longuement coévolué avec leur hôte de s'adapter pour devenir résistants à la réponse immunitaire innée. Ces interactions auraient permis aux virus de s'adapter et auraient pu induire le fait qu'un grand nombre de virus puissent être tolérés et hébergés chez les chauves-souris.

4. *Diminution de la réponse inflammatoire*. Au cours d'une infection virale, le système immunitaire développe une réaction inflammatoire (induite par des protéines pouvant reconnaître les virus). Plus une réaction immunitaire est importante, plus la réaction inflammatoire est efficace pour répondre à l'infection virale. Cependant, le système inflammatoire peut s'emballer et induire une surréaction pouvant provoquer des pathologies (chez l'homme). Une récente étude de Han et ses collaborateurs a démontré que l'évolution (de certains récepteurs NLR) chez les chauves-souris aurait permis de diminuer la réponse inflammatoire lors d'une infection virale. Les chauves-souris seraient donc capables de limiter leur réponse inflammatoire par le biais de mutations acquises sur certains gènes. De ce fait, les chauves-souris ne "surrépondraient" pas à l'infection, alors que d'autres espèces voient leur système immunitaire s'emballer. »

Voilà comment les chiroptères, ceux qui volent avec les mains, sont entrés dans mon existence et ne risquent pas d'en sortir.

En conclusion, plus que le jogging, VOLER EST EXCELLENT POUR LA SANTÉ ! Ou, pour être plus direct, envoyez-vous en l'air !

Notons, pour être aussi complet que possible, la possible influence de l'hibernation sur la longévité. Essayez donc d'alterner vols à la belle saison et long sommeil l'hiver, ce serait peut-être le plus sain des régimes de longévité…

Puisque les importances relatives ont été réajustées et que la connaissance de la biologie animale s'avère pour notre avenir un investissement tout compte fait plus lucratif que la finance, je serais vous je ferais comme moi : résilier votre abonnement au *Wall Street Journal* et préférer *Acta chiropterologica*, une publication dont, bientôt, vous ne pourrez plus vous passer.

Quant aux réseaux dits sociaux, croyez m'en, quittez FaceBook et, à mon exemple, rejoignez le consortium Bat1K. Regardez autour de vous. Avouez sans honte votre passion. Vous allez vous faire des amis. Qui aurait pu imaginer à Caen, ville tranquille s'il en est, loin, si loin des sauvages Carpates, la présence d'un chiroptérologue, tout jeune encore mais déjà mondialement reconnu : Meriadeg Le Gouil ?

Surtout ne le répétez pas à mes amis cochons, si jaloux, mais il se pourrait bien qu'un beau jour, une fois dopé mon système immunitaire, plutôt qu'un chat banal, je choisisse une chauve-souris pour animal de compagnie. J'hésite encore entre une noctule commune (*Nyctalus noctula*), pour ses oreilles arrondies, et une sérotine Isabelle, pour son prénom qui m'est cher (*Eptesicus serotinus*).

5

Journal de Benoît de Thoisy (extrait)

« Les premières études du rôle des chauves-souris dans le cycle des maladies furent laborieuses, non pas dans leur réalisation, mais dans leur partage avec la communauté scientifique.

L'étude des mammifères de Petit-Saut avait montré des traces d'anticorps de plusieurs arbovirus. Dans la foulée, tests de plusieurs rongeurs, marsupiaux et chauves-souris, capturés en périphérie de Cayenne. Et là, (mauvaise) surprise, preuve de l'infection de plusieurs espèces par le virus de la dengue, alors que ce n'est pas "censé" être une zoonose. De premières voix s'étaient déjà fait entendre à ce sujet, mais avaient vite été étouffées par le dogme et les cadors de la dengue au CDC : "Oui, mais ce sont des études faites au Mexique… alors, hein, on se comprend…"

Soumission de l'article à plusieurs journaux, refus et refus. Toujours ce même argument : "Ce n'est pas possible, les mammifères sauvages n'ont pas de rôle, vous avez manipulé de la dengue humaine dans votre labo, vous avez contaminé vos échantillons."

Puis, le hasard d'un cours de virologie donné par Pasteur à Porto Velho, triste et poussiéreuse bourgade du Rondonia. Retour chaotique vers la Guyane, grève de je ne sais plus quoi. Le trajet retour fait un arrêt impromptu à Rio, douze heures de transit à perdre. À l'aéroport, rencontre fortuite avec un Américain désoeuvré.

On part en balade, Corcovado… L'Américain, Stephen Higgs, se trouve éditeur en chef de la revue *Vector Borne and Zoonotic Diseases*. On est à Copacabana, on parle… de chauves-souris, de virus, je lui raconte mes déboires. Il demande des détails, aussi de lui envoyer l'article. Encore quelques évaluateurs sceptiques, mais l'éditeur y "croit".

Six mois plus tard, l'article est publié, et est désormais l'un des articles les plus cités du labo. »

6

Journal d'Anne Lavergne (extrait)

Rage et vampire

« Avant tout, ce qu'il faut rappeler, c'est que 50 000 personnes par an meurent de la rage dans le monde, et principalement par des morsures de chien. Mais pourtant, depuis Pasteur, il y a bien un vaccin ? Problème économique et financier…

En Amérique latine, le principal vecteur de la rage reste les chauves-souris et le vampire…

Pourtant, c'est un animal magnifique, avec son pelage doux et qui ne cherche qu'à se nourrir. On nous a souvent demandé pourquoi cet animal avait développé ce régime alimentaire… hématophage. À vrai dire, la question reste en suspens. Peut-être juste que boire du sang permet de ne pas tuer directement son "hôte". Comme un parasite, en fait. On ne sait pas.

Nous sommes partis ce matin, il fait beau. L'équipe est au complet (quatre personnes). Et Marguerite est là ! Chiroptérologue et amoureuse de ces animaux pour aller capturer des vampires sur un site touristique. Peu de ces sites acceptent notre venue, par peur de la "publicité", mais certains – et il faut les en remercier – ont pris conscience du problème.

Les attaques et morsures, les vampires n'en sont

pas responsables, ils ont besoin de sang pour se nourrir, et sans leur repas quotidien, ils meurent. Nous, les hommes, nous allons de plus en plus à leur contact, et, de fait, augmentons le risque d'attaque, parfois certains se font mordre.

Après quelques heures de pirogue et le passage de quelques rapides, le dernier fut difficile, nous arrivons au camp. Le site est beau, et les propriétaires sympathiques. Ils nous montrent les carbets où les attaques ont lieu. Et ceux où l'on va dormir… les mêmes…, mais bon. Tout va bien. Nous mettons les filets. Partout. Tous les carbets sont encerclés. Parfait, 18 heures. Tout est prêt pour l'attaque. Et là, la pluie, elle frappe les filets et tout le reste… Tout est perdu. "Ils" *les* ont vus, ces mammifères magiques. Ils les auront détectés. L'espoir de capture s'éloigne. […]

Arrive la nuit, et les tournées, toutes les heures, et toutes les mêmes, la pluie ne s'est pas arrêtée. À 8 heures, le lendemain, rien. C'est fini, on replie. Échec, un parmi tant d'autres. Mais nous avons essayé. On repart bredouilles, on descend ce fleuve magnifique.

[…] Autre matin, nouvelle expédition : "capture de vampires dans la grotte", avec Marguerite. Elle n'a peur de rien, et est venue avec son petit bébé qu'elle porte contre elle. Elle le pose sur une dalle de roche, au milieu de la grotte, juste à l'endroit où un rayon de soleil peut pénétrer. C'est son puits de lumière à Marguerite. Le bébé et son papa restent gentiment là, à nous attendre. […] À notre retour, une vingtaine de vampires mis dans des petits pochons en tissu. Il va maintenant falloir les prélever : un échantillon de sang, un autre de salive et la pose d'un petit transpondeur nous permettant de les identifier avant de leur redonner la liberté. Les prélèvements s'enchaînent quand, soudain, Marguerite relâche un vampire. Il va délicatement se poser sur le ventre du bébé. Tout le monde s'est arrêté, et, d'un délicat battement d'ailes, notre ami le vampire redécolle pour retrouver son gîte et les siens.

Marguerite sourit et recommence à prélever, comme si de rien n'était. On a eu chaud... Elle fait ça pour nous aider à étudier ce virus de la rage et faire comprendre aux gens que les chauves-souris ne sont pas que des réservoirs à virus, mais rendent de nombreux services écosystémiques. »

7

Un autre modèle est possible

Retour en « métropole ».

Connaissez-vous la baie de Douarnenez ?

Vaste comme un grand lac, mais ouverte sur le large ; au nord, bordée d'une montagne comme on les aime, guérie de sa morgue, arasée, apaisée par le temps ; au sud, déchiquetée de falaises et de criques ; avec des tempêtes qui vous apportent, tel un courrier, les dernières nouvelles de l'Ouest ; avec la légende d'une ville jadis engloutie, mais dont les cloches continuent de sonner les mariages et les deuils ; avec un ciel qui n'arrête pas d'imaginer des couleurs.

Le maître des lumières, Yann Kersalé, et moi y avons compté, un soir pourtant sobre, trente nuances de gris sur le même fond bleu, d'une douceur à pleurer.

En un mot, l'un des plus beaux endroits du monde.

C'est dire si je comprends le pari d'un certain André Sergent, un jour du début des années 1990 : je veux rester ici ; paysan je suis, paysan je resterai ; et comme j'aime mon frère, ma femme, et déjà mes enfants à naître, pourquoi ne pas travailler en famille ? Regroupons les fermes.

Trente-cinq ans plus tard, bienvenue au GAEC du Millier. L'acronyme est simple : Groupement agricole d'exploitation en commun. Quant au nom, c'est celui d'une pointe, sur la commune de Beuzec, Cap Sizun. De l'autre côté de l'eau, on aperçoit la Chèvre, autre cap.

— Bonjour, je peux t'appeler Erik ? Voici ma femme, Nicole, qui m'accompagne dans le cochon.

Voici mon frère, Claude, et ma belle-fille, Lenaïk, qui ont choisi le lait.

Voici mon fils, Quentin, le producteur de méthane.

En unissant nos forces, aidés par trois salariés, nous parvenons à vivre bien dans ce rude paradis.

Encore nous fallait-il inventer un modèle nouveau.

Ce jour-là, j'ai commencé par aller saluer les vaches. Et découvert leurs meilleurs amis, les Lely. Honte à moi, je n'avais jamais eu vent de ces natifs des Pays-Bas, Cornelis et Arij. Encore une histoire de famille !

Les deux frères Lely créent dès 1948 leur entreprise de services technologiques aux éleveurs. Aujourd'hui, toujours familiale et riche de 1 500 collaborateurs, elle approche les 500 millions de chiffre d'affaires, et dépasse la quarantaine de pays clients.

Oubliez l'image de la fermière passant, deux fois par jour, des heures à traire, assise sur son trépied. La toute jeune Lenaïk aimait les animaux, mais ne voulait à aucun prix d'une telle existence dévoreuse d'heures et destructrice des mains, des épaules et du dos. La jeune femme réalisa son rêve : elle est devenue un quasi-pilote d'Airbus. De son bureau vitré, elle surveille d'un œil les cent cinquante têtes de son troupeau qui se promène librement dans l'immense hangar ; de l'autre, elle suit les données qui défilent sur son ordinateur : quantité du lait produit (35 litres quotidiens pour chaque vache) et qualité (analyse biologique en direct).

En contrebas, trois robots Lely Astronaut sont à l'œuvre. Les vaches ont l'air d'apprécier ces grosses machines rouges. En longues files tranquilles, elles attendent leur tour d'être délivrées. Rien n'est plus inconfortable que d'être gonflée de lait. D'où le progrès de pouvoir être traite régulièrement. La machine nettoie d'abord les pis. Puis, guidés par un rayon laser, quatre tuyaux s'y appliquent.

Une fois leur devoir accompli, les vaches repartent ruminer, à moins que, pour se détendre, elles aillent passer sous une brosse tournante qui leur grattera le haut du dos.

On a beau médire de la modernité, ayons la bonne foi de reconnaître qu'elle peut apporter du mieux-être aux fermières comme à leurs animaux. Il paraît que sont en train de voir le jour d'autres robots libre-service, mais dans… les pâtures ! Que les nostalgiques soient condamnés à un seul jour de traite à l'ancienne, ils cesseront de chanter les vertus de l'ancien temps.

Les vaches admirées, les cochons m'appelaient.

Là encore, le GAEC du Millier allait me présenter quelques innovations intéressantes, où se combinent la technologie, le souci de l'animal et le bon sens. Figurez-vous que :

1. le bâtiment réservé aux truies gestantes est *ouvert.* Un toit et des murets pour seules parois. D'accord, ça ne remplace pas la campagne, mais cela vaut mieux que des dortoirs sinistres ;

2. nos truies vivent sur de la *paille*, que, d'ailleurs, elles mangent ;

3. une puce leur ayant été implantée dans le cartilage de l'oreille, elles reçoivent juste la nourriture nécessaire quand elles se présentent pour manger.

Mais le principal m'attendait, du moins aux yeux du papa et de la maman Sergent, très admirateurs de l'œuvre recyclante de leur grand fils.

Le dictionnaire définit le lisier comme un « mélange liquide d'excréments ».

Une truie en produit une vingtaine de litres par jour. C'est dire s'il abonde et gêne, car il pue. Ce n'est pas pour rien qu'on l'appelle aussi « purin ».

Que faire de ce sous-produit obligé de l'élevage ?

Par chance, en dehors d'une grande part d'eau, il contient toutes sortes d'éléments bénéfiques pour le sol : des dérivés d'azote, du phosphore et beaucoup de sels minéraux (manganèse, fer, zinc...). Pas mieux comme engrais naturel !

Deux inconvénients : son odeur (plaignons les voisins d'un champ aspergé par ce peu ragoûtant liquide) et sa quantité (trop de lisier sur une trop faible surface pollue au lieu de nourrir).

D'où l'idée de le traiter avant de le répandre.

Et profiter de ce traitement pour, tant qu'à faire, produire de l'énergie.

C'est là que Quentin Sergent intervient.

Il m'a conduit au fond de l'exploitation, où nous attendaient deux cuves géantes.

Apprenez que la première est le *digesteur*.

Son nom correspond à sa fonction. C'est un estomac géant qui digère tous les végétaux produits sur l'exploitation qu'on a déversés, et des déchets comme le marc de pommes, la tonte des pelouses, les tailles des haies et… le lisier, et le fumier. Pour vous donner un ordre de grandeur, ce digesteur avale chaque jour 35 tonnes de déchets végétaux divers venus de tous les alentours. Les bactéries se développent quand elles sont bien nourries et vont hâter la décomposition.

Résultat principal de cette chimie intime, des gaz. De même qu'il nous arrive de péter, le digesteur émet du CO_2 (66 %) et du méthane (le reste).

Alors, vous demanderez-vous, pourquoi une deuxième cuve ?

Réponse : pour parfaire le travail. Comme un second estomac complétant la digestion du premier.

De l'électricité en sortira, aussitôt vendue au réseau Enedis pour répondre à la consommation de 600 foyers. Tandis que la chaleur issue de la décomposition sera transférée directement aux bâtiments d'élevage ainsi tiédis, voire franchement réchauffés… sans rien débourser.

On appelle *cogénération* cette production simultanée d'électricité et de chaleur à partir d'une même source d'énergie primaire.

Ultime et double question : quelle est la nature des résidus non gazeux produits par les estomacs géants ? Et quel est leur devenir ?

Réponse : le *digestat*. C'est une matière solide ou pâteuse. Composé de minéraux et d'éléments organiques non minéralisés, c'est un engrais utile, d'autant plus qu'il peut commodément être épandu sur les champs car, désormais, *il ne sent plus*.

Voilà cinq ans, invité dans l'émission dominicale de Michel Drucker « Tapis rouge », j'avais prédit pour l'ouest de la France le plus bel avenir énergétique. « Grâce aux élevages de porcs méthanisés, la Bretagne deviendra le nouveau Qatar. » Je me rappelle le regard éberlué du Michel et des autres invités : pilotes d'essai (Claude Lelaie et Jacques Rosay), une violoncelliste (Ophélie Gaillard) et Maxime Le Forestier.

Le GAEC du Millier me donne raison.

Même si notre retard est grand par rapport à de nombreux pays, dont l'Allemagne, nous progressons. Cette exploitation est membre d'une association qui ne regroupe pas moins de 200 méthaniseurs bretons.

Sentant le potentiel énergétique des élevages, certains financiers envisagent d'investir. Ils voient la Bretagne comme le siège d'installations géantes. Alors que les nouvelles technologies alliées au numérique permettent la miniaturisation et la métamorphose des consommateurs en *consommacteurs*. La double tentation du retour à la centralisation et au gigantisme n'est jamais loin, même si l'on connaît depuis longtemps les dégâts qui en découlent : imaginez le cauchemar de milliers de camions apportant à des digesteurs XXL le lisier et les déchets venus des quatre coins de la région.

Cette triple activité du GAEC, lait, porc, méthane, propose une vision d'avenir, un alliage dynamique de diversification et d'intégration.

Ce n'est pas pour rien qu'André Sergent a été élu président de la chambre d'agriculture de Bretagne.

Reprenant la route que je connais si bien, Douarnenez, Châteaulin, Pleyben, Braspart à main gauche pour rejoindre la quatre-voies, « ma » quatre-voies, je ne décolérais pas.

Bien sûr, il faut respecter mieux.

Bien sûr, il faut qu'évolue notre modèle.

Mais n'a-t-il une seule seconde cessé d'évoluer depuis 1945 ?

Plus je parcours notre pays et plus m'insupportent les critiques envers notre monde paysan. Quelle corporation s'est-elle aussi souvent et aussi profondément métamorphosée ? Qui a dû satisfaire à autant d'ordres aussi comminatoires que contradictoires ? Qui se bat avec autant de vaillance contre des forces de plus en plus incontrôlables, de l'évolution du climat aux accords commerciaux mondiaux, en passant par la baisse régulière des prix de leurs produits : ceux dont nous dépendons pour vivre, rien moins que notre nourriture ?

8

La violence des poiriers et la rentabilité des hévéas

Jusqu'au 12 décembre 1995, j'ignorais tout du règne végétal, et m'en moquais comme d'une guigne (laquelle, mais je l'ignorais, est une variété de cerises).

Ce jour-là, par suite des hasards bienveillants de la vie administrative, je me retrouvai président de l'École nationale supérieure du paysage, située à Versailles dans le Potager du Roy.

Sitôt après cette élection, le directeur, Jean-Baptiste Cuisinier, me proposa d'aller rencontrer les deux responsables des cultures : Jacques Beccaletto et François Moulin.

Tout en marchant le long des formes fruitières, je reçus ma leçon d'histoire. À commencer par cette volonté du très gourmand Louis XIV de disposer à portée immédiate de pommes, de poires, de melons et autres légumes, et, si possible, avant le commun des mortels. Puis le choix de ce « marais puant », en bordure nord du château. Enfin, le remblai des neuf hectares par la terre retirée du trou qui allait devenir la pièce d'eau, dite des Suisses, car creusée par des mercenaires de cette Confédération afin de les occuper entre deux guerres.

Jusque-là, tout allait bien. Ma vive attention avait

l'air de plaire à mes trois professeurs. Poussé par quelle curiosité inadéquate, du moins à cet instant, pourquoi posai-je la question qui allait tout gâcher ?

— Et il faut toujours greffer les poiriers sur des cognassiers ?

Les deux jardiniers me regardèrent, et se regardèrent, incrédules et accablés. Je les revois encore, Jacques et François. Et Jean-Baptiste ne valait guère mieux. Je pouvais très distinctement entendre ce qu'ils ne disaient pas, mais pensaient très fort : on a déjà hérité de présidents nuls, mais comme celui-là… Jacques Beccaletto se dévoua pour m'expliquer de la voix douce qu'on réserve aux grands malades :

— Mais, Monsieur le président, un poirier, c'est… incontrôlable.

De toute la soirée et des jours qui suivirent, cette vérité nouvelle, la violence des poiriers, ne me quitta pas. Il faut dire que, venant de cabinets ministériels et présidentiel, je croyais avoir tout rencontré en matière de forces indomptées.

Et c'est ainsi, grâce aux poiriers versaillais, vite relayés par les euphorbiacées d'Amazonie et les balanzans maliens (*Acacia albida*), que le végétal est entré dans ma vie et ne cesse d'y pousser.

Avec l'interprofession Valhor, nous avons rassemblé dans le cercle Cité verte tous les acteurs de la filière (pépiniéristes, vendeurs, entrepreneurs, architectes-paysagistes). Et tous les deux ans, nous remettons les « Victoires du paysage », grand rendez-vous des possibles. Car, chaque fois, des images permettent de comparer l'avant et l'après. De la simple terrasse au réaménagement d'une ville entière, comme les bords de Garonne à Bordeaux ou les promenades du Paillon à Nice. Avec le souhait de mobilités plus diverses et plus douces. Le désir de vert arrive au premier rang des priorités. Dans *Désir de villes*, mon dernier « Petit précis de mondialisation », nous racontons, avec Nicolas Gilsoul, mon co-auteur, architecte, paysagiste, et docteur en sciences, toutes les façons, aux quatre coins du monde, de redonner vie à nos villes. Car tel est le propos. L'être humain n'est qu'un citadin récent, arraché depuis seulement deux ou trois générations à sa campagne originelle. La proximité d'un espace végétal, la possibilité de s'y immerger régulièrement redonne de L'UNITÉ à sa vie.

Il n'est pas indifférent que Jean-Marc Vasse, délégué général de Valhor, soit en même temps maire de Vauville (Normandie) et l'un des animateurs les plus actifs de l'Association des maires de France.

Dans la même veine, qui est notre philosophie commune, Nicolas Gilsoul vient d'écrire *Bêtes de villes*, le jumeau de ce livre-ci. Il nous fait découvrir tous ces animaux, petits ou grands, ailés, nageants ou trottinants, qui se trouvent de mieux en mieux dans nos rues et sur nos toits, jusque dans nos métros.

La leçon des poiriers continue de porter ses fruits.

Ajoutons, pour ne pas me rendre coupable d'ingratitude, que je dois à l'hévéa un juteux prix littéraire qui s'appelle le Goncourt. Car mon livre primé, *L'Exposition coloniale*, avait pour thème le caoutchouc.

9

Donner des droits à la nature

Comme le rappelle la juriste Valérie Cabanes, ce droit repose sur le *principe d'interdépendance*[1]. Or ce principe, qui régit l'ensemble du Vivant, auquel nous, humains – faut-il le rappeler ? – appartenons, n'est pas reconnu par le droit.

En France, il existe bien un *principe de précaution*. Il a même été inscrit dans la Constitution. Mais il reste vague, trop large, et, pour son application, se heurte à d'autres droits tout aussi légitimes, comme celui d'innover, ou celui de développer son entreprise et donc de créer de l'emploi.

Notre droit de l'environnement n'intervient la plupart du temps qu'*après* le désastre, pour réparer ou compenser.

D'ailleurs, le mot même d'*environnement* ne fait-il pas référence à une extériorité ?

Le fleuve Whanganui coule sur 290 kilomètres dans l'île Nord de la Nouvelle-Zélande. Le 15 mars 2017, répondant à une vieille revendication maorie, le parlement lui a accordé la personnalité juridique.

---

1. Voir *Un nouveau droit pour la Terre*, Paris, Seuil, 2016.

À l'issue du vote, le commentaire du ministre de la Justice, Chris Finlayson, donna tout son sens à cette décision : « Cette législation est une reconnaissance de la connexion profondément spirituelle entre l'*iwi* (la tribu) et son fleuve ancestral. » Une tribu qui porte le nom du fleuve : Whanganui.

Cet exemple n'est pas unique, et tend à se multiplier.

Aux États-Unis, dans l'Ohio, un référendum a été organisé par l'agglomération de Toledo pour accorder des droits au lac Érié, seul moyen d'agir contre les pollueurs. En Colombie, en Inde, au Brésil, de telles actions ont été menées, avec plus ou moins de réussite. C'est en Équateur que l'avancée est la plus manifeste. La « Nature », sous toutes ses formes y a déjà intenté près de trente procès, presque tous gagnés. Le rôle protecteur d'une mangrove ayant été prouvé, un projet d'élevage intensif de crevettes a été interdit. Et des requins des îles Galapagos ont réussi à faire condamner à de la prison un armateur chinois : il en pêchait chaque année des milliers pour offrir à sa clientèle les ailerons dont elle raffole.

Dominique Bourg, professeur honoraire à l'université de Lausanne, est l'auteur de livres qui ont bouleversé notre relation au monde (et notamment la mienne). Par exemple : *Pour une 6ᵉ République écologique* (2011), *Une nouvelle Terre* (2018), *Le Marché contre l'humanité* (2019). Nous avons fini par nous rencontrer sur… un bateau, lieu mouvant, idéal pour bien discuter de notre avenir. Audrey Klein, secrétaire générale de la CIPEL (Commission internationale pour la protection des eaux du Léman), y avait organisé un dialogue comme je les aime : réunissant des passionnés de toutes les disciplines concernées.

Peu après, Dominique m'envoyait son article paru en mars 2019 dans… les *Cahiers de la Justice.* Le début commençait fort.

> « Imaginons une société en proie à un taux d'homicides extrêmement élevé, où la mort naturelle est devenue une chose rarissime et où la quasi-totalité des décès procède de crimes. Imaginons encore que seule une partie des citoyens de cette société déplore cette situation, alors même que les dirigeants et une majeure partie de la population affichent un intérêt mou en la matière, tout occupés qu'ils sont à des questions de rectitude des mœurs en matière de sexualité. Imaginons enfin que ces homicides soient en train de porter plus particulièrement atteinte à une catégorie de la population, jalouse de son savoir-faire, faute cependant de laquelle l'ensemble de la société pourrait s'effondrer. Dans de telles circonstances, il serait difficile d'affirmer d'une telle société qu'elle possède un système pénal efficace. Comment ne pas alors reconnaître une défaillance massive sur cette question ? »

La suite continuait sur le même mode implacable.

> « À la fin du XVIIIe siècle et tout au long du XIXe siècle, nos systèmes juridiques se sont organisés pour protéger et favoriser ces libertés. Elles apparaissaient comme les conditions à la construction de la prospérité générale. Et, comme l'a montré l'historien Jean-Baptiste Fressoz, le développement de l'industrie ne s'est nullement déroulé dans l'ignorance des risques environnementaux

qu'il suscitait[1]. Au contraire, c'est même une désinhibition forcenée par rapport aux risques qui s'est alors méthodiquement affirmée. Sur fond de morale utilitariste, il apparaissait que les dégâts environnementaux et les nuisances qu'ils provoquaient n'étaient que le coût inévitable de biens plus grands. D'où le fait qu'il était infiniment plus facile pour des raisons sanitaires ou environnementales de fermer une fabrique sous l'Ancien Régime qu'à compter de la modernité industrielle. L'économie classique, puis néoclassique est venue prêter main-forte au droit en construisant un système de légitimation dogmatique du primat apporté à l'enrichissement matériel présent, à l'encontre de toute autre considération, fût-elle la survie du genre humain. »

Et la conclusion ne pouvait que redonner envie de « refaire » du droit à l'ancien conseiller d'État que je suis.

« Défendre les droits de la nature dans ce contexte n'a évidemment plus le même sens qu'au début des années 1970. Il ne s'agit plus d'un simple exercice intellectuel, mais d'une mise en conformité du droit eu égard à une ontologie continuiste, en rupture avec le dualisme moderne qui avait en grande partie contribué à l'idée de droits subjectifs exclusivement humains. On peut imaginer que s'il devait réécrire *La Nature hors la loi*, François Ost n'écrirait pas le même livre[2]. »

1. Jean-Baptiste Fressoz, *L'Apocalypse joyeuse. Une histoire du risque technologique,* Paris, Seuil, 2012.
2. François Ost, *La Nature hors la loi. L'écologie à l'épreuve du droit*, Paris, La Découverte, 1995.

Rappelons cette réplique de Diderot :

« Prenez-y garde ! Vous ne supposez avec les animaux que de la *contiguïté* où il y a de la *continuité*. »

Il est prévu qu'un jour prochain Dominique et moi repartions sur un bateau pour continuer le travail.

En attendant, lisez le livre d'un auteur au nom magnifique, russo-franco-maori, Sacha Bourgeois-Gironde : *Être la rivière* (PUF). En cet été 2020, il vient de paraître. Où comment le fleuve Whanganui est devenu une personne devant la loi.

Devenir rivière !

Combien de fois ai-je rêvé de naviguer sans coque pour me couler dans le mouvement de l'eau !

Mon bateau dériveur tant aimé, le *Finn*, me permet cette fusion. Lors de mes tours de l'île de Bréhat, je passe plus de temps dans la mer que sur elle.

10

Dernières nouvelles des algues vertes

C'est en travaillant sur *L'Avenir de l'eau* que j'avais rencontré Gilles Huet, alors responsable de l'association Eaux et Rivières de Bretagne. Douze ans plus tard, je voulais savoir quel était son diagnostic.

Nous nous retrouvons à Saint-Brieuc, dans l'ancienne caserne de la Gendarmerie nationale, recyclée en Novotel. Le président de la région, Loïg Chesnais-Girard, et son directeur de cabinet, Yvan Le Mevel, se sont joints à moi.

La veille, 25 juillet 2019, le nouveau leader des écologistes français, Yannick Jadot, et l'ancienne ministre de l'Environnement Delphine Batho étaient venus faire un petit tour sur la plage voisine du Valais, fermée aux vacanciers pour cause d'algues vertes. Entourés de deux centaines de militants, ils avaient dénoncé l'inaction du gouvernement contre ce « tsunami ». Après avoir salué la veuve du joggeur décédé à Hillion trois ans plus tôt, ils avaient repris leur TGV.

Gilles Huet est plutôt rassurant.

En dépit de cette nouvelle invasion d'algues vertes, la qualité moyenne des eaux bretonnes ne cesse de s'améliorer. La preuve : les deux étés précédents, en raison d'hivers moins doux et moins pluvieux, les plages de la baie étaient restées propres.

Plus on gagne en pureté, dit-il, plus il devient difficile de progresser : lors du premier plan anti-algues vertes, on venait de si loin, la moindre modification des pratiques se répercutait tout de suite sur les taux de nitrate. Aujourd'hui, il faut batailler de plus en plus ferme pour continuer de les faire baisser. Bien sûr, le progrès reste trop lent. En fait, on peut distinguer trois catégories d'agriculteurs : 25 % sont convaincus de la nécessité de changer de modèle. À l'autre extrémité, 25 % se moquent de ces questions et continuent comme avant. L'enjeu, c'est de faire basculer le ventre mou, cette moitié qui attend, respectant tout juste les règles, mais sans zèle excessif.

D'après ma longue expérience, poursuit Gilles Huet, la seule vraie façon d'avancer, c'est le cocktail suivant : *un objectif* assorti d'un calendrier, *une offre d'outils et de méthodes* concrètes, et *une réglementation* claire, complétée par des sanctions.

Encore faut-il que les représentants de l'État, en l'occurrence les préfets, osent sévir ! continue-t-il. Décidément, dans cette France qui rechigne toujours à changer, seules les révolutions accouchent de vraies réformes, mais je suis optimiste, deux évolutions vont dans le bon sens.

« Le marché va être plus efficace que l'État. Les producteurs vont être obligés de répondre aux attentes de leurs clients qui veulent de la transparence et de la qualité – même s'ils veulent toujours payer moins cher. Et puis, les agriculteurs ne sont pas différents du reste de la population : plus ils sont jeunes, plus ils se préoccupent d'environnement. Dans les dix ans, plus de 50 % des exploitations vont changer de mains. C'est notre chance. Encore faut-il qu'il reste des terres agricoles disponibles. Sur tout le littoral, la contrainte du foncier va s'exacerber. »

Tel est Gilles Huet. Il n'y a pas plus déterminé que lui, malgré sa « retraite ». Mais, à l'inverse de tous ceux qui n'aiment rien tant que prendre la pose et enchaîner les « coups » médiatiques, lui est toujours animé par l'obsession du résultat concret, tangible, transposable.

Notre salle à manger avait soudain été envahie de géants vêtus de noir et rouge. Gilles m'expliqua qu'il s'agissait des footballeurs d'En avant Guingamp, relégués, la saison précédente, en deuxième division. Allaient-ils retrouver l'élite du championnat ? La reconquête commençait le soir même, contre Grenoble. Je n'ai pu m'empêcher de prononcer les trois syllabes qui, depuis l'enfance, me réjouissent la bouche : « Au stade du Roudourou ? — Bien sûr ! J'y vais, je suis abonné ! »

11

Les bienfaits d'une agression

Premier août 2019, 9 heures du matin, quatre-vingt-six ans plus tard.

Le Hénaff qui m'accueille se prénomme Loïc, descendant direct de Jean, son arrière-petit-fils pour être précis. Depuis 2010, il a repris les rênes de l'entreprise où travaillent désormais 280 personnes. Diversification (dans les algues et le poisson), ouverture d'un musée et de plusieurs boutiques, présidence de l'association « Produit en Bretagne », ce Loïc, 49 ans, l'air dix de moins, a le dynamisme familial dans le sang.

Avant de parler d'avenir, une visite s'impose. Et, pour ne rien cacher, nous commençons par l'abattoir. Car chez Hénaff, on ne laisse pas faire aux autres ce qui doit être fait chez soi. La confiance peut coûter cher, nous y reviendrons.

Je dois avouer que je n'en mène pas large. Le grand âge venant, j'ai vu mourir des êtres, même si je ne suis pas chasseur.

Le responsable des opérations est un monsieur très grand et très doux. Il m'explique que les bêtes arrivent le soir en camion, vers 22-23 heures. Ils ne viennent pas de loin. « Nos élevages partenaires sont tous situés dans la proximité. Les cochons vont passer la nuit dans cette salle. Nous l'appelons la soue. Pour évaluer leur stress, nous avons mesuré leur rythme cardiaque. Aucune accélération. L'abattage commence tôt, 6 heures. Vous voulez voir ? » Impossible de me défiler.

Un cochon arrive sur un tapis roulant entre deux parois de plastique qui bientôt se resserrent. Le cochon ne peut plus bouger. Un employé lui plaque sur le crâne une grosse pince. La décharge électrique dure trois secondes. Le cochon s'effondre. Dans le même temps, mais on ne le voit pas, une électrode vient toucher son ventre à la place du cœur. La porte s'ouvre. Le cochon roule sur une grille. L'employé lui perce la gorge. Le sang jaillit. L'employé ouvre les paupières du cochon, lui touche la rétine ; s'il ne réagit pas, c'est qu'il est mort. Il est mort. Quinze secondes pour mourir. Était-ce mieux avant ? Rien n'est moins sûr. Tuer, c'est faire mourir.

Et je sais bien que dans d'autres abattoirs, en France et ailleurs, on ne se préoccupe que de la cadence, on se moque du reste, à commencer par la terreur et la douleur.

Revenons à Pouldreuzic.

On saisit une patte arrière du cochon, on le hisse et on le suspend. Il entre dans la chaîne. Son corps sera plongé dans de l'eau quasi bouillante pour le débarrasser de ses soies. Il en sortira tout blanc. Une scie entre en action. Coupée en deux, la carcasse est vérifiée par un vétérinaire de l'État. Jugée bonne pour le service, on l'estampille et le paiement est enclenché. Sinon, c'est le rebut. Et tout le monde en est pour ses frais, l'éleveur comme l'abattoir.

Les amateurs connaissent le principe du célèbre « pâté Hénaff ». Puisque tout est bon dans le cochon, on doit mettre tout le cochon dans le pâté, y compris ses morceaux les plus « nobles » : les jambons, les filets mignons. On imagine la cuisine géante, le désossement, les découpes, les malaxages, la cuisson…

Le saint des saints est à l'étage, la salle des épices. Le sel qui ne peut venir que de Guérande, bien sûr. Mais le poivre bio vient d'une petite île du golfe de Guinée, Sao Tomé, chère à mon cœur d'explorateur des matières premières. Dans ce confetti montagneux, Hénaff s'est directement impliqué dans la création d'une coopérative de planteurs dont il a longtemps été le seul client, pour des quantités et des prix fixés dans le temps. Le respect mutuel, la confiance, nous y revoilà.

Le visage de Loïc a changé

Le 27 juin 2017 voit déferler sur le Net une horreur. Un film montrant les dures réalités de certaines conditions d'élevage et les pratiques indignes de quelques fournisseurs de la société. Aucune sorte de respect pour les animaux, manquements les plus élémentaires à l'hygiène. L'association L214 s'est introduite dans les élevages et a filmé à travers un prisme accusateur. Et c'est Hénaff qui est touché, blessé. Sali, le nom Hénaff, la fierté Hénaff, l'histoire Hénaff, la famille, le personnel.

Quand il revit ces moments, sans doute parmi les

plus difficiles de sa vie, Loïc Hénaff est déchiré. La colère est là, toujours présente, le sentiment, à jamais ancré, de l'injustice, la conviction d'avoir toujours, avec son équipe, « bien fait son travail ».

Mais peu à peu, il se remet en cause. Il restreint le nombre de ses fournisseurs, n'en conservant qu'une petite quinzaine (au lieu de cinquante), ceux dont il sait les convictions et dont il fait contrôler, régulièrement, les méthodes. Avec eux, il conclut des « contrats de progrès ». Au-delà, il porte vers l'élevage dans son ensemble le message d'un changement nécessaire des pratiques. Un message d'autant plus efficace qu'il est le client principal !

De retour dans le bureau de Loïc, j'écoute son enthousiasme et sa détermination. La vieille société de 1907 est en train de bâtir sa « vision 2030 ». Vendre chaque année, pour 50 millions d'euros, 35 millions de boîtes jaunes et bleues, dont 10 % à l'exportation, c'est bien, mais pas suffisant. Dans tous les domaines, du bien-être animal à la biodiversité, de la gestion de l'eau à l'amélioration de la formation et de l'initiative interne, soixante-douze indicateurs ont été choisis pour dire, chaque mois, les progrès dans la réalisation de la feuille de route. Un slogan a été choisi, jeu de mots tiré du territoire bigouden : Begood. Pour une fois qu'une expression grande-bretonne vient du breton…

Je n'aurais jamais cru prendre à Pouldreuzic, qui plus est dans une usine de pâté, une telle leçon de modernité. Une telle articulation de global et de local :

d'un côté la vente à cinquante pays, avec l'agrément (rare) de l'USDA (US Department of Agriculture) pour exporter leurs produits aux États-Unis ; de l'autre, le choix de la Bretagne comme base, à 76 %, de leurs fournisseurs. Une telle fierté du passé plus que centenaire et une capacité de se projeter. Une telle alliance entre le familial et le coopératif : chaque année avec de plus en plus d'entreprises locales, ils mutualisent tout ce qui peut l'être, des achats à la logistique (c'est à ce prix qu'on peut survivre en habitant *Pen ar bed*, le Finistère, la fin de la terre). Et un moteur de changement né d'une conjonction, inconfortable mais efficace, entre les ONG qui dénoncent, les consommateurs qui veulent mieux sans payer plus, et les transformateurs bien forcés d'écouter. Sans oublier le principal, les agriculteurs qui, une fois de plus, doivent s'adapter. En inventant d'autres moyens de survivre puisqu'on leur impose de vendre toujours moins cher en respectant toujours plus l'environnement.

La société Hénaff est loin d'incarner à elle seule la dynamique de l'agroalimentaire de qualité en Bretagne. Un joli nombre d'entreprises ont profité de la proximité de tous ces élevages pour offrir une gamme de produits de plus en plus large, sous le label de *marques* propres à séduire les gourmets tout en s'efforçant de garantir le respect des animaux et, plus généralement, l'environnement.

À cet égard, une aventure est particulièrement impressionnante. D'une petite échoppe de charcuterie ouverte en 1930 à Landrévarzec, au sud du Finistère, trois générations de Guyader ont créé un groupe employant aujourd'hui cinq cents personnes pour un chiffre d'affaires annuel de 80 millions d'euros. L'une de ses originalités est de valoriser *également* les deux ressources de la région, la terre et la mer. Il faut dire que l'actuel P-DG, Christian, titulaire d'une rareté, un « diplôme d'études supérieures viandes » est un régatier de haut niveau, plusieurs fois champion de France de Dragon (j'étais chaque fois loin derrière) et valeureux participant à la dernière Course du Rhum transatlantique en solitaire !

C'est ainsi que, parmi ses sept usines, il a redonné à la petite (et merveilleuse) île de Groix une conserverie. Y sont traités thons germon, maquereaux, merlus, uniquement achetés aux pêcheurs locaux (quinze emplois créés).

Mes frères et sœurs bretons, bretonnes m'auraient tué si, au royaume de la gastronomie du porc, je n'avais célébré que les Kintoa basques et les Bellota andalous.

Christian Guyader a coutume de prononcer une phrase qui ne lui vaut pas que des amis : « Les *bons* sont bons dans *tous* les domaines (environnement, traitement des animaux ET rendements !) ; les *mauvais* sont mauvais *partout*. »

12

La responsabilité d'un leader

La COOPERL n'a pas le monopole de l'élevage industriel en Bretagne. Mais avec plus de 6 millions de cochons vendus chaque année, un chiffre d'affaires approchant les deux milliards et demi d'euros, 7 000 employés, 2 500 agriculteurs adhérents, des bureaux à Londres, Moscou et, bien sûr, en Chine, elle en incarne le dynamisme, les succès tout autant que les limites.

Contre les nuisances, évidentes, de son activité, on ne peut pas dire qu'elle soit restée inactive.

Par exemple, elle crée une « banque du lisier » qui met en relation les espaces « excédentaires » (en déjections) et les zones sans trop d'élevages qui pourraient accueillir des épandages. Elle fonde de toutes pièces Dénigral, une société ayant pour objet, justement, de traiter les lisiers…

Mais surtout, la COOPERL a l'âme recycleuse. Si, selon la formule consacrée, « tout est bon dans le cochon », le « cinquième quartier » (les os, le sang, les poils) est plus difficile à valoriser que les cuisses à jambon. Ces déchets sont devenus de nouvelles ressources, à commencer par des aliments pour animaux de compagnie (y compris les poissons rouges), mais aussi du… carburant, dont je ne savais pas qu'il pouvait venir des résidus graisseux

Riche d'une telle inventivité, on aurait pu faire confiance à la COOPERL pour régler une bonne fois pour toutes cette plaie des algues.

C'était sans compter sur la continuation, et même l'accélération, de son développement.

Avec cette limite : comment un territoire de plus en plus restreint du fait, notamment, de l'urbanisation du littoral, peut-il supporter toujours plus d'animaux ?

Les demandes d'extension continuent de s'accumuler sur le bureau des préfets. À Hillion, l'endroit même où fut retrouvé mort par intoxication un joggeur, un élevage veut passer de 1 276 bêtes à 2 482 ; un autre veut étendre sa capacité de plus de 200.

Comment expliquer que se poursuive la fièvre née dans les années 1950 ?

On sait que la *croissance* est LA religion de notre modernité. Et que le théorème bien connu de la bicyclette impose d'avancer sous peine de tomber.

On a bien compris que les malheurs de la Chine, la fameuse peste porcine, font le bonheur de nos éleveurs. Même si cette aubaine est provisoire, pourquoi ne pas en profiter ?

Mais il est une autre raison, moins intuitive, et quelque peu dérangeante. Donc intéressante.

Qui, dérèglement climatique aidant, discute la nécessité de remplacer les sources fossiles de l'énergie par d'autres, *durables* ?

Qui, face à la rareté des ressources, ne comprend pas l'obligation du recyclage ?

Dans ces conditions, qui ose encore s'opposer à la formidable usine de méthanisation installée par la COOPERL dans sa bonne ville de Lamballe ?

Le bilan semble exemplaire :

1. production de biogaz purifié en biométhane qui sera injecté dans le réseau de gaz naturel ;
2. en conséquence une économie de CO_2 évaluée à 22500 tonnes chaque année ;
3. production d'engrais (azote et phosphore) ;
4. complément de revenu pour les éleveurs qui ne vendent plus seulement des bêtes, mais leurs déjections !

Seul oubli du raisonnement : l'appétit de l'installation. L'ogre doit être nourri en permanence par des élevages de taille suffisante, et situés *à proximité* pour éviter la circulation d'un trop grand nombre de camions. Pire : cet ogre mange, mais ne boit pas.

Voilà pourquoi la baie de Saint-Brieuc risque de continuer d'étouffer sous les algues vertes.

En effet, le méthaniseur n'accepte que *la partie solide* des rejets des porcheries. Charge aux éleveurs de trouver des terrains d'une surface suffisante pour y répandre la partie liquide.

Et l'on découvre un étrange paradoxe, une contradiction de la vertu : produire toujours plus pour pouvoir assez recycler !

Pour aller plus loin, à défaut de Chine (que la pandémie m'interdisait), le 29 juillet 2020 je me suis rendu beaucoup plus près, à Lamballe justement (22400). Et j'y ai interrogé Emmanuel Commault, un ingénieur presque tout jeune (48 ans), directeur général de la COOPERL : quel avenir voyait-il à son entreprise et, par conséquent, au porc français ?

Sans tarder, il a commencé sa leçon, en sept points :

« Trois remarques préliminaires :

1. La responsabilité d'un groupe comme le nôtre est de nourrir les gens, en tentant jour après jour de répondre à leurs demandes complexes, voire contradictoires, toujours plus de qualité et de respect (de l'environnement et des animaux) pour des prix toujours plus bas.

2. Le marché du porc est mondial, ouvert et hyperconcurrentiel. Les (grands) distributeurs peuvent à chaque instant se fournir où ils veulent. L'entreprise non compétitive sort à la seconde du marché. Or les conditions de cette concurrence acharnée sont injustes. Innombrables sont les distorsions, y compris et peut-être d'abord à l'intérieur de la « communauté » européenne (salaires très inégaux, l'Allemagne, notamment, continuant de sous-payer des travailleurs venus des pays de l'Est ; règlementations environnementales et sanitaires très différentes).

3. Ce marché n'est « segmenté que marginalement ». En termes moins jargonneux, cela veut dire que le « porc standard » en occupe une part très largement prépondérante. Les « niches » bio ou autres sont (encore ?) insuffisantes pour alimenter une industrie et, par le fait, l'emploi d'une région.

Dans cet univers impitoyable, comment trouver et garder sa place ?

Poursuivre, et renforcer, quatre stratégies complémentaires :

1. L'approche en FILIÈRE. Cette intégration VERTICALE, une solidarité active et transparente entre les différents étages, de l'élevage à la transformation finale, autorise des solidarités, seules capables de permettre la traversée des crises qu'on observe aujourd'hui.

2. Une priorité sans cesse plus affirmée donnée à la RECHERCHE, dans tous les domaines de notre activité. Celui qui n'avance pas meurt. Nous avons ainsi embauché ces dernières années pas moins de 80 ingénieurs, pour nous améliorer dans TOUS les domaines, par exemple la conception de bâtiments d'élevage « zéro impact environnemental », et plus doux pour les animaux : la possibilité d'en finir avec la castration et la « démédication ». Nous allons continuer.

3. MONTER EN GAMME, bien sûr ! Nous n'avons pas attendu qu'on nous le réclame ! Mais il faut bien comprendre que cette « montée » n'est pas la simple création d'une marque de produits plus chers. Elle s'organise à plusieurs niveaux EN MÊME TEMPS : qualité des produits mais aussi bien-être et nourriture plus saine des animaux, arrêt du traitement systématique par antibiotiques, traçabilité, respect de l'environnement. Sur chacun de ces points, nous avançons. Vous allez me dire : pas assez vite. Vous avez raison. Mais je vous confie mon poste une semaine : vous comprendrez ! 3 000 sites à faire évoluer, vous imaginez ?

4. LE DÉVELOPPEMENT INTERNATIONAL. Si nous sommes « gros » pour la France, nous sommes tout petits à l'échelle du monde. Sans ces partenariats tissés avec la Russie, la Thaïlande, la Chine, etc., jamais nous ne pourrions financer notre recherche et les nouvelles technologies qui s'ensuivent. »

À l'évidence, on peut critiquer point par point cette argumentation parfaitement rodée. Mais qui contestera les vérités qu'elle oblige à affronter ?

J'ai quitté Lamballe comme j'aime, me sentant, avec mon âme de reporter, « au cœur du problème ».

Sur le soupçon d'entente sur les prix du jambon entre 2010 et 2013, il faut savoir que la COOPERL a porté plainte pour « faux et usage de faux, dénonciation calomnieuse, escroquerie au jugement ». Souhaitons que cette « affaire du cartel » soit au plus vite clarifiée. On ne peut bâtir *ensemble* que sur la confiance.

Mais au-delà ?

Depuis que je me passionne pour l'agriculture, je rencontre des coopératives. Coopératives pour le sucre, pour le coton, pour l'orge, pour les oléagineux. Coopératives : bras armés des agriculteurs. Sans elles, que pourraient-ils, dispersés comme ils sont ?

Cependant, pour mener leurs missions, ô combien difficiles, ces coopératives ont grandi, grandi. Qui le leur reprochera ? N'ont-elles pas échappé à ceux qui les avaient appelées à l'aide ?

Vieille fable de l'outil qui échappe à l'homme, de la créature qui prend le pouvoir sur le créateur.

La Fontaine, au secours !

13

Le véritable jambon est un art de longue haleine

Il était une fois la plus belle des vallées. Un morceau de Pays basque français avancé en territoire espagnol. Au bas de montagnes rondes couvertes de fougères et de genêts, une rivière coule, à son rythme, peu pressée d'aller rejoindre sa grande sœur la Nive.

Des troupeaux vont et viennent, suivant les saisons qui, comme vous savez, dictent à l'herbe sa qualité. Chaque été, pour agrémenter leur ordinaire, ils montent vers des pâturages, propriété du seigneur de Navarre. Alors, il faut lui payer une taxe, l'ancêtre de la TVA : lui livrer *une* bête sur *cinq.* C'est de cette fiscalité antique que la partie sud de la vallée a tiré son nom, le pays Quint, Kintoa en basque, le pays du *cinquième,* sans rapport avec l'empereur du même nom.

Au nord, les vignes de l'Irouleguy prennent le soleil. À l'est, une route grimpe vers le col de Roncevaux. Souvenez-vous : c'est là que Roland perdit la vie le 15 août 778. Quoique préfet de la Marche de Bretagne, il commandait l'arrière-garde d'une des armées de Charlemagne. Nous devons au récit de son combat le premier texte de la littérature française (*La Chanson de Roland*, 4 000 vers).

Car Roland sent que la mort est proche :
Par les oreilles lui sort la cervelle.
Au sommet d'un tertre, sous deux beaux arbres
Il y a quatre blocs de marbre luisant.
C'est là qu'il tombe à la renverse, sur l'herbe verte ;
Il s'est évanoui, la mort est proche.

Ces hauts faits et ces pacages ne suffisent pas à nourrir une progéniture, souvent nombreuse.

La plus belle des vallées est pauvre. Longtemps il fallut s'exiler. Dans chaque famille de chacun des villages, Urepel, Aldudes, Banca, Saint-Étienne-de-Baïgorry, on trouve encore des vieux (de mon âge) qui racontent leurs longues années passées dans la seule compagnie des bêtes, pour la plupart aux États-Unis. Franchement, quand vous pensez à l'Amérique, imaginiez-vous qu'elle ait si longtemps importé des… bergers ? Est-ce l'effet de la liqueur verte Izarra (plantes, épices, brou de noix, pruneaux, armagnac…) ? Profitons pour en saluer l'inventeur, ce bienfaiteur du pèlerin assoiffé, le pharmacien et botaniste, Joseph Gratteau, Hendaye, 1906. Le vertige me prend d'entendre évoquer ici, au cœur des Pyrénées, les interminables solitudes du Wyoming. Et tous de me dire : si nous avons pu revenir chez nous, c'est grâce au cochon !

Pour comprendre cette renaissance, quittons la vallée magique. Ne craignez rien, nous y reviendrons. Pierre Oteiza m'a préparé un dîner que, sous aucun prétexte, je ne voudrais manquer.

Depuis des siècles, le nom de Bayonne était associé à l'une de ses spécialités, un jambon d'une qualité reconnue comme exceptionnelle. Si vous en voulez des preuves, sachez que Rabelais le désigne comme l'une des principales « munitions » de Grangousier, père de Gargantua. Et lorsque, le 9 juin 1660, à Saint-Jean-de-Luz, le roi Louis XIV se marie avec Marie-Thérèse, fille du roi d'Espagne Philippe IV, c'est ce jambon, et nul autre, que les invités de la noce sont invités à déguster.

Profitant de cette notoriété, des impudents de tous poils se mettent à baptiser « de Bayonne » la moindre tranche de porc cru, qu'importe l'origine de la bête, dunkerquoise, brestoise, strasbourgeoise ou niçoise.

Dans la région, la colère couve longtemps et finit par éclater. Tous les acteurs de la filière régionale décident de s'unir et s'accordent. Pas seulement pour lutter contre les voleurs de nom. Autant en profiter pour monter en gamme. C'est ainsi que se crée, en 1991, un « Consortium du jambon de Bayonne ». Il va se donner les moyens de ses ambitions : organisme de recherche, systèmes de contrôle, institut de formation. La récompense de ces efforts arrive sept ans plus tard. La Communauté européenne accorde une IGP, pour être plus explicite une Indication géographique protégée. L'expression est prudente, autant que vague, mais constitue tout de même un progrès. Le nom de « Bayonne » retrouve un sens. Le label garantit le lien du produit avec un territoire particulier. Dans le cas du jambon de Bayonne, la zone d'élevage et d'abattage est limitée au Sud-Ouest français. Mais l'aire de transformation (salaison, production charcutière) est limitée au sud de l'Adour : deux départements, les Pyrénées-Atlantiques et les Hautes-Pyrénées, dont la spécificité est ainsi mise en avant : savoir traditionnel et conditions climatiques particulières, essentielles pour faire un bon jambon (nous y reviendrons). Un cahier des charges doit être respecté : la nourriture doit contenir 60 % de céréales, interdire les farines animales et les poissons, assurer un suivi sanitaire, la traçabilité des porcelets, une surveillance des abattoirs...

Les résultats suivent. Pour répondre à la demande qui n'attendait que ça, la production a doublé en vingt ans, nombre de zones rurales ont retrouvé un nouveau souffle avec plus de 5 000 emplois créés, la profession a prouvé sa solidarité toute neuve en multipliant les accords internes (au fil des ans, les salaisonniers ont soutenu les éleveurs en leur reversant plus de 50 millions... Arzacq, en Béarn, à une demi-heure de Pau, n'est pas une grande ville, tout juste 1 000 habitants. Et pourtant, c'est d'elle, en accueillant le Consortium, qu'est venue la renaissance du jambon.

Tout s'est passé comme si cette bataille du jambon de Bayonne avait réveillé les énergies en montrant la force d'une campagne commune au service de la qualité. Cette leçon, hélas ignorée dans d'autres régions de France et dans d'autres filières, sera vite comprise entre Biarritz et Tarbes. Bien d'autres labels vont être lancés, entre lesquels, avouons-le, on se perd. Mais trois expériences, trois autres réussites, méritent d'être contées.

Revoici la vallée des Aldudes, patrie des ex-bergers du Wyoming. Pierre Oteiza m'y attend. Il veut sans tarder me présenter son petit troupeau, ceux qu'il appelle ses « survivants ». Nous grimpons vers leur domicile, une prairie très pentue. Les cochons s'approchent pour saluer poliment le nouveau venu. L'anneau qu'on leur a fixé dans le groin n'est pas destiné à célébrer quelques noces sauvages, mais pour leur éviter de défoncer le sol. Sous leurs longues oreilles en béret, je ne vois pas leurs yeux. Mais j'imagine leur amusement devant ce Parisien qui peine à retrouver son souffle.

— Sans nous, l'espèce disparaissait, commente, fièrement, le maître des lieux. Vous avez vu comme ils sont affectueux ?

Il est vrai que deux d'entre eux ont commencé à grignoter les lacets de mes chaussures.

— Alors, comment les trouvez-vous ?

Habitué à flatter depuis mon plus jeune âge, je dis mon admiration devant ces robes bicolores : têtes et culs noirs, milieu rose.

— La population de Pie noir du Pays basque, autrement dit le « porc basque », ne cessait de décliner. Mon grand-père me racontait qu'ils dépassaient 160 000 têtes à l'armistice de 1918 pour atteindre à peine 100 000 têtes en 1945. Il n'en restait que 25, oui, 25, en 1989. C'est alors que nous avons décidé de les sauver.

Chacun le sait, le Basque est fier. Mais Pierre Oteiza est le plus fier des Basques. Comment lui donner tort ? Au lieu de distribuer des Légions d'honneur à tort et à travers, on devrait le décorer de la grande médaille Nicolas Hulot de la Biodiversité (encore à créer). Du dîner qui suivit, les mots manquent pour lui rendre justice : effeuillage de jambons, farandole de saucissons et chorizos, pâtés et ventrèche, langue aux piquillos, axoa de veau, fromage obligé (brebis : ossau-iraty), gâteau basque aux cerises noires... Avant les chansons, je dois avouer que maître Pierre leva son verre d'irouléguy pour célébrer mon appétit : « Je n'en ai vu qu'un seul semblable, Jacques Chirac au Salon de l'agriculture 1973, vive l'Académie française ! On comprend qu'elle fabrique des Immortels. »

Je conclurai par un conseil, nouvelle preuve de ma bienveillance naturelle : rendez visite sans tarder à la vallée magique. Mieux vaut téléphoner pour savoir si le Pierre est là et non parti porter au Japon ou... au Wyoming, la bonne parole kintoesque : 05 59 37 56 11.

— Et maintenant, tâchez de bien dormir. Demain, le saloir vous attend.

Saloir, le mot juste qu'il ne fallait pas prononcer pour me faire retomber en enfance et, par le fait, ruiner ma nuit. Rappelez-vous : trois bambins se perdent dans la campagne, ils tremblent de peur car la nuit tombe, ils voient la lumière d'une maison. Ils se croient sauvés. Un homme leur ouvre la porte. Vous tombez bien, je suis boucher, je vais vous nourrir. Au lieu de quoi, l'horrible les tue, les découpe, et, dans un grand coffre, les met à saler. Saint Nicolas, qui passait par là, demande à manger. Et réclame justement le petit salé, oui, celui-là même qui se trouve dans le coffre. Le boucher s'enfuit. Les trois enfants ressuscitent.

Beaucoup d'années avaient eu beau passer, je n'en menais pas large le lendemain en enfilant la tenue de rigueur pour visiter l'atelier : blouse blanche, charlotte sur la calvitie et sacs de plastique pour envelopper les chaussures. Par chance, un nouveau mot m'avait rasséréné : *salaisonnier.* Il y a du *sel*, dans ce mot-là, et je n'allais pas en manquer. Mais il y a aussi *saison.* Et c'est justement le double rythme du temps que mes amis s'efforcent de reconstituer dans ces hangars, celui du temps qui passe et celui du temps qu'il fait.

Avant de pénétrer dans le saint des saints, je m'étais renseigné auprès de mon conseiller scientifique habituel. Et ensemble nous avions chanté : Gloire au sel !

Depuis que l'homme existe, il a cherché à conserver la chair des animaux qu'il avait chassés ou pêchés. Quel crève-cœur de voir entrer en putréfaction ces nourritures si difficiles à conquérir ! Deux méthodes se sont vite révélées efficaces : saler et sécher. Toutes deux, on l'a appris plus tard, reposent sur le même mécanisme : chasser l'eau présente dans ces chairs. La putréfaction, on le sait depuis Pasteur, est le fait de bactéries et de champignons qui ne peuvent se développer qu'avec de l'eau. Sans eau, ces micro-organismes disparaissent et, avec eux, la putréfaction qu'ils fabriquent.

Comment agit le sel ? Dans un premier temps, il s'unit à l'eau libre, l'eau présente dans toute chair (par exemple dans le sang, dans la lymphe). La solution ainsi créée, par définition très salée, va drainer l'eau (moins salée) qui se trouve à l'intérieur des cellules. Ainsi, de proche en proche, le sel gagne le cœur de la viande, en recueille toute l'eau et l'attire vers l'extérieur dans un lent processus d'évaporation. Le jambon peut alors perdre 40 % de son poids (mauvaise affaire pour ceux qui ne cherchent à vendre que la quantité).

Outre cette capacité de combattre la conséquence inéluctable de la mort qu'est la putréfaction, le sel possède un autre pouvoir, celui d'accroître la sapidité (la saveur) des aliments touchés par lui. Encore faut-il choisir la bonne dose : trop de sel, on fabrique de l'immangeable. Pas assez, les bactéries repartent à l'attaque.

Muni de ce savoir minimal, je pouvais suivre les sept (pas une de moins) étapes du parcours.

1. Lavage à grande eau.
2. Massage.

Il s'agit de bien faire pénétrer le sel dans la chair, en insistant sur les artères et les canaux lymphatiques pour en chasser le maximum d'eau. Ce massage peut être mécanisé. On l'appelle alors « barattage ».

3. Passage au saloir.

Les jambons sont recouverts de sel et entassés dans une chambre non ventilée. Température 4°. Les règles sont simples : 200 grammes de sel et une journée de saloir par kilo de jambon.

4. Deux phases de repos.

Les jambons sont suspendus dans une chambre bien ventilée, où la température ne dépasse pas 2 °C, avec une hygrométrie à 85, puis 80 %. Durant les quinze premiers jours, la période dite de « pré-repos », le jambon « prend son sel à cœur ». Dans un deuxième temps, environ huit semaines, la maturation commence. Les jambons perdent 10 à 15 % de leur poids. À l'issue de ce repos, on considère que le jambon est « stable » : toutes les bactéries ont été chassées par le sel.

5. L'étuvage.

Durant une semaine, les jambons passent à l'étuve : température à 25 °C. Ce passage a pour but d'habituer le jambon aux changements. Apprentissage nécessaire, comme on sait, à qui veut bien vieillir. Chemin faisant, se développent les arômes.

6. Le séchoir.

Quatre mois dans une pièce ventilée. Température 12 °C, Hygrométrie 75 %.

7. L'affinage à l'air libre :

C'est la période la plus longue : un mois par kilo. Certains jambons dépassant 30 kilos, ce séjour peut dépasser trois ans. Les jambons sont suspendus à des supports de hêtre qui absorbent l'humidité. L'aération est soigneusement gérée. En fonction de la météo extérieure, on ouvre ou ferme des sortes de volets.

Avant l'affinage, on va panner les jambons, c'est-à-dire les recouvrir d'une pâte faite de farine de riz et de cette graisse située au-dessus des rognons. Seule est laissée sans panne une petite partie, en haut du jambon, pour qu'il puisse respirer. C'est par cette

« fenêtre » que sort l'humidité. Au bout de six mois, cette panne prend la couleur de la couenne. Dix mois plus tard, elle se met à « fleurir », se couvrir de bactéries et de levures qui ont le double avantage de n'être point pathogènes et d'engendrer de puissants arômes.

Quand cette « fleur » disparaît, c'est que le jambon est prêt. Il suffit de « dépanner », soit manuellement, en raclant, soit en faisant tourner le jambon autour de lampes dont la chaleur fait fondre la panne.

De ce long parcours, trois règles se déduisent.

Pour faire un jambon de qualité, il faut :

Premièrement, du temps.

Un minimum de dix-huit mois, si l'on ajoute les durées de toutes les étapes. C'est la *lente imprégnation* de la viande par le sel, c'est la *lenteur* de l'affinage qui font la différence. On connaît la formule : *Le temps, c'est de l'argent.* Les industriels et leur désagréable engeance qu'on appelle « contrôleurs de gestion » en déduisent un mot d'ordre : accélérer, toujours et encore accélérer. La logique de Pierre et de son équipe est l'inverse : plus ils ralentiront, meilleur sera le jambon.

Deuxièmement, du vent.

Le jambon du Sud-Ouest est fils du *fœhn,* ce phénomène météorologique créé par la rencontre de la circulation atmosphérique et d'un relief, en l'espèce les Pyrénées. Les séchoirs basques bénéficient de cet *effet de fœhn* environ un quart de l'année. Il en résulte une alternance de temps doux et de temps frais, mais toujours tempérés, avec, l'hiver, de brusques réchauffements apportés des vents du Sud. Rien de tel pour faciliter la pénétration du sel puis l'évaporation de l'eau.

Troisièmement, du soin.

La maturation sera d'autant mieux réussie qu'elle aura été plus naturelle, donc fragile, soumise à tous les aléas de la biologie. L'hygrométrie et la température de chacune des salles sont contrôlées en permanence et on passe et on repasse chaque jour entre ces milliers de jambons pendus. On plonge dans leur chair une sonde faite en bois de néflier : le parfum qui s'en dégage renseigne sur l'évolution de la métamorphose. On dirait des maîtres de chais veillant sur le devenir de leur dernière vendange.

Mais tout part de la qualité des bêtes.

Pierre Oteiza n'élève, bon an, mal an, que 400 cochons. Il doit faire appel à 87 éleveurs répartis sur 231 communes (157 situées au Pays basque, 69 en Béarn, 5 dans les Landes). Ils doivent, pour être admis Kintoa, respecter un cahier des charges extrêmement strict, dont les règles rappellent celles qui s'imposent à la production : du soin, du temps et de l'espace.

Un cahier des charges gros de dix pages doit être respecté. On y retrouvera, notamment, la description minutieuse du « parcours » EXTÉRIEUR dans lequel les animaux vivront : il doit comporter un abri, un point d'eau, une aire de nourrissage et une végétation diverse (« herbes et/ou racines, châtaignes et/ou glands et/ou faines »). En outre, il leur faut de l'espace : pas plus de 35 porcs par hectare de prairie ou de lande, mais seulement 25 par hectare de « forêt enherbée ».

C'est ainsi que le porc basque, menacé de disparition en 1980, a reçu, après seize ans d'efforts, le prestigieux label Kintoa AOP, Appellation d'origine protégée (pour le jambon sec et la viande de porc).

La répartition de ces AOP, secteur viande et charcuterie, dessine un beau portrait de la diversité française. Trois espèces de bœufs (Charolles, Maine-Anjou, Mézenc), un taureau (de Camargue), un mouton (de Barèges-Gavarnie), deux agneaux prés-salés (baie de Somme et Mont-Saint-Michel) et deux porcs (dont notre Kintoa).

Plus à l'est, mais toujours dans la même région bénie, dominée par les Pyrénées et bercée par le vent marin, la Bigorre a suivi le même chemin vers la qualité.

En 1981, il ne restait plus que deux mâles et quelques truies de cette très ancienne race gasconne, facilement reconnaissable à sa robe toute noire et à ses oreilles horizontales. Les industriels de l'alimentaire s'en étaient désintéressés, la jugeant trop riche de cette matière qui fait justement sa valeur : le gras. Une alliance sans faille entre les élus et l'ensemble de la filière va lui redonner vie. Comme son voisin basque, le cochon de Bigorre va vivre en plein air un minimum de douze mois, se nourrissant principalement d'herbes, de glands et de châtaignes.

Marie-Claire Uchan m'attendait dans le village d'Oursbelille, non loin de Tarbes. Cette fort belle jeune femme est du genre actif. Ingénieure agricole, elle s'est toujours battue pour, dit-elle, « aider tout ce qui bouge ». Aujourd'hui maire de Saint-Bertrand-de-Comminges (244 habitants), elle dirige le Consortium du porc noir de Bigorre. Elle aime donner ses rendez-vous à la lisière d'une forêt, mais au milieu d'un troupeau. Cette compagnie affectueuse donne au romantisme de la promenade une originalité inégalée. Ce jour-là (avant l'alerte de la peste porcine !), un marcassin s'était joint à ses camarades d'élevage. Preuve du caractère naturel de l'espace offert aux bêtes. Mais aussi sujet d'inquiétude : nous savons, depuis les Ardennes belges, les sangliers porteurs de maladies graves.

Dans ce piémont pyrénéen, nombreux sont ceux qui ont fait le choix de la qualité.

Ne traversez pas Saint-Jean-le-Vieux sans aller saluer, de ma part, la famille Mayté, pionnière d'un autre jambon de très grande qualité, le célèbre Ibaïama. Outre ses talents d'entrepreneur, engagé, toujours, dans de nouvelles aventures, dont le lancement d'une filière de porc bio, Éric est l'une des personnes les plus drôles que je connaisse. Il y a du Coluche en lui lorsqu'il raconte l'arrivée d'un car de touristes âgés et l'augmentation de son chiffre d'affaires sitôt installés dans sa boutique des sièges confortables et surtout des toilettes dignes d'une inscription au patrimoine de l'UNESCO. En le quittant, à regret, nous n'échapperez pas au seul saucisson *rond* existant à ce jour, une boîte de ce *béret basque* qui fait fureur.

Après tant d'émotions diverses, et le trésor d'amitiés nouvelles, je devais à mes lecteurs de revenir au sérieux des chiffres.

Pour ce qui concerne les seuls jambons accompagnés, sans garantie, d'une référence géographique, les ordres de grandeur donnent une idée des rapports de force économique et de l'industrialisation du secteur.

Le poids (très) lourd est le *Serrano* espagnol : 10 millions de jambons vendus chaque année.

Ensuite viennent les Italiens. Réunis, ils dépasseraient même leurs concurrents ibériques. Parme : 8 millions, San Daniele : 2,5 millions.

Notre Bayonne, malgré ses efforts, n'atteint que 1,2 million.

Face à ces mastodontes, nos amis ne sont que des artisans. 8 000 jambons annuels pour le Bigorre, 3 000 seulement pour le Kintoa.

14

Manger de tout ?
En tout cas, remercier !

Jusqu'à une date récente, je me croyais appartenir à une espèce d'animaux omnivores. Avec satisfaction, souvent vive, et sans état d'âme.

Les seules inquiétudes concernaient ma santé. D'où une analyse de sang chaque année pour vérifier mon taux de cholestérol (l'infarctus me menaçait-il ?) et de glycémie (allais-je échapper au diabète, maladie du siècle ?).

Parcourir des kilomètres (par centaines) pour découvrir une nouvelle recette de boudin ou d'oreiller de la Belle Aurore, je l'avais fait souvent ; et aussi rejoindre un club gastronomique ; et devenir, un temps, critique gastronomique. Petit-fils d'une Lyonnaise, j'avais été élevé dans une cuisine, « au cul du piano » comme on dit dans le métier. Et les pays, je les avais d'abord appris en rencontrant des vignerons, suivant la philosophie du maître Jean-Robert Pitte : « Le vin est de la géographie liquide. »

Bref, je sais déjeuner et dîner. Mais que veut dire « se nourrir » ? On peut vivre sept décennies sans se poser certaines questions dont on admettra qu'elles ne sont pas tout à fait négligeables. J'avoue ma honte, mais je suis la preuve incarnée que nutrition et gastronomie sont deux univers qui, malgré de réels progrès récents, sont loin de communiquer assez.

Je consultai donc Isabelle, ma femme, médecin, seule chance pour moi, décidément, de ne pas mourir dans la crasse ignorance.

Et c'est ainsi que je fis la connaissance, tardive, mais enthousiaste, des protéines, macromolécules constituées d'une chaîne de petits éléments chimiques, les acides aminés. Les protéines sont les « briques » de cette grande construction qu'est tout être vivant, animal, végétal ou champignon. On les retrouve partout, car elles jouent tous les rôles. Le collagène qui soutient nos tissus ? Des protéines. L'hémoglobine chargée du transport de l'oxygène et du gaz carbonique dans le sang ? Une protéine. Les anticorps, agents de nos défenses contre les maladies ? Encore des protéines ! Les hormones qui régulent le fonctionnement de nos organes ? Encore et toujours des protéines.

Or il se trouve que notre corps, machine merveilleuse, il va sans dire, souffre pourtant d'une double imperfection :

1. S'il est capable de fabriquer lui-même la plupart des acides aminés qui lui sont nécessaires, ce n'est pas le cas pour huit d'entre eux, qui doivent lui être apportés par l'alimentation.

2. Il ne dispose pas de capacité de stockage. Voilà pourquoi il faut se nourrir régulièrement.

En l'absence de cette fourniture quotidienne, l'organisme souffrira de diverses carences. Pourquoi les dénutris maigrissent-ils, jusqu'à devenir cadavériques ? Leur organisme, faute de mieux, dévore ses propres muscles pour y trouver des protéines.

Les protéines peuvent être classées selon leur origine : animale ou végétale.

Chère lectrice, cher lecteur, vous voilà soulagés, car vous me voyez venir. Vous comprenez qu'après ce court passage par la science nous allons vite revenir à plus simple et au vif de notre sujet : pourquoi consommer du cochon plutôt que des légumes ?

Les protéines d'origine animale contiennent tous les acides aminés que nous ne pouvons pas fabriquer. Alors que les protéines végétales sont incomplètes. Ces manques peuvent être comblés en associant céréales (principalement du quinoa et du sarrasin, riches en acides aminés) et légumineuses (antioxydants, des vitamines et des fibres).

Bien sûr, les protéines ne suffisent pas à nourrir convenablement un corps, il faut l'approvisionner AUSSI en sucres (glucides), en gras (lipides), en vitamines, en oligo-éléments, en sels minéraux et abondamment en eau.

De tout ce qui précède, il résulte deux conclusions contradictoires.

La première est qu'à condition de respecter certaines règles on peut très bien, sans risque pour la santé, choisir de devenir vegan ou végétarien.

La deuxième justifierait plutôt les omnivores. Le premier principe d'une saine alimentation est celui de la DIVERSITÉ. Cette diversité est au cœur de la vie, et peut-être son premier moteur. D'où mon interrogation de cofabricant de dictionnaires : parler de *biodiversité*, n'est-ce pas redondant, voire un pléonasme ? Quelle vie (quelle bio) ne serait pas diverse ?

Pour se faire une opinion, et en déduire son mode d'alimentation, le seul point de vue de la nutrition ne suffit donc pas.

Il faut convoquer la morale : même si nous améliorons leur bien-être le temps de leur courte vie, avons-nous le droit de tuer les animaux ?

Et l'écologie : on sait que les animaux pètent, et ce faisant produisent plus de gaz à effet de serre que les avions. On sait aussi que plus de la moitié de la production de céréales ne sert qu'à nourrir ces animaux. Dans ces conditions, notre planète pourra-t-elle supporter longtemps l'immensité croissante des troupeaux ?

Sans doute nous, humains, n'éviterons-nous pas un jour la Grande Revanche des animaux, et peut-être a-t-elle commencé ?

Mais nous pourrions déjà, sinon pour la retarder, du moins pour avoir l'âme un peu plus tranquille et pour ne pas trahir une éventuelle bonne éducation, *remercier* ceux à qui nous prenons la vie.

Une vaste et bouleversante littérature raconte, *Par-delà nature et culture,* tous ces rites d'expression de la gratitude. Au début de ce livre dont la lecture a, décidément, changé (il était temps !) ma manière d'être au monde, Philippe Descola raconte cette histoire de haute Amazonie, entre Équateur et Pérou. Une femme venait d'être mordue par le terrible serpent fer de lance. Son mari, Chumpi, se lamentait. Cette agression était sa faute. Ivre de la possession d'un fusil, lui qui ne disposait jusqu'alors que d'une sarbacane, il avait tiré et tué des singes à tort et à travers. Jurijiri, l'une des divinités qui veillent sur les animaux de la forêt, s'était vengée. Descola lui avait fait remarquer que l'aigle-harpie ou le jaguar ne se gênent pas pour tuer des singes.

— Oui, mais nous, avait répondu Chumpi, les *personnes complètes,* nous devons respecter ceux que nous tuons, car ils sont pour nous comme des parents *par alliance.*

Par alliance. Comment avons-nous pu l'oublier ?

Et méritons-nous vraiment le titre de *personnes complètes* ?

15

Le bien-être de l'ensemble du règne animal (humains compris)

Les éleveurs ont compris les nouvelles attentes des consommateurs. Occasion d'améliorer, dans un même mouvement, leur bien-être.

Car je ne sais qui d'entre nous, citadins volontiers donneurs de leçons, accepterait les contraintes quotidiennes et la rémunération plus que maigre d'un éleveur.

Consommateurs, professionnels, troupeaux : même combat. Sur une *planète d'associés,* les intérêts doivent pouvoir converger.

Les différents acteurs de la filière laitière montrent l'exemple. En janvier 2020, ils ont présenté leur plan, « France terre de lait », une série d'objectifs devant être atteints au plus tard dans cinq ans : origine certifiée, absence de la moindre trace d'antibiotiques, réduction drastique de l'empreinte carbone par litre, respect de seize indicateurs du BEA (bien-être animal) établis en collaboration avec les ONG, doublement de la production bio, création d'une appellation « lait de pâturage » (120 jours par an, 6 heures par jour, 10 ares par vache).

Fin février 2020, au 56e Salon de l'agriculture, les éleveurs avaient une priorité : regagner la confiance.

Sans cesse visionnées sur les réseaux sociaux, les images de mauvais traitements laissaient des traces. Plus possible de nier la réalité de ces cruautés, même si elles n'étaient le fait que d'une minorité. Il fallait ouvrir le débat. C'est ainsi que la Confédération paysanne met en ligne sur son site le livre *Paroles paysannes sur les relations humain-animal.* Il faut lire ces témoignages de quarante-cinq éleveurs, fiers de leurs métiers et bouleversés par les accusations dont ils sont victimes. En voici deux extraits : le témoignage de Fanny Métrat, éleveuse de brebis en Ardèche.

> « Quand on nous traite de meurtriers parce que nous abattons nos bêtes, d'esclavagistes parce que nous persévérons dans la domestication, qu'on nous dit que les loups ont plus de droit que nous de vivre dans les montagnes, après la stupéfaction viennent la colère et le désarroi, et c'est très lourd à porter. »

Elle déplore la :

> « déconnexion de plus en plus grande en Occident avec la terre, les bêtes et l'acte de production, mais aussi avec la nature et la mort ».

Et celui de Myriam Gassiloud, éleveuse de poules pondeuses en Côte-d'Or :

> « On en arrive à des incohérences incroyables : des défenseurs des animaux qui profèrent des menaces de mort à l'encontre des éleveurs. »

En 2019, le Conseil national de l'alimentation adoptait à l'unanimité une suite de recommandations concrètes, y compris les organisations de protection animale. Et, à chaque remaniement, on parle de l'arrivée d'un secrétaire d'État à la… condition animale.

Espérance, il est vrai, toujours déçue.

16

Petite contribution au portrait du mal français

L'histoire que je vais maintenant vous raconter est celle d'un scandale. On y avale un cocktail peu ragoûtant : 25 % de morgue, 25 % de passion pour la norme, et le reste, appelez-le comme vous voulez : rapacité de certaines entreprises contrôlant confortablement un marché, crainte de perdre cette manne, puissance des lobbies au service de ces braves gens, complicités administratives…

Dès le début du mois de mars 2020, alors que se précise la menace de l'épidémie Covid-19 et qu'éclate chez nous le scandale du manque de tests, certains ont le front de rappeler l'existence d'un trésor : un réseau de 75 laboratoires publics, répartis sur tout le territoire et riche de 4 500 employés. Ce sont ces laboratoires départementaux qui ont la responsabilité de contrôler la qualité des eaux, l'hygiène des aliments et… la santé animale. Chaque fois qu'une maladie se présente, vache folle ou peste aviaire, ils sont en première ligne, avec une capacité de tester à grande échelle (des dizaines de milliers de tests par jour), en sachant se procurer tous les réactifs disponibles. Dans les cas d'urgence médicale, les autres pays européens n'hésitent jamais à solliciter de tels laboratoires. Si l'origine de la plupart des épidémies est animale, c'est bien la preuve que les virus sont les mêmes. Ils ont juste franchi la barrière des espèces.

Bref, ayant entendu la « mobilisation générale » réclamée par le président Macron, les laboratoires départementaux, DÈS LE 15 MARS, se déclarent prêts. Ils déclarent pouvoir réaliser 300 000 tests de dépistage par semaine et poursuivre, peu de temps après, avec les tests *sérologiques*, ceux qui indiquent la présence d'anticorps dans le sang vérifiant une immunité après une infection.

Un article de Géraldine Woessner, pour le journal *Le Point*, raconte le scandale qui va suivre. Car c'est le silence qui répond à cette proposition. Et pire que le silence, la rengaine trop bien connue : « le dossier est à l'étude, nous avons des normes à respecter ».

Malgré les interventions répétées de Dominique Bussereau, président de l'Association des départements, et de Gérard Larcher, président du Sénat (et ancien vétérinaire), le ministère de la Santé continue de se taire.

Il faudra attendre le 6 AVRIL, pour qu'enfin la collaboration de ces laboratoires « animaux » puisse être envisagée. Trois grandes semaines perdues.

Que s'est-il passé ?

Une fois de plus, je retrouve rue de Vaugirard (numéro 251) mes amis du ministère de l'Agriculture.

Et voici ce que me raconte Jean-Luc Angot, chef du corps des inspecteurs de santé publique vétérinaire, président de l'Académie vétérinaire de France :

« Dès le 21 mars 2020, et à plusieurs reprises, l'Académie vétérinaire de France avait appelé l'attention sur les potentiels importants des laboratoires vétérinaires en matière de dépistage Covid-19, estimés pour les entreprises vétérinaires productrices de réactifs à 300 000 tests virologiques (PCR) et un million de tests sérologiques par semaine et pour les laboratoires vétérinaires départementaux à 20 000 tests PCR et 80 000 tests sérologiques par jour !

Ces laboratoires sont accrédités et offrent les mêmes garanties de sécurité sanitaire que les laboratoires de biologie humaine. Ils ont l'habitude d'effectuer de grandes quantités d'analyses grâce à leurs automates adaptés à des populations importantes (cheptels). Par ailleurs, les coronaviroses sont répandues chez les animaux (porcs, bovins, volailles, chiens, chats...) et donc bien connues dans le milieu vétérinaire. Et la Covid-19 vient du monde animal.

Grâce à la pression exercée, les textes réglementaires autorisant les laboratoires vétérinaires ont fini par être pris mais tardivement.

Les agréments administratifs sur le terrain ont malheureusement été délivrés au compte-gouttes par les ARS, du fait de la lourdeur de la technostructure sanitaire et du cloisonnement regrettable entre secteur médical humain et secteur vétérinaire.

Précurseur visionnaire du concept "Une santé / *One Health*", Louis Pasteur n'aurait pas hésité une seconde à suggérer la mobilisation des laboratoires vétérinaires. Il aurait d'ailleurs peu apprécié que l'Institut qui porte le nom de son rival Robert Koch soit l'un des premiers à permettre aux laboratoires vétérinaires d'intervenir ! En effet la plupart des laboratoires des Länder furent sollicités dès le début d'épidémie en Allemagne, ce qui permit d'effectuer rapidement de nombreux tests. Ce fut le cas également en Italie, aux États-Unis (avec la possibilité de produire en France des tests pour les États-Unis !), en Argentine, au Canada…

Le monde vétérinaire n'a pas été suffisamment associé en France à la gestion de la crise, alors qu'il dispose d'une expérience et d'une expertise, notamment en épidémiologie, dynamique de diffusion microbienne et biosécurité, qui auraient pu être mises à profit, dans le cadre d'un continuum sanitaire entre animaux (sauvages et domestiques) et êtres humains. Rappelons que 75 % des maladies émergentes sont des zoonoses (maladies transmises à l'homme par les animaux). »

À cette guerre des administrations s'ajoute le combat entre disciplines. Les médecins du temps de Pasteur ne le traitaient-ils pas de « chimiâtre », car il n'était pas des leurs ?

Nos « spécialistes » devraient relire cette fable indienne.

« Un jour de grand soleil, six aveugles instruits et curieux désiraient rencontrer un éléphant afin de compléter leur savoir. Le premier s'approcha et, près de son flanc vaste et robuste, il s'exclama : “Dieu me bénisse, un éléphant est comme un mur !” Le deuxième, tâtant une défense, s'écria : “Oh ! oh ! rond, lisse et pointu, selon moi, cet éléphant ressemble à une lance !” Le troisième se dirigea vers l'animal, prit la trompe ondulante dans ses mains et s'écria : “Pour moi, l'éléphant est comme un serpent.” Le quatrième tendit une main impatiente, palpa le genou de l'éléphant et décida qu'un éléphant devait ressembler à un arbre ! Le cinquième, ayant touché par hasard l'oreille de l'éléphant, dit : "Même pour le plus aveugle des aveugles, cette merveille d'éléphant est comme un éventail !" Le sixième chercha à tâtons l'animal et, s'emparant de la queue qui balayait l'air, perçut quelque chose de familier : "Je vois, dit-il, l'éléphant est comme une corde !"

Les six aveugles discutèrent longtemps avec passion, chacun défendant sa perception. Ils avaient bien du mal à s'entendre. Un sage passait par là, après les avoir écoutés, il conclut : "Vous avez tous dit vrai ! Si chacun de vous décrit l'éléphant de façon si différente, c'est parce que chacun a touché une partie différente de l'animal. L'éléphant a réellement les caractéristiques que vous avez tous décrites. Et si vous rassemblez l'ensemble des caractéristiques de ce que vous avez données, vous pouvez avoir une représentation de l'animal dans son ensemble."

"Oooooooh !" s'exclamèrent les six. Et la discussion s'arrêta net. Ils furent heureux de ne s'être pas trompés. Chacun détenait une part de vérité. Heureux aussi d'avoir contribué à la construction d'une réalité plus grande que la seule addition des caractéristiques apportées par chacun. »

17

Et la mort ?

Des corbillards esseulés, des cercueils abandonnés dans des hangars réfrigérés, des rituels impossibles, des requiem sans personne pour les entendre, des trépassés glissant seuls vers leurs dernières demeures, des cimetières interdits : les images nous bouleversent.

Mais, comme toujours, elles racontent.

Ces morts, que la Covid-19 ne nous permet plus d'embrasser une dernière fois, nous renvoient à LA mort. Cette vieille Camarde que, dans nos sociétés, nous ne voulons plus voir. Nous la tenons aussi cachée que possible, et la repoussons, toujours plus loin, allant jusqu'à prédire, jouant l'allégresse d'une bonne nouvelle, « la mort de la mort ».

J'ai rencontré Marie de Hennezel grâce à François Mitterrand. Cette belle et longue dame, psychologue, psychothérapeute, accompagna ses dernières années d'une amitié magnifique.

La mort habitait le président de la République. Depuis toujours. Bien avant sa maladie. Il la redoutait moins qu'il n'était passionné par elle. Pourquoi croyez-vous qu'il voulût vivre ses dernières vacances au bord du Nil ? L'Égypte est une civilisation de la mort. Il devait en attendre des révélations sur le plus opaque des mystères.

Un jour, alors que nous nous rendions dans sa voiture blindée à je ne sais quelle manifestation culturelle, il m'a soudain demandé, sans me regarder : « Et pour vous, Erik Arnoult, quelle place a la mort ? » Imaginez, j'avais 38 ans !

J'ai lu avec toujours la même attention les beaux livres de Marie de Hennezel, dont *La Mort intime*, un titre qui sonne comme une sagesse.

L'article qu'elle publia dans le journal *Le Monde*, en date du 4 mai 2020, m'a bouleversé. D'autant que ma fille, infirmière, venait de rejoindre une équipe Covid.

> « Si le déni de la mort est une des caractéristiques de nos sociétés occidentales, l'épidémie due au SARS-Cov-2 illustre son paroxysme [...]. Ce déni n'a fait que s'amplifier avec le progrès technologique et scientifique [...] l'illusion du progrès infini [...] mise sous silence de la mort [...] avec pour conséquence une immense angoisse collective face à notre condition d'être humain vulnérable et mortel [...]. Le déni de la mort appauvrit nos vies... nous restons loin de l'essentiel [...]. Comme le dit la sociologue Danièle Hervieu-Léger : "Le déni de la mort se venge en déniant nos vies. Ainsi notre société est devenue thanatophobe et mortifère" [...]. La responsabilité doit être laissée à chacun et non édictée par un pouvoir médical tout-puissant qui poursuit son fantasme d'éradiquer la mort [...]. Cela a-t-il un sens de confiner une personne âgée, qui dans son for intérieur est relativement en paix avec l'idée de mou-

rir ? […] L'empêcher de vivre les dernières joies […] ? Leur demande-t-on leur avis ? »

Rien de tel qu'une épidémie pour se poser, face au péril, les questions essentielles.

À commencer par celle-ci : quelle est la valeur suprême ? La santé ? Mais alors, s'écrie le philosophe André Comte Sponville, qu'en est-il de l'amour et de la liberté ? Est-ce aux médecins de diriger la société ? Leur mission est claire : sauver des vies, quel que soit l'âge des vivants. Mais, ce faisant, c'est-à-dire sans choisir, ne finissent-ils pas par choisir ?

Qui peut croire nos ressources infinies ?

Qui peut imaginer qu'on pourra toujours continuer à tant célébrer le soin en même temps que tant dédaigner la prévention ?

Ou, en d'autres termes, plus crus, tant donner aux vieux sans pour autant retirer aux jeunes ?

Toute dette, engagée aujourd'hui, une de plus, ne pourra être payée que par les générations futures.

Drôle de conception du progrès que cette ruine programmée de l'avenir ! Né en 1947, j'ai honte, oui, honte, d'appartenir à cette génération de « baby-boomers » qui avons biberonné le lait sucré du toujours plus. Nés juste après une guerre mondiale, nous serons ceux qui auront fabriqué le déluge.

Et, comme toujours, c'est Montaigne qui conclut (cité par Comte-Sponville) : « Tu ne meurs pas de ce que tu es malade, tu meurs de ce que tu es vivant. »

C'est PARCE QUE tu es vivant que tu meurs. La mort fait partie de ta vie. Si tu ne meurs pas, c'est que tu n'es pas entré dans la vie. Et si tu ne te sais pas mortel, si tu ne te rappelles pas ta finitude, tu ne respecteras pas la vie en gâchant la tienne.

CONCLUSION

De ce long voyage en compagnie des animaux, une conviction me reste, elle sera complétée par (au moins) sept interrogations.

Cette conviction, je la dois aux chercheurs de l'Institut Pasteur, présents dans vingt-six pays du monde entier, et dont je suis passionnément les travaux depuis maintenant cinq ans. La vie, comme la santé, est une. *One Life, One Health.*

De cette cause, l'UNITÉ, Arnaud Fontanet est le premier héraut. Si l'environnement se dégrade, comment les plantes pourraient-elles s'épanouir ?

Et le règne animal, auquel, rappelons-le, nous appartenons, comment ce règne si fragile pourrait-il bien se porter ? Du plus infime virus, simple bribe de code, jusqu'au génie le plus sophistiqué, Einstein ou Bach, nous sommes les maillons d'une même chaîne, celle du Vivant.

Un livre récent revisite opportunément le mythe du centaure. Oui, nous, humains, sommes aussi animaux : des êtres hybrides. Il est à noter que son auteure, Gabrielle Halpern[1], normalienne, docteure

1. *Tous centaures ! Éloge de l'hybridation*, Paris, Le Pommier, 2020.

en philosophie, et spécialiste de la pensée antique, a pour métier, et passion, d'accompagner les start-up. Elle tient les deux bouts de la chaîne. Les temps anciens et l'avenir. Autre hybridation.

Il était une fois un homme qui s'appelait Michel Lefebvre. Il passa son existence à scruter la planète. D'abord du haut de sa passerelle, puisque capitaine de la marine marchande. Puis d'encore plus haut, une fois entré au Centre national d'études spatiales, où il dirigea le lancement de divers satellites d'observation océanique. J'étais venu le voir pour qu'il m'explique le Gulf Stream. Il a préféré me raconter l'odyssée de ces glorieux navigateurs de la mythologie grecque partis sur le navire *Argo* à la recherche de la Toison d'or. Pour lui, la Terre était ce bateau. Un vaisseau perdu dans le ciel. Un bateau que nous devrions apprendre à gouverner : ou nous saurions devenir géonautes – les marins de Géo (la Terre) – ou ce vaisseau ferait naufrage. Je n'ai jamais oublié la leçon.

Sur ce bateau, chacun dépend de tous. La valeur d'un équipage ne dépend pas seulement de la qualité du capitaine, mais de l'action du plus humble. S'il manque sa manœuvre, s'il perd sa vigilance, la croisière s'achève. Et pas de la meilleure des manières.

Une fois ce principe posé : l'UNITÉ DE LA VIE, une rafale d'interrogations vous viennent.

1. Combien de temps allons-nous continuer à nier la MORT, en nous acharnant à vouloir croire qu'on peut la tuer, cette mort, et qu'elle ne fait pas partie de la vie, élément pourtant constitutif de l'unité de la vie, sa partenaire indissociable ? Cette stratégie de l'illusion est meurtrière, alors qu'elle se veut au seul service de la vie. Meurtrière pour nos libertés, notamment de l'une des premières, la liberté de vouloir mourir comme on l'entend. Qu'est-ce que la vie sans le goût de vivre, sans le *risque* de vivre, c'est-à-dire AUSSI de mourir ? Priver nos anciens de la visite de leurs proches pour la raison qu'ils pourraient les contaminer restera dans l'histoire de la honte.

2. Allons-nous accepter que la SANTÉ devienne le principe unique, la priorité absolue de l'organisation de nos sociétés ? Et selon quels critères, pour quelle santé ? Celui de la durée de vie ou de sa qualité ? La santé par la priorité du soin ou par le réveil de la prévention ?

3. Croyez-vous, croyez-vous vraiment, que, sur une même planète, dans le même bateau, pourront cohabiter paisiblement, durablement, cette unité de la vie et la formidable INÉGALITÉ DES EXISTENCES ? Comment les Français ont-ils vécu l'épidémie ? Confinement pour les uns dans des appartements exigus ; villégiature champêtre pour les autres, « réfugiés » dans leurs résidences secondaires. Sans parler des pays les plus démunis, où la peur de la faim était plus forte que celle du virus, regardons tout près de nous : à quel endroit de France le coronavirus a-t-il le

plus tué ? Dans le plus pauvre de nos départements, la Seine-Saint-Denis ! Là où les jeunes, généralement épargnés par le virus, sont pourtant majoritaires.

Nous nous sommes tous réjouis du « déconfinement ».

Mais une bonne part de nos populations était « confinée » AVANT la pandémie Covid-19, et demeurera « confinée » APRÈS. Le pire des confinements, c'est l'assignation à résidence dans le même ghetto, un ghetto d'où personne ne sort, de génération en génération.

Le plus insupportable des confinements n'est pas celui qui, quelques semaines durant, vous interdit de quitter votre logement ; c'est celui qui vous condamne à vivre éternellement dans la même pauvreté, vous, vos enfants et les enfants de vos enfants.

Le confinement véritable, c'est LE CONFINEMENT VERTICAL, celui qui vous prive de la plus élémentaire des espérances, celle de vous « en sortir ».

Quelle chance avez-vous de vous « élever » ? Au mieux, l'ascenseur dit « social » ne « fonctionne plus ». Au pire, personne n'en a jamais prévu.

4. Une tempête vous ramène toujours à l'essentiel. Et sur la terre dite ferme, quelle plus belle tempête trouver, guerre mondiale exceptée, qu'une pandémie ? « Un objet social total ». Et parmi tous les « essentiels », quoi de plus essentiel que l'alimentation, puisque nous sommes notre NOURRITURE, qui mange quoi ? Ou, si vous préférez, qui mange qui ? Faute d'avoir prêté assez d'attention à cet essentiel, la tempête s'est déclenchée.

5. Comment nos sociétés tyrannisées par le court terme, dont les dirigeants sont choisis par des électeurs votant selon le taux de réponse immédiate à leurs demandes, comment nos démocraties réussiront-elles à prendre enfin au sérieux les valeurs du LONG TERME ? Faudra-t-il en arriver à cette solution, jadis imaginée avec l'un de nos plus hauts responsables de la santé (et de ce fait tenu au devoir de réserve) : proportionner le droit de vote à l'espérance de vie ?

Septuagénaire, je ne disposerais que d'une voix ; mon fils de cinq ; mon petit-fils de dix. Notre moyenne d'âge étant ce qu'elle est, inutile de vous dire l'opposition farouche de mon Académie française à cette mesure pourtant toute simple, et de bon sens.

6. Quelle drôle de logique suit notre esprit ! On dirait que, par timidité ou crainte de découvrir le cœur des choses, il s'intéresse d'autant plus à un domaine qu'il s'éloigne de ce cœur.

Loin de moi l'imbécillité de dédaigner l'exploration spatiale, mon infinie gratitude envers Michel Lefebvre en témoigne, mais pourquoi avoir tant dépensé pour en savoir plus sur les extrémités de l'Univers et si peu pour connaître les trois quarts de la planète qui nous accueille, l'océan ?

Et pourquoi se passionner, dizaines de milliards à l'appui, pour cette intelligence dite « artificielle », et raboter les crédits de ceux qui se battent pour découvrir la mécanique des INTERACTIONS à l'intérieur de notre règne animal ?

Plus généralement, c'est notre confiance dans le savoir qu'il va falloir refonder. Naïvement, je croyais que la découverte d'un vaccin fiable contre la Covid-19 serait reçue dans mon pays de France, celui de Descartes, comme la meilleure des nouvelles. Que nenni ! Selon le plus récent des sondages un bon tiers de mes compatriotes refuserait cette protection, pourtant la seule efficace.

7. De tout cela, qu'allons-nous retenir, qu'allons-nous négliger ? L'oubli n'a-t-il pas toutes les chances de l'emporter sur le souvenir ?

Pour venir en aide à notre mémoire, apportons-lui ce portrait certifié de l'avenir.

Si, à peine le dernier malade sorti de réanimation, nous laissons le vaisseau spatial Terre reprendre sa course folle, si conséquemment s'ensuivent les dérèglements annoncés, dont la double, et conjuguée, montée des eaux et des températures, parions que le pire nous attend.

Et sachez que mes amis moustiques ne décolèrent pas de s'être fait voler la vedette par un vulgaire petit Corona. La prochaine invasion sera la leur. Avec, pourquoi pas, la dengue pour passager.

Quant à « sauver la planète », comprenons bien que là n'est pas le sujet. Ce n'est pas elle qui a besoin d'être sauvée. Tant que continuera de chauffer le Soleil (encore cinq bons milliards d'années), la vie, une vie, se poursuivra sur ce petit vaisseau spatial.

C'est la nôtre, de vie, qu'il s'agit de préserver, LA vie.

En commençant par respecter celle qui a bien voulu l'accueillir, et nous accueillir, notre Terre.

REMERCIEMENTS ET BIBLIOGRAPHIE

Mieux vaut tard que jamais

Quand je pense au temps qu'il m'aura fallu pour apprendre deux, trois choses de la vie. Et découvrir des univers dont je n'avais pas la moindre idée. Des mondes pourtant plus que proches auxquels j'appartenais, des logiques dont je dépendais. Quand je regarde en arrière, je suis effaré d'avoir vécu si longtemps pire que dans l'aveuglement, EN DEHORS de ma propre existence. C'est ainsi que les noms et les titres qui vont suivre tracent le parcours de ma chance, celle d'avoir rencontré des êtres qui m'auront un beau jour tapé sur l'épaule : dis donc, Erik, tu ne crois pas qu'il serait l'heure ? L'heure de comprendre ce qui se passe. L'heure de savoir et d'émerveiller. L'heure de savoir plus pour protéger. Dommage qu'il n'existe pas de mot au-delà de merci. Grâce à eux, il m'a été donné de naître une autre fois.

Le premier merci, un merci géant, est pour Isabelle, *alias* le docteur de Saint Aubin, qui m'accompagne maintenant depuis tant d'années. Les parties III et IV de ce livre,

Un médecin malgré lui et *Les voyages du Vivant*, nous les avons écrites ensemble, grâce à son savoir médical aussi divers qu'exigeant. Et puis, Isabelle est la plus précieuse des *relectrices.* Son œil est implacable : souvent, à côté d'elle, je me sens francophone débutant.

Deuxième merci, à l'amitié.

Aucun de mes livres n'a été, plus que celui-ci, engendré par l'amitié. Par la diversité et la générosité de l'amitié.

Julien Clément, mon jeune et très obstiné professeur d'anthropologie.

Gilles Bœuf, depuis ses premières leçons sur la vie, en son intimidant bureau (celui de Buffon) au Muséum national d'histoire naturelle.

François Rodhain, qui m'a initié aux mystères de l'entomologie médicale.

Isabelle Autissier, depuis notre voyage magique en Antarctique.

Jean-Baptiste Cuisinier, depuis notre passion commune pour l'École nationale supérieure du paysage, mon « conseiller scientifique » depuis ce temps-là, autre redoutable relecteur.

Le très savant Nicolas Gilsoul, architecte et paysagiste, devenu mon jeune frère depuis ma découverte de l'univers végétal dans cette même École.

Dominique Bourg, preuve ô combien vivante qu'on peut se découvrir un nouvel ami intime à tout âge.

Boris Duflot, directeur du pôle Économie de l'Institut du porc (IFIP), l'expert irremplaçable, aussi ouvert et généreux que *libre* dans ses réflexions.

Et, bien sûr, dans son ensemble, l'Institut Pasteur ! Imaginez avoir pour professeurs, et quels professeurs ! François Jacob (pourquoi, mais pourquoi m'a-t-il quitté ?), Pascale Cossart, Anna Bella Failloux, Maxime Schwartz,

Olivier Schwartz, Thomas Bourgeron, Arnaud Fontanet, Didier Fontenille (à Phnom Penh) ; Mirdad Kazandji, Anne Lavergne et Benoît de Thoisy (à Cayenne). Avec une mention toute spéciale pour le docteur Jean-François Chambon. Se promener, guidé par lui, dans la Science, est un joyeux régal. Merci !

Hommage à la sagesse et au savoir vétérinaires. Merci à Jean-Luc Angot, merci à Didier Guériaux.

Parmi les innombrables livres à qui je dois tout, en voici quelques-uns.

D'abord, *Le Silence des bêtes*, d'Élisabeth de Fontenay (Fayard,1998). Ce « silence » m'a soudain convaincu que je ne savais pas écouter.

Puis, l'évidence, l'œuvre entier de Claude Lévi-Strauss, à commencer par *L'Anthropologie structurale* (Plon,1958) et *La Pensée sauvage* (1962). De Philippe Descola, entre autres *Par-delà nature et culture* (Gallimard, 2005). De Frédéric Keck, *Un monde grippé* (Flammarion, 2010) ; *Les Sentinelles des pandémies*, Bruxelles (Zones sensibles, 2020) ; sans oublier, sous sa direction et celle de Noélie Vialles, un passionnant recueil des *Cahiers d'anthropologie sociale : Des hommes malades des animaux* (Éditions de l'Herne, 2012).

J'ajouterai les passionnantes interventions réunies par Alain Finkielkraut sous le titre tout aussi explicite *Des animaux et des hommes* (Stock-France Culture, 2018).

Et ces *Manières d'être vivant*, le programme de vie(s) proposé par Baptiste Morizot (Actes Sud, 2020).

Parmi tous les livres de Jacques Attali, qui m'éclaire depuis si longtemps, ses *Histoires de l'alimentation : de quoi manger est-il le nom ?* (Fayard, 2019).

Enfin, comment pourrais-je oublier Michel Serres et son livre fondateur *Contrat naturel* (François Bourin, 1990) ?

Et puis, je n'aurai garde d'oublier une formidable personnalité : Mirko Grmek. Venu de Croatie, où il combattit le nazisme puis le communisme, cet homme de vaste culture, médecin et philologue, spécialiste de Léonard de Vinci comme de Claude Bernard, enseignait à notre École pratique des hautes études. Après son *Histoire du sida*, on lui doit une *Histoire de la pensée médicale en Occident*. En trois volumes, il retrace l'évolution du concept de maladie, et notamment celui des maladies émergentes. Après sa disparition, en mars 2000, sa femme Louise Lambrichs, romancière et essayiste, elle aussi passionnée par la pensée médicale, continuera de publier son œuvre.

Je veux aussi mentionner une synthèse fondatrice, celle écrite par Valérie Cabanes : *Un nouveau droit pour la Terre : pour en finir avec l'écocide* (Seuil, 2016) et un programme auquel je souscris : *Homo Natura, en harmonie avec le vivant* (Buchet-Chastel, 2017).

Trois merveilles de livres historiques :

Et l'homme créa l'animal (oh le beau titre ! Le texte est du même niveau !), de Pierre Baratay (Odile Jacob, 2003).

La Bête singulière, les juifs, les chrétiens et le cochon, de Claudine Fabre-Vassas (Gallimard,1994).

Le Roi tué par un cochon, du très grand Michel Pastoureau (Seuil, 2002).

On pourra y ajouter, en guise de récréation : *Le Cochon, art, histoire, symbolisme*, de Franco Bonera (Robert Laffont, 1990).

Deux ouvrages de référence sur les virus :

Les Virus émergents, de Jean-François Saluzzo, Pierre Vidal, Jean-Paul Gonzales (IRD éditions, 2004).

Écologie et évolution des systèmes parasités de Jean-Francois Guégan, Frédéric Thomas, François Renaud (De

Boeck, Louvain 2012). On pourra y ajouter du même Jean-François Guégan et de Marc Choisy : *Introduction à l'épidémiologie intégrative des maladies infectieuses et parasitaires* (De Boeck, Louvain, 2009).

Sur les mouvements du virus de la grippe, en complément des livres de Frédéric Keck, les textes suivants :

Hippocrate : *Livre des épidémies*, tome IV, 1re partie : *Épidémie I et III* (lesbelleslettres.com).

Corinne Amiel, *Tropisme des virus : de l'animal à l'homme*. Et *Virus de la grippe et barrière d'espèces* (Elsevier Masson, 2010).

Patrick Berche : « Mort et résurrection du virus de la grippe espagnole », *Les Cahiers du comité pour l'histoire/ n° 1, Histoire de l'épidémiologie.*

Gaëlle Kuntz-Simon, « Grippe porcine et virus influenza porcins », *Bulletin épidémiologique*, n° 33, AFSSA, laboratoire d'études et de recherche avicoles, porcines et piscicoles, Ploufragan-Brest.

Phillip A. Sharp, « *1918, Flu and Responsible Science* », *Science*, 07/10/2005.

Taubenberger J. K. *et al.*, *Nature* 437, 889, 2005.

Taubenberger J. K., 2006, « *Characterisation of the 1918 influenza virus polymerase genes* », *Nature*, 437 (7060): 889-93.

Taubenberger J. K., Morens M., « *1918, Influenza: the mother of All Pandemics* », Centers for desease control and prevention, janvier 2006.

Antoine Flahaut : « Épidémiologie des pandémies grippales », Rev. Mal. Respir, 25:492-6 (Elsevier Masson, 2008).

Patrick Berche, *Une histoire des microbes* (John Libbey Eurotexte).

Le Monde.fr, « Les chauve-souris chinoises, réservoirs de coronavirus émergents », *Réalités biomédicales*, 10/02/2020.

Jeanne Brugère-Picoux, « Passage de la barrière d'espèce », *Les Cahiers du musée des Confluences*, tome VI (Passages, 2010).

Une thèse pour le doctorat de pharmacie, d'une exceptionnelle qualité : *Les Intérêts potentiels du porc : de la pharmacologie à la thérapeutique*, par Anne-Sophie Vincent-Luengo.

Des romans, celui, formidable, de Jean-Baptiste Del Amo, *Règne animal* (Gallimard, 2016), complété par le portrait d'une association militante *L214, une voix pour les animaux* (Flammarion, 2017). Dans la même veine, *Faut-il manger les animaux ?* de J. S. Foer est incontournable (Éditions de l'Olivier, 2010).

Un autre, qui raconte une enfance en Afrique, en compagnie d'animaux pas toujours bienveillants : *Des chauves-souris, des singes et des hommes*, de Paule Constant (Gallimard, 2016).

Et, bien sûr, relisez Marie Darrieussecq, experte en métamorphoses, et son succès mondial *Truismes* (POL, 1996), mais découvrez aussi ses traductions d'Ovide, qui sont des merveilles.

Pour l'économie, un petit ouvrage clair et fort convaincant : *Innovons dans le cochon*, d'Antoine Marzio (L'Harmattan, 2018).

Pour les plaisirs de la table, le choix était déchirant.

En tant qu'ancien chroniqueur gastronomique (pour Gault et Millau), j'ai retenu :

Mon cochon de la tête aux pieds, par le légendaire Christian Parra, oui ! celui de l'auberge de la Galupe et l'inventeur de LA recette du boudin noir (Payot, 1998).

Tout est bon dans le cochon, par les duettistes sans pareil Christian Etchebest et Eric Ospital (First, 2013).

Un passeport pour les délices espagnols, *Bellota-Bellota*, par Philippe Poulachon (Éditions de la Martinière, 2015).

Et une promenade collective dans l'ancien temps d'une région que j'aime : *Quand les Bretons se mettent à table* (Éditions Apogée, Rennes, 1994).

Sans oublier les classiques : *La Ferme des animaux*, l'autre chef-d'œuvre de George Orwell (Gallimard), aussi fort et visionnaire que *1984* !

Et l'indépassable portrait des infinis rebonds de la vie, les *Métamorphoses* d'Ovide, l'immense poète, dont Xavier Darcos vient de publier une lumineuse biographie (Fayard, 2020).

Et puis Hélène ! Rien n'aurait été possible sans Hélène ! Hélène Guillaume, autre reine de la métamorphose, vrai personnage du précité Ovide ! Ne vous y trompez pas, son bureau, chez Fayard, tient du cabinet de l'alchimiste (en plus clair, et sans cornues, du moins apparentes). Vous n'imaginez pas le désordre des pages, par ailleurs bien trop nombreuses, quand je lui ai remis mes *Cochons* ! Elle en a fait ce livre.

Et puis Sophie (de Closets), la taulière de Fayard. Accompagné de sa confiance, on va au bout du monde. La preuve ? Ces *Cochons* ! Et une fois remis votre manuscrit, vous tremblez. Et vous vous préparez à *tout* recommencer : non contente de ne RIEN laisser passer, elle vous suggérera, en deux-trois mots, mine de rien, qu'avec un autre plan, ce serait peut-être mieux, "enfin, c'est toi l'auteur".

Et puisqu'il ne faut jamais jouer avec la jalousie de Manuel Carcassonne, patron de Stock, qu'il sache que je l'aime *aussi.*

Bref, quelle chance est la mienne !

Sans me prendre le moins du monde pour Jésus, vous avez vu le nombre d'animaux qui ont veillé sur moi dans la crèche ?

Table

AVANT-PROPOS 9

I. UNE HISTOIRE COMMUNE 13
1. *Les chemins de la domestication* 19
2. *Vive la Mésopotamie corse !* 23
3. *Une hantise venue du fond des âges* 25
4. *Une ressemblance vertigineuse* 29
5. *Pourquoi cette couleur bleue de notre drapeau ?* 35
6. *Les procès d'animaux* 41
7. *Porcelaine* 43
8. *La taxe du pied fourchu* 45
9. *Une visite au Muséum* 49
10. *Une petite visite à l'« Encyclopédie »* 54
11. *Le progrès animal* 57
12. *Une femme, un cochon* 61
13. *Une gênante incertitude* 64
14. *Un bébé est-il un cochon qui s'ignore ?* 66
15. *L'histoire des cochons nageurs des Bahamas* 69
16. *Histoires pacifiques* 71

17. *Un massacre pour prétexte* 75
18. *L'histoire du cochon survivant* 79
19. *L'histoire de cochons survivants (2)* 82
20. *Pourquoi l'Extrême-Orient fleure si bon le cochon grillé* 84
21. *Éloge du groin* 87
22. *L'horloge de la vie, le théâtre de la mort* 90

II. La construction d'une industrie 97
1. *Petite histoire du progrès porcin* 101
2. *Petite histoire du progrès porcin (2)* 106
3. *Tout est bon dans le cochon* 108
4. *Tout est bon dans le cochon (2)* 111
5. *Un pâté pour emblème* 112
6. *Ensemble pour s'extirper du Moyen Âge* 116
7. *Visite d'un élevage* 121
8. *Dans le saumon aussi, tout est bon* 127
9. *Le marché mondial en 5 points* 130

III. Un médecin malgré lui 133
1. *L'insuline* 135
2. *Le pilotage du microbiote* 140
3. *Merci aux autres parasites* 149
4. *Le cochon et l'atome* 151
5. *Merci, les nains !* 158
6. *Bientôt un pancréas artificiel ?* 161
7. *Un lubrifiant* 164
8. *Autres gratitudes* 166
9. *Éloge du gras* 167
10. *Merci aussi du fond du cœur !* 171
11. *Demain, les chimères ?* 175

IV. LES VOYAGES DU VIVANT 179
1. *Une même machinerie* 183
2. *Une grande voyageuse* 187
3. *Portrait d'influenza, le virus de la grippe* 199
4. *Un nouveau cheval de Troie* 201
5. *Le franchissement des barrières* 203
6. *Sentinelles et lanceurs d'alerte* 209
7. *D'autres* serial killers *sont aussi voyageurs* 211
8. *Actualité de Charles Nicolle (et merci à la surdité !)* 214
9. *Au-delà des trafics mafieux, l'affrontement de deux pensées et une guerre d'influence* 216
10. *Goûter toute l'expression vivante du monde* 223

V. LES FORMES DE LA RÉVOLTE 227
1. *À quoi sert la conscience ?* 231
2. *La question de la souffrance* 234
3. *Spécisme* 241
4. *Alerte rouge* 243
5. *Alerte verte* 252
6. *Se faire voler son nom* 260
7. *La Ferme des animaux* 266
8. *Une inquiétante prolifération* 271

VI. UN MONDE SANS ANIMAUX 273
1. *Les chemins de l'éradication* 277
2. *La colline de Guifei ou la concentration* 280
3. *La substitution, la viande sans viande* 286

VII. UNE PLANÈTE D'ASSOCIÉS 291
1. *Un trésor à Petit-Saut* 299
2. *Éloge des chauves-souris, la naissance d'une passion* 304
3. *Éloge des chauves-souris (2), Dracula est brésilien* 311
4. *Éloge des chauves-souris (3), voler, rien de meilleur pour la santé !* 314
5. *Journal de Benoît de Thoisy (extrait)*........... 319
6. *Journal d'Anne Lavergne (extrait)* 321
7. *Un autre modèle est possible*....................... 324
8. *La violence des poiriers et la rentabilité des hévéas* 331
9. *Donner des droits à la nature*...................... 334
10. *Dernières nouvelles des algues vertes*........... 339
11. *Les bienfaits d'une agression* 342
12. *La responsabilité d'un leader*....................... 348
13. *Le véritable jambon est un art de longue haleine*............................... 355
14. *Manger de tout ? En tout cas, remercier !* 369
15. *Le bien-être de l'ensemble du règne animal (humains compris)*............ 374
16. *Petite contribution au portrait du mal français* 377
17. *Et la mort ?*... 382

CONCLUSION 387

REMERCIEMENTS ET BIBLIOGRAPHIE
Mieux vaut tard que jamais 395

Du même auteur :

Loyola's Blues, roman, Éditions du Seuil, 1974 ; coll. « Points ».

La Vie comme à Lausanne, roman, Éditions du Seuil, 1977 ; coll. « Points », prix Roger-Nimier.

Une comédie française, roman, Éditions du Seuil, 1980 ; coll. « Points ».

Villes d'eau, en collaboration avec Jean-Marc Terrasse, Ramsay, 1981.

L'Exposition coloniale, roman, Éditions du Seuil, 1988 ; coll. « Points », prix Goncourt.

Besoin d'Afrique, en collaboration avec Éric Fottorino et Christophe Guillemin, Fayard, 1992 ; Le Livre de Poche.

Grand amour. Mémoires d'un nègre, roman, Éditions du Seuil, 1993 ; coll. « Points ».

Mésaventures du Paradis, mélodie cubaine, photographies de Bernard Matussière, Éditions du Seuil, 1996.

Histoire du monde en neuf guitares, accompagné par Thierry Arnoult, roman, Fayard, 1996 ; Le Livre de Poche.

Deux étés, roman, Fayard, 1997 ; Le Livre de Poche.

Longtemps, roman, Fayard, 1998 ; Le Livre de Poche.

Portrait d'un homme heureux, André Le Nôtre, Fayard, 2000.

La grammaire est une chanson douce, Stock, 2001 ; Le Livre de Poche.

Madame Bâ, roman, Fayard/Stock, 2003 ; Le Livre de Poche.

Les Chevaliers du Subjonctif, Stock, 2004 ; Le Livre de Poche.

Portrait du Gulf Stream, Éditions du Seuil, 2005 ; coll. « Points ».

Dernières nouvelles des oiseaux, Stock, 2005 ; Le Livre de Poche.

Voyage aux pays du coton, Fayard, 2006 ; Le Livre de Poche.

Salut au Grand Sud, en collaboration avec Isabelle Autissier, Stock, 2006 ; Le Livre de Poche.

La Révolte des accents, Stock, 2007 ; Le Livre de Poche.

A380, Fayard, 2007.

La Chanson de Charles Quint, Stock, 2008 ; Le Livre de Poche.

L'Avenir de l'eau, Fayard, 2008 ; Le Livre de Poche.

Courrèges, X. Barral, 2008.

Rochefort et la Corderie royale, photographies de Bernard Matussière, Chasse-Marée, 2009.

Et si on dansait ?, Stock, 2009 ; Le Livre de Poche.

L'Entreprise des Indes, roman, Stock, 2010 ; Le Livre de Poche.

Princesse Histamine, Stock, 2010 ; Le Livre de Poche Jeunesse.

Sur la route du papier, Stock, 2012 ; Le Livre de Poche.

La Fabrique des mots, Stock, 2013.

Mali, ô Mali, Stock, 2014.

La Vie, la Mort, la Vie : Louis Pasteur, 1822-1895, Fayard, 2015.

L'Origine de nos amours, roman, Stock, 2016.

La Fontaine : une école buissonnière, Stock, 2017.

Désir de villes, avec Nicolas Gilsoul, Laffont, 2018.

Beaumarchais : un aventurier de la liberté, Stock, 2019.

Briser en nous la mer gelée, roman, Gallimard, 2020.

La Passion de la fraternité : Beethoven, Stock, 2021.

Les Mots immigrés, Stock, 2022.

PAPIER À BASE DE FIBRES CERTIFIÉES

Le Livre de Poche s'engage pour l'environnement en réduisant l'empreinte carbone de ses livres. Celle de cet exemplaire est de :
400 g éq. CO_2
Rendez-vous sur
www.livredepoche-durable.fr

Composition réalisée par NORD COMPO

Achevé d'imprimer en mars 2022 en Espagne par
BLACKPRINT
Dépôt légal 1re publication : avril 2022
LIBRAIRIE GÉNÉRALE FRANÇAISE
21, rue du Montparnasse – 75298 Paris Cedex 06

59/4107/0